華文教學叢書

# 華文閱讀教學策略研究

楊曉菁　著

# 孫序

臺灣自二〇〇六年開始參加國際學生評量計畫（The Program for International Student Assessment 簡稱 PISA），此計畫是由歐盟的經濟合作暨發展組織（Organization for Economic Cooperation and Development 簡稱 OECD）所委託執行。PISA 採取素養（literacy）觀點設計施測的項目，其重點在評估世界各國的十五歲學生於完成基礎教育後，是否能將在校習得的知識與技能，應用在進入社會後所面臨的各種情境與挑戰。然而二〇〇六年評量結果，臺灣閱讀素養為四九六分，在五十七個國家（區域）中，排名第十六；三年後（2009）再次參加評量結果為四九五分，在六十六個國家（區域中），排名第二十三。於是舉國譁然，一致認為政府應該要擬訂推動閱讀素養計畫，以改善教師教學方法，並提升學生學習興趣。

本人有幸自二〇一一年起執行科技部「符合15歲國際評量規範之閱讀素養學習與評量」的三年期計畫，其內容包含三大部分：一、建構適性閱讀的電子書雲端平臺。二、發展適性檢測的閱讀評量系統。三、研發符應國際評量規範與適合臺灣教學現場的閱讀策略、教學方式與評量試題。而國立政治大學附屬高級中學的楊曉菁老師，正是本計畫第三部分所聘請的講師級助理研究員之一。曉菁老師聰慧靈巧，不僅能直接閱讀 OECD 所公告的原文計畫內容，更能比較中西閱讀理論的差異，與寫作手法的異同。由於她當時也正就讀臺北市立大學中國語文學系博士班，於是就找我擔任指導教授，也從此開展她華文閱讀策略研究的途徑。曉菁老師不像一般教師，只在故紙堆裡尋找答案。她深知讀萬卷書也要行萬里路，知道從教學實踐印證學理，所以這幾年也積極參與兩岸同課異構語文教學活動，並獲得多位語文名師的肯定與讚許。

在翻閱大量中西閱讀理論書籍，並親自進行教學實驗後。曉菁老師選擇從《文心雕龍》「文術論」入手，也充分考量「作者中心論」、「讀者中心論」與「文本中心論」的關聯，進而提出對現場教學最實用的七項閱讀策略，分別是：形式理解型閱讀策略（1、解碼策略——語言認知。2、畫線策略——組織加工。3、具象化策略——組織重構。）內容理解型閱讀策略（1、提問策略——組織監控。2、推論策略——組織監控。3、摘要策略——組織整併。4、綜合比較策略——組織延伸。）從以上的分類，可以看出曉菁老師確實對閱讀策略有深入了解與分析，這是一般書籍還未看見的系統式分類。

當跨越成為可能，我們就能在交會處，看見最美的風景。曉菁老師的著作，嘗試尋覓中西閱讀理論的融合處、歸納整理閱讀策略與教學方法，讓現場教師的教學實踐有可選擇的目標，我覺得曉菁老師的努力，正化作一道彩虹，被眾人看見了。也期許她繼續努力，在教學與研究的路上，走出更令人驚豔的坦途。

國立臺北教育大學語文與創作學系　孫劍秋　謹序

2019.04.01

# 張序

我喜歡讀書。每當捧讀一本書，逐步走進書中的世界，或是如同闖入森然羅列的甲兵奇陣，與指劃喝令、號令嚴明的將帥交鋒爭勝，緊張刺激，暢快淋漓；或是好像步上蜿蜒委蛇的森林小徑，花香樹影、蟲鳴鳥啼，天使仙靈的精光隱現，令人心神寧適。因為人的肉身有限，無法穿越時空，不能瞬移千里，只有透過閱讀，尚友古人，想像未來，在精神上得到無限的伸展。更重要的，在閱讀中的理解與對話，讓我們更了解自己，更體諒他人，也更看到了這個世界的宏富與壯闊。

但是，儘管「閱讀」是如此重要而美好，但是卻不是一件簡單的事。「文字如何理解？」、「作者想說什麼？」、「修辭佈局可有用意？」等等，均牽涉複雜的認知機轉與意義建構，為了讓作者有更好的表達、讀者有更好的理解，甚至是教學者有更好的引導，許多學者努力解析「閱讀」，嘗試建構理論，共同為這項人類重要心靈活動的科學理解而努力。本書作者楊曉菁博士也是這樣的有心人。她長期從事語文教育工作，並且身兼文學創作者、譯者及學者等多重身分，對於作者與讀者透過文字寫作及閱讀以傳達思想、分享情感的運作極感興趣，而且希望將她的觀察與研究成果透過教學現場的實踐，幫助學生掌握閱讀理解的入手門徑，將閱讀之樂的金針「度」與他人。

曉菁一直對於閱讀理論與實務的研究投入甚深，據我所知，在學位論文完成以前，她已經發表七篇與閱讀理論及教學相關的學術期刊論文、出版兩本閱讀指導專書，成果可謂豐碩。曉菁在本書的研究中認為，閱讀的對象是「文本」，而文本的產生，是作者為情感興發而為文造辭的成果，讀者如果要對於文本進行有效的閱讀理解，掌握作者在創作時可能的思考、顧慮以及表情達意的策略與手段，應該是一個有效的進路。她運用劉勰《文心雕龍》有關創作的「文術論」中對於作者創作過程的各種關注面向，反過來協助讀者透過這些元素來理解作者與作品，從而提出「解碼策略」、「劃線策略」、「具象化策略」、「提問策略」、「推論策略」、「摘要策略」、「綜合比較策略」等七種閱讀策略，誠如她所說：「『理論』為體，『實際』為用，『體』、『用』之結合，讓閱讀策略有所本而能持續前行。」曉菁的研究不只讓《文心雕龍》的創作理論「翻轉」成為文本閱讀理解的理論支持，更重視研究成果在現實閱讀活動中的可操作性，這在人文學科中是極為難得的關懷，對於如我這樣在「故紙堆中討活計」的研究者而言，非常具有啟發意義。

我忝為曉菁博士論文的指導教授之一，對於曉菁的研究成果感到欣慰與敬佩，尤其在討論的過程中，她對於閱讀理論的細緻分析，也讓我獲益良多，這真是一程教學相長的愉快經驗。除了歡喜她的研究成果即將出版，同時衷心希望曉菁能在華文閱讀理論及教學實務上繼續精進，從而發展出適合華文的閱讀評量機制，這將會是她刻意選擇從中文古典出發的理論探險之旅的完美歸宿，我相信以曉菁的能力，這一定是個喜悅而樂觀的期待。

臺北市立大學中國語文學系　張曉生　謹序

2019.04.15

# 自序

學術研究，又寂寞又美好，是屬於一個人的狂歡，有時，也閃爍著喧嘩眾聲的絢爛。為了完成這部作品，許多挑燈夜戰的夜晚，許多反覆與糾結的心緒，許多飽脹又錯動的思維，種種的沉重於今憶起，都有了自在與輕盈。

本書所進行的命題是跨界的研究，是在西方文學理論與認知心理學的基礎下，以中國文學理論來詮釋與解決華文文本的閱讀問題，並開拓出適用於中文閱讀的閱讀策略。全書命題之發想來自於筆者在教學現場上所遇見的閱讀教學問題及困境，因此，希望藉著融合東方與西方，兼採古典與現代，讓本體與實用能充分結合，進而產生有益於解決閱讀問題的具體方法。跨界研究本非易事，有許多糾葛與辯證在撰寫的過程中不斷浮現，如今，全書得以完成，不敢自稱完美與完善，但是，對於解決當初自己設定的問題，已經有一定的助益及推展。這些點滴，曾經被我視為難以跨越的鴻溝，如今，都在一盞盞不滅的夜燈中，化成柔軟的幽徑，讓我得以移形換步於其間。

閱讀是一個建構意義的過程，意義的建構不僅在文本本身，而是透過作者、文本與讀者三者間的彼此激盪、交相碰撞而成就的。作者、讀者、及文本之間互為流動的關係，使得文本的閱讀與詮釋有了繁複且多層次的意涵。

閱讀可以隨心隨欲，閱讀也可以有方法有策略。除了讀者自行打開雙眼、敞開心門進入閱讀的世界之外，有沒有任何方法可以協助讀者有效能地閱讀呢？有沒有任何學理研究可以支持閱讀力的培植呢？

由於筆者在於教學現場上實際經歷閱讀與教學的種種場面與風景，深得個中三昧，後來，在中國傳統的文學理論鉅作《文心雕龍》裡尋覓出一聲聲讓人欣喜的共鳴，從而催生妙筆，完成了這本書。為華文文本的閱讀找到話語權及理論的撐持，並企圖召喚閱讀的靈魂是筆者撰寫此書的初衷與理想。

在目前可見的諸多閱讀策略之中，難免有重出反覆、疊床架屋之處。於是，筆者依從文本的屬性，並根據認知心理及大腦運思過程，對於閱讀策略以系統化、序列化的思維設想，進而將策略分成形式類與內容類，從基礎而進階，彼此環環相扣，依序遞進。

本論文所論述的七種閱讀策略可以處理現代華文文本閱讀時的多數問題，它們依序是：「解碼策略」、「劃線策略」、「具象化策略」、「提問策略」、「推論策略」、「摘要策略」、「綜合比較策略」。這七者在內在思維及外在組織的層次性、順序性及連貫性，具有關聯，它們可以個別獨立施行，但彼此又交互影響增補，以形成一完整系統。

本書雖然經過一再修正，但仍有不足及疏漏之處，有賴各方大家指導與斧正。書寫是在時間公正的監視下，關於自我的面視與對話。時間那嚴謹的內在結構中，有著細微的錯動，知道它們的去處，知道它們隱去和浮現的剎那，你明明理解它們的位置，卻依舊為它們的出現與流逝而嘆息，並且無所適從。正因為驚詫於時間的公平與無情，所以，分外珍惜。因此，關於此書的再版，最最感謝在時間嚴密的監督下，各方所給予的協助，言有盡而意無窮，感激是此刻唯一的語言。

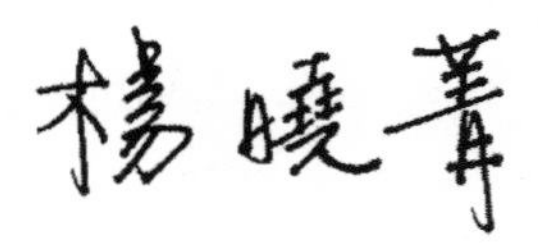

2019.03.01

# 目次

# 第一章
# 緒論

## 第一節　研究動機與目的

臺灣近幾年參與了 PISA[1]、PIRLS[2] 等國際讀閱讀評量，由於成績表現上的起伏引起官方、學界與教學現場等單位的關注，「閱讀」儼然成為一個新興的討論課題。因緣際會的時機，筆者近年有幸參與科技部的 PISA 專案計畫，在參與專案研究之同時，也開啟個人對 PISA 評量的內涵及外延進行相關探索之契機。因此，從 PISA 評量的探索，引逗出對「閱讀」的研究，「閱讀」此一具體行為是否有理論可以佐助與驗證呢？幾經與指導教授孫劍秋老師、張曉生老師的討論，他們鼓勵我將長久以來於中文領域及華語教學裡浸濡習得之學理運用於實際生活之中，於是，以中國的文學理論為華文文本的閱讀找到話語權及理論撐持，並企圖召喚閱讀的靈魂是筆者進行本書的初衷與理想。

1 PISA 的全名是 Program for International Student Assessment，中文語譯為「全球學生評量計畫」，主要評量項目是「閱讀素養」、「科學素養」、「數學素養」三類，三年考一次，每次有主要評量素養及副評量素養。這是 OECD（Organization for Economic Cooperation and Development）國際經濟合作發展組織所舉辦之研究與評量。

2 PIRLS 即「國際閱讀素養評比」（Progress of International Reading Literacy Study，簡稱 PIRLS），它是由國際教育學習成就調查委員會（International Association for the Evaluation of Educational Achievement，簡稱 IEA）主辦的國際測驗。IEA 自二〇〇一年開始辦理 PIRLS 計畫，該計畫每隔五年辦理一次，主要目的在研究世界各國及地區四年級兒童的閱讀能力，我國於二〇〇六年首次參加評比。閱讀測驗的內容包含故事體與說明文，並將閱讀歷程分為四個層次：提取特定的觀點、推論、詮釋並整合訊息和觀點、檢驗或評估文章的特性。其中前二者屬於直接歷程，後二者屬於解釋歷程。

自此，腦海中開始產生諸多關於閱讀的想法與對話，而其中幾個深刻的問題是：閱讀的真正意義是什麼？閱讀的內涵該如何定義？閱讀可以評量嗎？如果可以，閱讀又該如何評量呢？閱讀是一項能力嗎？如果是，閱讀能力所指涉的內容是什麼？閱讀是讀者自發施行的能力？還是透過學習所習得之能力呢？閱讀能力和其他能力之間的關聯性如何？閱讀有策略和方法嗎？上述這些思維都是以閱讀為中心進而延伸出來的諸多提問。近年來，不只諸多國際評量以閱讀為測驗項目，國內幾項大型的考試，如：大學學測、大學指考、國中會考、四技二專統測……等等，都可以見到以閱讀理解為主要命題的方向趨勢。所謂「閱讀」為命題方向趨勢的意思是指評量試題主要透過文本或文章的閱讀，來進行思辨、探索、評價、解決……等能力的檢測。簡而言之，透過「閱讀」的「理解」過程帶來「思辨」的能力是這些評量施行的核心主軸。於此風氣下，閱讀教學成了教學現場裡眾多教師戮力播種、耕耘的領域。事實上，閱讀能力的培養並不侷限在語文學科的課堂上，其他學科也將閱讀力視為重要的能力。[3]根據許多學者的研究，目前臺灣中小學校園裡所面臨到的數理等科目的學習效果不彰，究其根本原因在於閱讀能力不佳，無法讀懂並理解題目所傳達的訊息，以致無法解題。[4]

閱讀既然如此重要，從教育的角度來看待閱讀，身為一線的現場教師應該抱持怎麼樣的視域呢？筆者身為基層教師，對於此一命題甚感興趣，除了在實務上積極推展閱讀之外，也亟欲藉由理論的建構來撐持閱讀實務的進行。

---

3 見《聯合報》104年2月6日第A4版〈民意論壇〉所刊載之讀者楊曉菁的投書意見：「數學、自然等學科不再只要學生進行一般『解題』(解答題目)，而是更深刻的『解題』(解決問題)。於是，我們在數理科試題中看到閱讀題型或情境狀況題的出現，命題者期待學生將數理所習得的理論是可以實際應用於生活之中。」

4 李家同：《大量閱讀的重要性》(臺北市：五南圖書出版公司，2013年)，頁12。

在諸多關於閱讀的研究中，以從心理學及教育學兩大領域來分析閱讀者最多，學者主要是從閱讀時的大腦認知經過及心理領受的歷程來進行探討。我們也可以說：將閱讀視為人類的某種行為模式來分析是較為普遍的研究趨向。因此，我們先以認知心理學的觀點來看閱讀，「閱讀」的定義主要是指從書面材料中獲取訊息並與讀者產生共鳴、激盪的過程，更進一步來說：閱讀的基本概念是理解文本中所提供的訊息與其所想要呈現之旨趣。

學者陳賢純將閱讀理解分為外部過程與內部過程：

> 閱讀理解從獲得視覺信號開始，獲得視覺信號的過程稱作外部過程，也叫做生理過程。只有感覺信息不可能完成閱讀過程，閱讀理解還必須依靠人腦內部的活動，這就是心理過程。[5]

由上揭論述可以知曉閱讀所涉及的層面極其廣泛也複雜，若我們將「理解」視為閱讀之最基本目的，要達到「理解」這個目的，便需要有方法或策略。而在產生策略前我們必須先了解閱讀歷程，透過歷程的了解方能產生對應的策略。

「閱讀」是一種「理解」的能力，正如「聆聽」也是「理解」的能力。但是，這兩種理解能力有其區別，「閱讀」是透過文字以理解，而「聆聽」則是透過語言以理解。閱讀是經由眼睛視覺接受文字訊息再傳輸至大腦運作；聆聽則透過耳朵聽覺接受訊息之後傳至大腦以辨識理解。故此，基於感官受器的不同，「視覺」追求審美況味，這就是「文字」表達時何以需要較為完整的語意呈現，又或者書寫時或有著重修辭技巧之原因。至於「聽覺」則講究清晰明瞭，說與聽兩

---

5　陳賢純：《對外漢語閱讀教學十六講》（北京市：北京語言大學出版社，2008年），頁45。

者之間的溝通模式是透過「語言」以完成，語言表述時，往往臉部表情、肢體動作於一定程度協助了說與聽兩造雙方對於意義的理解。例如：接近中午時分，某甲看看手錶後對某乙說：「十二點，學生餐廳。」我們約略可以猜測甲和乙可能相約在十二點鐘於學生餐廳共進午餐。但是，「十二點，學生餐廳」此句若以「文字」型態出現，在欠缺共時性語境[6]的理解下，外加缺少上下文意脈絡（context）的推測，此一句式固然可能會有「十二點鐘於學生餐廳共進午餐」此一概念，但是，它也可能意味著「十二點鐘我們於學生餐廳前碰面」、「十二點鐘於學生餐廳有大型表演活動」……等等諸多可能性的概念。因此，我們可說文字和語言在表達溝通上的路徑不同，其表達方式的需求自然也相異。文字在提供思辨及審美的特點上著力深一點，在表意上，文字的意義需要比較完整，因為它是透過眼睛再到大腦；而語言著重於溝通與交流，表意時，即使是隻字片語，對談的雙方依然可以透過其他輔助而理解意義。透過對於「閱讀」和「聆聽」兩者間的區辨，更可以凸顯「閱讀」此一行為的特色。

但是，「閱讀」的內涵如果僅是「理解」能力，未免狹隘，一般學界對於閱讀能力的內涵應該有哪些項目，可以歸結出幾項共同想法：一是認讀能力，二是理解能力，三是評賞能力（評價與賞析）。[7]這三者所構成的閱讀能力內涵，正是閱讀的遞進式過程，是時間線性的「前、中、後」三個層次，從基礎識字的辨讀能力，進而產生理解，最後能對文本產生個人的觀點及評價，這是一個完整的閱讀歷

6 瑞士語言學大師索緒爾曾談論語言具有「共時性」與「歷時性」的問題，所謂「共時性」是「同一時期的各個方面之比較或關聯」，而「歷時性」則是「同一方面的不同時期共存」。見費爾迪南・德・索緒爾著，岑麟祥等翻譯：《普通語言學教程》（北京市：商務印書館，1982年），頁11-45。

7 何文勝：《面向多元化的語境——語文教育的反思》（蘇州市：蘇州大學出版社，2012年），頁63-74。

程，也是一個充分的閱讀能力。大陸特級教師張悅曾分析閱讀有兩種類型：一是審美型閱讀，這是基於讀者的生活經驗和語文經驗之上的；另一則是研究型閱讀，它是策略的，是在一定的方法知識下以探究方式來達成文本共識，共同完成對於共同體驗的清晰表達。[8]以上這段論述便是通過對閱讀歷程的分析而形成的概念與認知。

任何語言的學習，以「聽說讀寫」的理解與表達能力為首要目標，如果我們認為語言文學的序列性養成的過程是從「文字」而「文本」（文學），最後到「文化」（精神抽象面），那麼。華語教學作為一項專門領域學門，我們在認知、情意等層面之外，是否有進行技能教學的可能，這也提供我們思考科學化、序列化的教學在華語課程中施行的可能性。

而閱讀既是讀者自我的體悟及感發，它是一種忽然的頓悟？還是逐步的漸悟？閱讀作為一種自主性的行為，它在教學現場該如何進行教學為宜？提升閱讀的方向除了鼓勵學生主動閱讀之「量的增加」之外；再者是教師們進行多種策略以進行閱讀教學之「質的提升」。而在「閱讀策略」的教學與運用上，實務經驗似乎是老師們作為改善與提升策略內容的主要方向之一，但，是否有學理上的基礎可以輔弼實務經驗邁向更具系統性的建構與施行呢？

閱讀理解是一個精密繁複的運作過程，它涉及大腦的運思、眼球的轉動……等具體層面，也關涉了心理狀態、先備經驗……等抽象歷程。目前國內外對於閱讀領域的相關研究，大都是奠基在認知心理或教育心理的理論架構下而推展。例如：認知心理學家 Bruner 曾提出的認知表徵論（Cognitive Representation Theory）的論點，他認為個

8 張悅：〈散文閱讀的思維〉，「第五屆兩岸三地散文教學主題報告會」論文（南京市：上海師範大學語文課程研究基地、南京師範大學課程與教學研究所、南京市教學研究室，2013年）。

體於不同年齡階段用來學習知識的方式，其程序發展通常都會由具體的動作表徵，再逐漸演進至抽象的形象與符號表徵。[9]

在認知心理或教育心理之外，對於閱讀的研究還可以從哪些領域引以為借鑒？筆者於研讀東西方文學理論著作時，發現不少文學創作及文學批評的見解及概念，對於閱讀的相關研究與學習是有所助益的。因為，閱讀和創作彼此是居於對望的視角，是不同的取徑方向，卻達到共同的標的，那標的即是「文本」。中國文學理論巨著《文心雕龍》〈知音〉中曾說：「夫綴文者情動而辭發，觀文者披文以入情，沿波討源，雖幽必顯。」[10]此言說明作者的創作是因為情感興發而為文造辭，是從內容而形式；讀者閱讀時的路徑則是從文本的形式結構起始，進入情境，而後方能明瞭文本的意旨甚或作者心志。於是，文本的意義與價值是透過作者與讀者兩相交流而產生。作者創作的目的是提供讀者閱讀與鑑賞，作者與讀者兩者以不同角度切入，彼此的視角相互對望，但是其共同的目標都是文本本身。茲以下圖說解作者、讀者與文本三者之間的關係。

作者（內容而形式）→ 文本（形式與內容）← 讀者（形式而內容）

《文心雕龍》一書中的若干內容揭示作者創作時的運思想像、文章寫作的通則要項，甚或鑑賞文章時應具備的態度。如此的立論觀點已經是從作者、作品與讀者等三向度全面地討論文學創作一事。其中，不僅討論讀者的部分是屬於「閱讀」的範疇，關於「文本」的寫作通則與要項也可以提供讀者閱讀文本時有具體入手的方向及步驟，甚

9 葉連祺、林淑萍：〈布魯姆認知領域教育目標分類修訂版之探討〉，《教育研究月刊》第105期（2003年1月），頁94-106。

10 〔梁〕劉勰：〈知音〉，《文心雕龍》（影印文津閣《四庫全書》本），卷10，見《文津閣四庫全書》（北京市：商務印書館，2006年），第1482冊，頁62。

且，透過「作者」背景的理解也是可以增進閱讀質量的方式之一。

探究《文心雕龍》的思維之後，筆者也針對西方文學理論進行梳理與分析，產生不少觸發，中國與西方的文學理論中實有不少可以相互融通之處。例如：英美著名的新批評學派（New Criticism）的主張是文學批評及文本閱讀時應當以「作品」為中心，反對把作品視為作者與讀者的中介，亦即評論文本時，可以不管它是誰寫的，關於作者的一切（如生平事蹟、歷史現象、社會背景等等）都只是作品的外部範疇，閱讀時要關注的是文本本身。所以，新批評學者提出一種解讀文本的方式「細讀法」（close reading），「細讀法」講究反覆不斷地研讀作品的文字本身，此派學者認為最好的文學研究方法應該只專注於文本上，而不涉及作家的創作動機、歷史背景及其社會經驗等外在因素。「細讀」是將文本視為一有機的整體，此一整體的內在結構必然有其組合上的脈絡，換言之，「細讀」強調的是閱讀時關注的焦點是在文本的本身，而這樣的思維正好可以做為閱讀時的一種策略。[11]於

---

11 「新批評」理論是二十世紀二〇年代初期，繼俄國形式主義理論之後在英美出現的一個以文學本體論為核心的文本解讀流派。它是在文學理論發展的轉折時期所出現的一種重要的理論現象，於二十世紀三〇年代成熟於英國，四、五〇年代風靡美國，六〇年代逐漸走向衰落，在文藝理論界引領風騷長達四十多年，至今仍是一種重要的文本解讀方法。英美新批評解讀關注的焦點是作品文本本身，其特徵是以文本為中心的理論觀念和細讀式的方法論。所謂「細讀」（closing reading），係指對作品文本中的語言和結構要素作盡可能詳盡的分析和解釋，其流派主張從文本最基本、最微小的單位詞入手，客觀、細緻、審慎地細讀每一個字，體味其本義與聯想之義，注意文本中句與句之間的微妙聯繫，對詞義、詞序、句型、詞語搭配、語氣、韻律、意象和各種修辭手法進行細緻透澈的分析，在闡明作品文本中各種要素的衝突和張力的基礎上推敲和揣摩它們之間的聯繫，找出其形式與意義的整體特徵。一部作品藝術價值的高低，全在於它的各種局部形式因素是否構成了一個富有張力而又複雜統一的有機整體。本段文字係經過筆者之改寫。見曹順慶主編：《比較文學新開拓——四川國際文化交流暨比較文學研討會論文集》（重慶市：重慶大學出版社，1996年），頁59-66。

是，筆者遂生出這樣的問題意識：閱讀的研究除了可以從心理學與教育學的角度來探究之外，是否能夠借鑑於文學理論呢？而文學理論對於閱讀能夠產生何種程度的影響？又它可以提供什麼樣的論述以協助閱讀的研究？並且，在東西方文學理論之中，中國的傳統文學理論對於華文的閱讀學習有何助益呢？

在閱讀領域的眾多研究面向中，「閱讀策略」是一有趣的命題。「策略」是什麼？所謂「策略」係指一種方案，它具有層次、步驟及發展指向，是可用以解決問題的方法。傳統的語文教學（母語或第一語言）於字義、詞義、文意的講解與教師自身對文本的說明著墨甚多，甚至針對文本所興發的讀者意識及情感也是教師的意識與情感，是教師據之傳授給學生，如此模式所產生的閱讀效能是屬於教師自己的，而非學生的，就閱讀而言，這樣傳輸式的教學並未將學生視為具獨立見解的讀者。根據筆者現場教學觀察的經驗與研究，大部分教師認同閱讀策略指導的必要性，也認可閱讀策略對於閱讀理解能力的提升，但是，對於閱讀策略的教學，在實際施行層面上，難免有其操作時的困惑。策略之間是否具有層遞性、關聯性？這些策略是否有衝突、重疊之處？又，不同類型文本在使用策略之後是否真正有助於理解能力的增進？策略有沒有它的理論基礎？而筆者在審視並考察許多文獻資料之後，發現閱讀策略的研究看似繁花錦簇，爭妍競豔，但有流於各彈各的調之景況，目前尚難以見到一套科學性、序列性的，且屬於華文文本的閱讀策略譜系。

各種語言文字有其文化語境下獨到的使用狀況，華文文本是由具圖畫性質的表意漢字組合而成。因此，在研究華文文本的閱讀問題時，漢字本身的特質也是重要考量之一。

閱讀策略能否建構出一套具系統性的譜系與架構呢？在心理學、教育學之外，取徑於文學理論是筆者重要的研究動機與目的之一，但是在西方文學理論蔚為主流的風潮底下，是否有中國文學理論可以提供閱讀策略以理論視域呢？在上述一連串問題的發想並進行相關文獻探討之後，筆者遂決定本書之研究方向，以劉勰《文心雕龍》一書中的「文術論」（創作論）作為理論框架，對華文的「閱讀策略」進行學理與實務的研究及分析。

借鑒於劉勰《文心雕龍》之「文術論」的主因，乃因「文術論」是本書劉勰鉅細靡遺地從不同層面來論述「創作」時所當關注並且經歷之各個向度，舉凡：作者的藝術構思、氣質才性、創意通變；創作時的遣詞用字、造句謀篇、鎔裁布局、聲律文采……等等，這些論述，從抽象而具體，依內而外，文質兼具，針對創作歷程進行通盤考量，可以稱得上是為創作鋪墊出一套全方位且完整的網絡。正因為文本是作者思維的有機組合，是故，讀者閱讀時，應當能夠從此一有機組合中找到路徑以進入文本的內蘊裡。沈謙嘗云：

> 文章之成也，名之曰篇。篇之定也，累之於章；章之合也，構成於句；句之造也，集積於字。是以論文章之組織，蓋有四端：一曰謀篇，二曰裁章，三曰鍛句，四曰練字。劉勰之創作理論，以此四端為基本架構。[12]

上述引文正說明了劉勰於「文術論」中所提出的創作見解及相關理論是具有序列性的承接關係，這對於閱讀策略的開展適巧可以提供具方向性的定錨之法。

---

12 沈謙：《文心雕龍之文學理論與批評》（臺北市：華正書局，1990年），頁136。

## 第二節　文獻探討與研究範圍

關於閱讀之相關探討，目前大部分的研究方向是以教育及認知心理之理論為基礎來探究，其所援引的學理以來自西方者為多。而本論文所進行的閱讀策略研究則是企圖以中國的文學理論《文心雕龍》為軸心，來探究華文文本的閱讀問題。

在進行文獻資料分析時，筆者發現以《文心雕龍》為主題進行研究者，其視域多是以此書中的各章節內容為主軸進行不同層面的探討。其中關於《文心雕龍》與閱讀連結之相關碩博士論文研究有：國立臺中教育大學許惠英碩士論文（2012）「《文心雕龍》創作論修辭技巧之研究」、國立高雄師範大學歐雅淳碩士論文（2011）「《文心雕龍》創作論運用於高中作文教學之研究——以核心選文三十篇內容布局為主」、國立臺灣師範大學陳鳳秋博士論文（2010）「《文心雕龍》理論在高中國文範文教學之應用」、國立彰化師範大學黃承達碩士論文（2007）「《文心雕龍》創作論實際批評」、國立臺中教育大學楊欗梨碩士論文（2006）「《文心雕龍》創作論對國民中小學寫作教學之應用研究」、國立政治大學卓國浚博士論文（2004）「《文心雕龍》文論體系新探：閱讀式架構」、國立中山大學李瑋娟碩士論文（1999）「《文心雕龍》修辭理論研究」共七部。上述七部論文都在其研究主題上觸及「文術論」（創作論），更進一步分析其內容後，筆者發現其中有四部論文是針對《文心雕龍》一書的內容進行論述；另外三篇則是將《文心雕龍》中的理論或內容運用在實務操作之中，亦即進行跨界研究。它們分別將《文心雕龍》援引於創作、寫作、閱讀等領域，如：歐雅淳碩士論文「《文心雕龍》創作論運用於高中作文教學之研究——以核心選文三十篇內容布局為主」、陳鳳秋博士論文「《文心雕龍》理論在高中國文範文教學之應用」、楊欗梨碩士論文「《文心雕龍》創作論對國民中小學寫作教學之應用研究」等，此三部之中，有兩部是將《文心雕龍》的「文術論」運用在中學作文教學設計及教學研究之上，另一部則是應用在高中經典文選的範文教學上。

將《文心雕龍》的「文術論」作為理論基礎進行跨界的研究是筆者本書的架構。因此，進行文獻探討時，會針對朝此命題方向進行的文獻多加分析，上述各部論文之研究命題都尚未觸及《文心雕龍》與閱讀策略相互交涉之層面上。

除了進行上述《文心雕龍》與閱讀鏈結之論文文獻探討之外，筆者也針對「閱讀策略」此一命題進行文獻探討。筆者發現，目前在臺灣以「閱讀策略」為研究方向的碩博士論文，大都是落在外語、華語文教學、教育、資訊科技、心理輔導……等系所。而在中文領域中可見的「閱讀策略」之研究僅有國立彰化師範大學國文學系劉采玫碩士論文（2010）「增進國中學生閱讀策略運用之教學研究」一部。於此可見，關於華文文本的閱讀研究尚未在中文學術領域裡成為一項命題。因此，從上述的文獻探討與分析之中，遂逐步開啟筆者的問題意識及本書之研究方向。

本書以閱讀策略、華文文本、《文心雕龍》三大範圍為架構主軸，透過此三者的交集融會，開創出適用於華文文本之系統性、序列性的閱讀策略，這也是本書的主要研究目的。在如此的主軸大纛之下，研究範圍自然有其必須界定之處。

首先，我們談「閱讀策略」。「策略」一詞的定義，就字典意義而言是為了符應形勢或環境的需要而採取的適合方法，它應具有穩定性，可以在通則的狀態下運用；此外，它又具有靈活性，可以隨著客觀形勢的變化而改變。據此論述而言，「策略」該是具體可行的，是具有實際可操作性的。因此，循此觀點而下，「閱讀策略」便是適用於不同文本，能增進閱讀理解的具體方法。

關於閱讀策略的研究無論在國內、外都至為流行，揆諸目前諸多的閱讀策略，如：劃線策略、提問策略、預測策略、推論策略、歸因策略……等等，在各級學校現場中如火如荼地施行著，不過教學現場的閱讀策略主要是透過經驗法則而建構出是否適合於施行。事實上，筆者好奇的是：這些閱讀策略是基於何種理論及原則而產生的？策略之間有無重出之處？又，策略間若有互為矛盾處該如何解決？例如：「預測」與「推論」這兩種策略在概念與內涵上是接近的，「預測」是推測文本的接續發展，而「推論」則是對於文本的文意、情節……等等進行推斷？兩者都是對未知進行探究，兩者在定義內涵上如此相近，何以要分成兩個不同策略來論述呢？再者，如：「劃線策略」應該基於何種原則來劃線呢？閱讀策略是提供讀者自行閱讀時使用？還是提供教師進行閱讀教學時使用？凡此種種的問題似乎未見有完整的論述及研究，於是，這些困惑遂激發筆者產生出本書研究的動機及問題意識。

基於閱讀策略應有具體化、操作性的特質，筆者揀擇《文心雕龍》中的「文術論」作為理論基礎，其主因在於劉勰於「文術論」中所述及者是具體可見的「創作」細則與要項，而「創作」與「閱讀」兩者是行進方向的不同，其目的地卻是相同的，兩者都以到達「文本」為目的。因此，援引「文術論」來做為閱讀策略的理論，是希望透過「創作」來檢視「閱讀」，透過創作來成就閱讀之美善。事實上，《文心雕龍》除了「文術論」之外，在「文體論」中所揭示的各文體之寫作原則與方法、「文評論」中（如：〈知音〉篇）闡述的鑑賞原則，也都提供閱讀研究時得以思量之處。因此，本書在闡述時，間或援引劉勰於「文體論」、「文評論」之相關原文，唯本書整體思維與架構係以「文術論」為基礎而來。

此外，本書既以閱讀策略的研究為核心，在眾多閱讀策略中，如何增刪挑揀？如何組織排序？增刪挑揀或組織排序的原理、原則各是什麼？這是進行研究前所必須界定的範疇。而筆者透過文獻探究分析及實際教學經驗，並審視目前可見的諸多閱讀策略之後，整併、開創出適用於華文文本的七種閱讀策略。本書所論述的七種閱讀策略可以處理現代華文文本閱讀時的多數問題，並且，這些策略之間是具有系統性的層遞關係，從形式到內容，從基礎而進階，彼此環環相扣，依序遞進。

閱讀策略的分類有不同的規準，可以從閱讀的歷程、閱讀的時間點、閱讀的文本類別……等不同層面來區分。而本書所探究的七項閱讀策略，其分類標準是依照文本組成的「形式」與「內容」兩大範疇為據，再就讀者的閱讀歷程是先文本形式再到文本內容的認知體系所規劃而成的，並且，策略之間是由淺而深的遞進。這七種閱讀策略依次是：「解碼策略」、「劃線策略」、「具象化策略」、「提問策略」、「推論策略」、「摘要策略」、「綜合比較策略」。這些策略的關係是從基礎而進階的，由形式而內容的。前三者是屬於「形式理解型」的閱讀策略，後四者則是「內容理解型」的閱讀策略。這兩大類的閱讀策略，再依據由淺而深的學習原則，進一步區分成幾項類別。

首先，「形式理解型」的閱讀策略是指透過形式構成上的理解來增進對於文本內容的掌握。其中，「解碼策略」是最基礎的策略，它利用漢字獨有的圖畫表意及詞彙語法的特色來對文本中的字、詞、句進行解碼理解，這是屬於基本的閱讀理解步驟。有了字、詞、句的解碼理解基礎，讀者可以進一步據此法則就段落、篇章的文意進行理解。接續的「劃線策略」與「具象化策略」也是屬於從文本形式上理解的策略。「劃線策略」的定義有兩個層次，其一是指在文本閱讀時，針對內容不能理解之處，讀者先行劃記，待再次精讀時可以參看；其二是在閱讀的過程中，讀者於文本的字裡行間發現伏筆之處、具暗示性的詞句，或是具統整總結性的詞句，亦可以劃記，透過這些劃記可以提供閱讀思辨時的參照。再者是「具象化策略」，「具象化」一詞以英文來說可以譯成「concretize」或是「visualize」，與「具象」一詞相對應的是「抽象」，簡而言之，「具象」就是把抽象的事物以具體化來呈現，亦即把看不見的、不容易理解的，變得看得見、容易理解。例如：「眼淚」是抽象概念「悲傷」的具象化呈現；「冰雪」是抽象概念「寒冷」的具象化呈現。此處的「具象化」策略是指將純文字的文本以圖表、圖畫、表格……等方式呈現以協助理解，利用聚焦式的概念及視覺圖像的輔助讓文本的閱讀更為明晰。上述三項策略皆是從文本形式入手，因此統稱為「形式理解型」閱讀策略。

緊接上述三者之後的是四項以內容做為軸心的「內容理解型」閱讀策略。其一是「提問策略」，它是指透過問題設計來進行思路的正反辨證及文本內容的澿清，此部分又可區分成讀者的「自我詢問」及教導者的「提問設計」。再來是「推論策略」，推論是針對文本未具體表現出明顯訊息之處進行推斷及預測，以獲得更深刻的理解。其三是「摘要策略」，它是透過將文本整併、濃縮以摘其大綱的方向，協助理解文本的意義，這是一種以簡馭繁的方式。最後一種策略則是「綜合比較」，簡而言之，「綜合比較」策略類似「主題閱讀」的概念。舉例而言：就同一主題內容，揀擇不同作家的作品加以比較分析，藉由比較以獲得更深層的文本理解；或者，針對同一作家的不同時期作品進行對望，藉此以獲得另一新的理解與詮釋文本的途徑，這是一種類似主題延伸的閱讀方式。上述七種閱讀策略從形式而內容，從具體而抽象，彼此獨立施行又具有層遞的關聯性。

除此之外，本論文所開展出的閱讀策略是施行在何種文本呢？筆者將之主要界定於現代華文體系內的文本，而文言文本則不屬於本書中所要討論的主軸。主要原因是文言文已身具有獨特的語言、語法性質，如：遣詞用字精煉，文字較少冗贅，語法結構明確。是以，它所形成的文本具有結構井然、組織明確的特質，這點與現代華文文本不甚相同。是故，因應現代語言需求而開發之閱讀策略以適用於現代語體文為主。

再者，另一個思考命題是，本書的閱讀策略之擬定必有其理論基礎，而閱讀的相關研究大都是從教育學、心理學的層面來探討，其實，文學理論所揭櫫的創作觀點與評價視角也是可以援引進入閱讀領域的。在西方文學理論發展的歷程中，以「作者」、「文本」、「讀者」三者為主軸的文本解讀方式，各有其擅場及學說依據，如：作者中心的浪漫主義、文本中心的新批評主義、存在主義文論，或者開始關注讀者參與文學作品的創造、讀者接受美學……等等，上述各學派對於文本的詮釋有其不同的見解。這些西方理論或從創作角度入手，但對於閱讀而言，也有值得取徑之處。中國的文論發展未如西方之蓬勃，但是被章學誠譽為體大慮周的《文心雕龍》一書，卻是一部論述完善的文學理論與文學批評專書，其中包含了「作者」、「文本」、「讀者」三者的批評鑑賞之相關論述。如：以「作者」為軸心的篇章有〈神思〉、〈體性〉、〈才略〉……等篇，它們探究作者的運思、性格……等對於作品的影響；而以「文本」為關注重點的則在「文術論」中的諸篇體現；至於「讀者」概念則可以在〈知音〉篇中見諸其觀點。因此，《文心雕龍》實際統攝了「作者」、「文本」、「讀者」三者的相關論述於一爐。循此，在教育學、心理學、西方文學理論的視野之外，對於閱讀的研究，筆者便嘗試以中國傳統文論來詮釋及探究華文文本閱讀的策略，希望藉此能深度探究出華文文本的內在規律。

在本研究中所引用以進行例證辨析的諸多文本將涵蓋文學類與非文學類，此兩類文本的語言模式不同，閱讀時勢必會有不同的思路及方法，陳芳明曾說：「讀散文，可以容許漫步；讀詩，也許需要攀爬；讀理論，大約就是跋涉。」[13]上述所言正說明了不同文體作品的閱讀是需要不同的步履及前進方式的。散文、新詩、戲劇、文學理論皆統攝在文學類作品中，文學作品尚且有因其不同體裁而需要與之對應的適切閱讀方式，更何況浩瀚如海的非文學類作品。因此，不同屬性的文本作品必須有與之相合的閱讀策略。

是故，本書中用來引以為佐證舉例的文本來源，除了以現代華文的小說、新詩、散文為主之外，大學入學考試的學測與指考的國文科試題，也是一個重要的取材來源，因為試題中的文章有部分會經過改寫、縮寫，而形成結構更嚴謹的文章，這對於文本分析是很適合的素材。當然，這又牽扯出另一個現象——「文本的完整性是否影響閱讀？」根據教學現場的經驗，文本閱讀時發生歧義或誤讀的現象，有時是讀者本身的認知與理解問題，但，也有可能是文本創作時，遣詞造句、組織結構上不是那麼的理想，以致造成讀者閱讀時產生了困難，在現代各式散文書寫幾乎沒有明確的原則與規範之下，這是常見的現象。

援引《文心雕龍》為本書的理論架構是因為此書在論述創作與鑑賞的要則上鉅細靡遺、詳贍完整。《文心雕龍》在內容上包括總則提綱、文學創作的樞紐論、文體論、創作論、批評論等部分，是一部完整的文學理論鉅作。其中的「文術論」建構出具體的創作通則與細目，這正好提供以具體化、系統性為主要發展目的之閱讀策略一明確的取徑方向。

因此，本論文之整體架構，簡而言之，是以中國文學理論為基礎開創出適用於華文文本閱讀的系統性閱讀策略。茲以簡圖表示如下：

---

13 陳芳明：《很慢的果子》（臺北市：麥田出版社，2015年），頁19。

透過上述圖示，得以見出三者的共構與交融所形成一完整且圓熟的華文閱讀策略，是本書最終的發想與展望。

## 第三節　研究方法與步驟

本書在表述方法上以傳統中文論文寫作的形式完成。《文心雕龍》的「文術論」既作為本書閱讀策略之主要理論基礎，其構築成閱讀策略的理論該如何於論述中建置？又它與西方文論的融通或相異之處是否於本書中處理？。《文心雕龍》「文術論」看待閱讀的視角與心理學看待閱讀又有何種差異呢？凡此種種問題都必須先行處理，以讓閱讀策略有穩固的理論依據。而後，進入本書下半部的實際閱讀策略之論述時，則是以華文文本為畫紙，理論與策略為經緯，在畫紙上進行鋪展。在眾多閱讀策略中，如何擬定出本書中的七類閱讀策略呢？其緣由除了於此節進行說明之外，自第四章開始，每章的第一小節的前言部分也會說明各策略的意義、內涵與使用範圍。

文本是一種書面語言，說話是一種口頭語言，口語經過潤飾轉成文字。我們知道「語言」是透過形式和內容兩者組合成的，形式和內容之間是非常緊密的關係。語言學者索緒爾曾說：「語言可以比做一張紙，思想是正面，聲音是反面，我們不可能切開正面之際，不同時切開反面。同樣在語言裡，我們不能使聲音離開思想，也不能使思想離開聲音。」[14]形式和內容既然是構成文本的兩個重要內涵，針對文本而施行的閱讀策略自然不能自外於這兩個範疇。因此，本書的閱讀策略擬從形式與內容兩大部分來探究。而筆者將「形式理解型」的閱讀策略置於「內容理解型」的閱讀策略之前，乃因閱讀時，我們是從讀者的角度進入文本，一般而言，讀者是先從形式層面進入文本，然後再明瞭文本內容、感知文本情意；而作者則是先有思想意念，再透過文字的形式來表現，所以創作的路徑是先有內容，再有形式。創作與閱讀的取徑剛好是相對的，但是兩者的終極目標都是進入「文本」之中，這是本書在閱讀策略的安排上，先進行形式類策略探究，再是內容類策略分析的主因。

本書於章節安排上，第一章是「緒論」，說明研究動機與目的，研究範圍與限制，研究方法與步驟。第二章是「閱讀義界、閱讀策略及相關理論」，主要論述閱讀的定義與範圍及歷來研究閱讀之相關理論基礎，並分析以文學理論來詮釋閱讀策略之發想與看法，其內容有：閱讀之內涵與外延、華文文本閱讀之特色、心理學理論與閱讀策略、西方文學理論與閱讀策略等四小節。第三章是「《文心雕龍》『文術論』中之閱讀視域」，此章主要是探討本書的主要理論架構《文心雕龍》「文術論」的內涵及其與閱讀之關聯，全章之內容有：《文心雕龍》之內涵及其與閱讀之關聯、「文術論」之內涵與特色、「文術論」揭示之閱讀觀點等等共四小節。

---

14 費爾迪南·德·索緒爾著，岑麟祥等翻譯：《普通語言學教程》（北京市：商務印書館，1982年），頁158。

於前三章所進行的心理學、東西方文學理論之爬梳與辯證之後，自第四章開始即進入實際「閱讀策略」的論述，在閱讀策略的開展上，本書採取「讀者」的視野來進入文本，以先「形式」後「內容」的原則為主軸，揀擇、增刪各家派的閱讀策略，將矛盾者、重出者再行整併，最後臚列出兩大類七小類的閱讀策略。這四大章節計有第四章：形式理解型閱讀策略（一）解碼策略——語言認知，其中再細分成「字的解碼」、「詞的解碼」、「句的解碼」三層次。第五章：形式理解型閱讀策略（二），此部分有兩大策略分別是：劃線策略——組織加工，具象化策略——組織重構。第六章：內容理解型閱讀策略（一），這部分亦有兩大策略，分別是：提問策略——組織監控，推論策略——組織監控。第七章：內容理解型閱讀策略（二），此部分的兩大策略分別是：摘要策略——組織整併，綜合比較策略——組織延伸。最末第八章為結論，針對全本論文進行反思與展望。其後再附有「參考文獻」。

本書屬於跨界的的研究，其架構是《文心雕龍》「文術論」與七項閱讀策略的關涉以及七項閱讀策略施用於文本閱讀時的狀況。本書自第四章開始進入各策略的研析時，所進行的論述層次是先談策略的定義與內容（What），再談各策略於本書的論述中為什麼置放於不同層次，又，它對於閱讀理解為何有其效用（Why），而後將該策略引領進入文本，分析不同策略在文本閱讀時的實際操作（How）。所以，關於策略的分析研究（本書第四章到第七章），書中除了將七項策略依形式與內容來分層建構之外，每一章節的策略在論述時的邏輯思維，都以「What」、「Why」、「How」三大層次來進行梳理。

最後，擬定本書研究方法與步驟如下，筆者是以研究步驟為綱領，然後，在各個步驟之中嵌入不同研究階段所需要的研究方法。

一、文獻探討：蒐集分析相關文獻資料，並加以整理歸納，藉以形成本研究之理論基礎與架構。

二、界定問題：經文獻資料探討之後，界定出問題意識及期待透過本研究希望解決之問題。

三、擬定題目：從文獻資料與問題意識中擬定出本研究方向與題目。

四、初步計畫：依據研究題目之方向及背景動機，擬定研究計畫及大綱。

五、進階計畫：根據研究計畫及大綱開始進行論文，分成理論與實務兩區塊。其中筆者所擬定之閱讀策略將於日後實驗施行於中學之教學課堂中，兼再進行策略的修正與補強。

六、最終目標：將理論與實務之辨證所得進行論文書寫，以達最後成品之產出。

茲將研究步驟簡示如下圖：

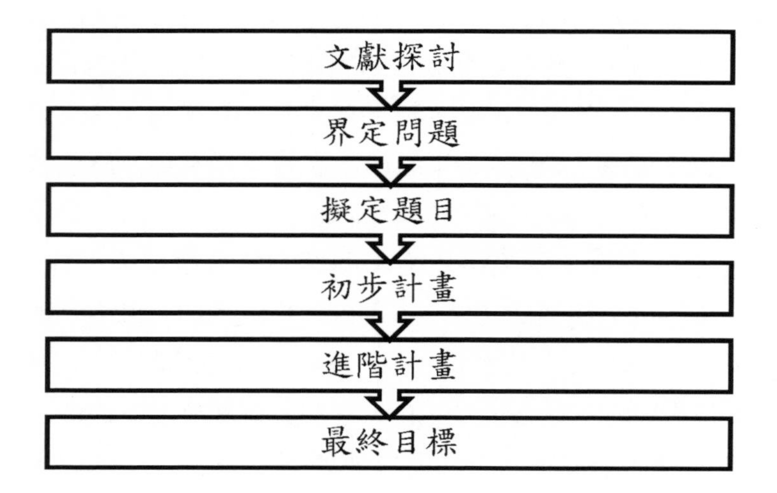

本論文開展之七項閱讀策略如下圖所示：

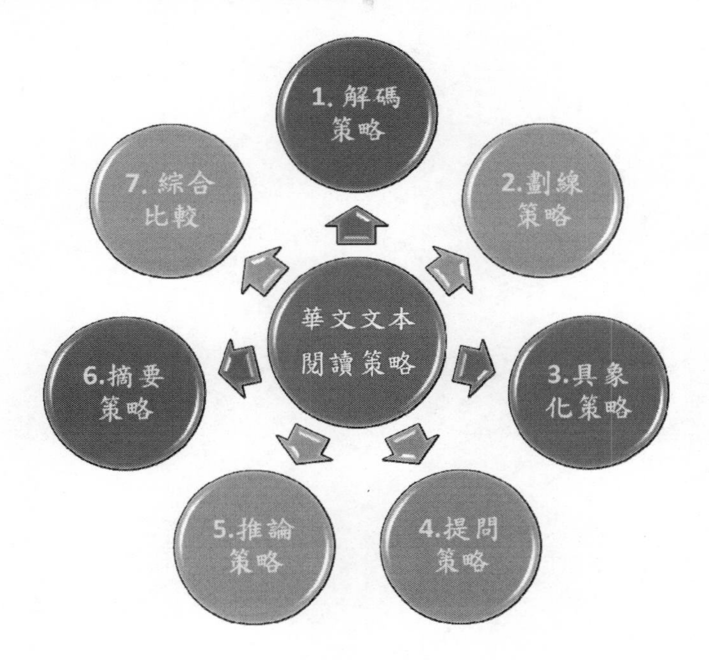


上述七者是適用於華文文本的閱讀策略，它們各自獨立但又有其關聯性，其安排上之序列是由基礎而進階，由形式而內容，可為華文文本閱讀提供一定向的理解方法及閱讀策略。

# 第二章
# 閱讀義界、閱讀策略及相關理論

## 第一節　閱讀的內涵與外延

閱讀是從讀者的角度出發，它的目標是理解文本的意旨。閱讀是段複雜的歷程，也是一段非線性流動的歷程。它包含讀者先前已具備的知識與背景，閱讀進行時的心理活動、大腦運思，閱讀之後的思辨與評價，這些行為於閱讀歷程中彼此交迭出現，有時糾結，有時跳躍。

閱讀的目的既然是要到達文本的內在意義之中，那麼，文本的意義是如何產生？它是作者寫定後就被確立了？還是透過讀者的閱讀及認知，才顯明其意義呢？卓國浚曾說：

> 文本的意義在文本與讀者之間，文本是一個潛在的意向性客體，具有自身的結構及規律性，也存在著未定性與空白，讀者除了借助這結構及規律性理解與實現文本所指稱的意義外，讀者也被文本所召喚，對文本未定性與空白進行填補，而文本的意義就在文本與讀者交流之過程產生。[1]

閱讀是一種理解能力。閱讀是人類從書寫的文字中獲取訊息，並據以建構意義的歷程及行為。所謂「閱讀」，就廣義的觀點而言是人類將

1　卓國浚：《文心雕龍精讀》（臺北市：五南圖書出版公司，2007年），頁398。

外在視覺的文字或圖像轉化為內在的表徵歷程；就狹義的觀點而言，閱讀則是由文章中提取意義的過程。[2]閱讀是一種主動建構意義的歷程，是既有知識與文本新知的相互連結之歷程[3]，閱讀的本質內涵就在於透過語言文字理解作者的思想情感，因為語言背後正是思維的運行。總而言之，閱讀是一個「給予意義」和「接受意義」的過程。閱讀的最終目的為何？閱讀的最終目的應該是「理解」，也就是從文章中獲得意義。

因此，針對上述的論點而言，我們於此可以做個小結：閱讀的內涵大致而言有：閱讀的定義、閱讀的內在歷程、大腦的運作過程……等等；而閱讀的外延則是指如何閱讀？如何教導閱讀？閱讀的方法、閱讀所衍生的能力（如：寫作、創新……）等等。

理解是閱讀的重要內涵，理解是從文本產生「表徵」（representation）以獲得意義的過程，而且是一個連續發生的過程。「表徵」的意義是什麼？張春興曾說：

> 什麼叫表徵？表徵是指某種東西的信號，它代表著某種事物並傳遞某種事物的信息，同時，它也是內部的心理結構。例如：以一個詞代表著某個特定的思想或概念，像用「貓、狗」這兩個詞來指稱兩種動物；或者，以一張的地圖代表一個國家、一座城市或一道山脈。它們都是不同事物的表徵，因此表徵包含「內容」與「形式」兩方面。[4]

---

2 連啟舜：〈國內閱讀理解教學研究成效之統合分析研究〉（臺北市：臺灣師範大學教育心理與輔導研究所碩士論文，2001年）。

3 Anderson, R. C., & Pearson, P. D. (1985). *A schematheoreticview of basic processes in reading comprehension.* In D. Pearson (Eds.). Handbook of research on reading (pp. 291). New York: Longman.

4 張春興：《教育心理學》（臺北市：東華書局，2007年），頁8-16。

表徵的內容是指表徵所傳遞的信息，而表徵的形式則指表徵信息所使用的方法或工具。例如：我們可以用姓名、代號、照片……等不同「形式」來代表一個人（內容）。表徵的形式（表徵信息所使用的方法或工具）稱之為「代碼」（code）。「代碼」可以是物理的、客觀的東西，如：地圖和照片；也可以是心理的、主觀的東西，如：心理或大腦內在形成表象（image），或是代表一類事務共同屬性的概念（concept），例如：提到白人或黑人，我們腦海裡便閃過一個表象（image）來標誌我們個人認知的白人或黑人，雖然每個人所閃掠過的白人黑人面孔不盡相同，但是仍存在著共同理解認知的範疇。

再者，就認知心理學角度而言，閱讀時所產生的表象有三個層面：

其一是「表層表徵」（surface level representation），其二是「文本基礎層表徵」（text base level representation），其三是「情境模型層表徵」（situation model level representation）。

「表層表徵」又稱「圖文表徵」，是指從詞語、圖像所反映的表象，來加以認知理解的，它是最表面的，也是最基礎的。「文本基礎層表徵」又稱「命題表徵」，是文本中句子和句子之間所構建出某些命題的狀態。「情境模型層表徵」又稱「心理模型」（mental model），此類型是在前兩層的表徵中獲得訊息之後，再結合個人的知識背景而完成，它是個人知識與文本內容的完美結合，而這個模型是隨著閱讀活動進行而不斷更新的過程。[5]

我們明瞭閱讀的心理因素及大腦運思的過程之後，便知悉閱讀時所產生種種不可見卻精細而繁複的歷程，透過這樣歷程的掌握，可以

5 Van Oostendorp, H. & S. R. Goldman. (Ed), (1999). *The construction of mental representation during Reading*, p199-201. Mahwah, NJ: Lawrence Erlbaum Associates, Inc., Publishers.

協助讀者在閱讀時透過後設認知的方式來明瞭個人閱讀的狀況，又或者提供教師於閱讀教學時建立策略及方針的理論基礎。

閱讀是自由的審美過程，本是屬於個人化的經驗，但是，若我們期待閱讀所能產生的質與量之效益是可以提升的，此時，適切且適時的閱讀教學便是不可或缺。在閱讀教學中，閱讀策略的施行，強調的是以一種具體的、理性的、可表述的方法來增進閱讀的理解。傳統的閱讀分析是以直覺式的表述與感悟為主，這種感悟式的分享無法讓讀者建立清楚的文本閱讀之分析脈絡與思維系統。因此，閱讀教學中，感悟層面的教學應注意：分析和感悟是不相同的，分析是對文本進行分解和剖析；感悟是關於文本的感受和體悟。感悟是學生透過自己的品嚐與審美鑑賞才能獲得，教師無法越俎代庖；而分析則是教師可以透過具體方法指導學生以有成的，例如：透過「策略」性的閱讀能使讀者在遇到閱讀困難時修正自己的閱讀方式，以提高學習成效，達到閱讀的目的。

閱讀理解的歷程，美國學者從訊息處理的觀點將之分為解碼（decoding）、字義理解（literal comprehension）、推論理解（inferential comprehension）及理解監控（comprehension monitoring）四個部分。[6]茲將此四部分的內容稍微說明如下：

1. 解碼

解碼是指將文字符號破解為有意義的歷程，此歷程又分為配對（matching）與譯碼（recoding）兩部分；配對是指將文字的字型與讀者長期記憶中的字義相配對，而譯碼則是將文字的字形轉成聲音，再以聲音激發讀者長期記憶中的字義庫。

---

6 E. D. Gagné、C. W. Yekovich、F. R. Yekovich 著，岳修平譯：《教學心理學：學習的認知基礎》（臺北市：遠流出版社，1998年），頁67-98。

2. 字義理解

字義理解是指讀者從文字中直接擷取字面涵義的歷程，這歷程又可分為詞彙觸接（lexical access）與語法分析（parsing）兩部分；詞彙觸接指的是對文章中個別字詞涵義的了解；語法分析則是針對多個個別字詞所組合成較大的意義單位來進行細部的分析。「詞彙觸接」近似於一般第二語言學習時，以記憶並且儲存大量單字，來理解該語言文字；而「語法分析」則是以理解第二語言的詞法、句法及文法等系統，以學習該語言文字。

3. 推論理解

推論理解是指讀者對文章內容作更近一步的、深層的、廣泛的延伸與統整的歷程。這個歷程又可分為整合（integration）、摘要（summarization）及精緻化（elaboration）等階段。

4. 理解監控

理解監控是指讀者能檢驗自己在閱讀歷程中是否理解文章的真正涵義。其中又包含設定目標、選擇策略、檢核目標及補救措施，這些皆可統稱為後設認知技能（metacognitive skills），它是屬於高層次認知運作的閱讀成分。

在論述閱讀的外延時，外延的意義是指閱讀的外部行為表現，它是屬於閱讀的延伸舉措與思維。不過，有時閱讀的外延項目難免會因為衍義過廣而顯得散亂無章。所以，我們嘗試將閱讀外延的終端定義為「寫作」，因為，閱讀可以促進寫作的創意，而且，讀、寫二者，前者是 input，後者是 output，彼此類似輸入與輸出的關係。

透過寫作歷程的了解，讓我們對於已完成的文本有可探究的脈絡與途徑，也提供讀者閱讀時一種省視的模式。學者 Flower 與 Hayes 曾經提出的「寫作認知模式」是目前國外受到重視並普遍應用的寫作模組。

他們認為寫作認知模式應包含三部分：寫作者的長期記憶、作業活動環境和寫作歷程。而其中的寫作歷程又包含計畫、轉譯、回顧與監控四個階段，這四者之間並不是線性前進的歷程，而是來回交互地進行。[7]茲詳細說明「寫作認知模式」三部分之內涵如下：

1. 寫作環境（task environment）：係指所有影響寫作的外在因素，包含題目、提供之線索、讀者反應、文章已完成的部分、語法修辭等等。
2. 寫作者的長期記憶（writer's long-term memory）：寫作者長期記憶包含有關寫作主題、讀者意識及寫作計畫的知識，以及作者自身所具備的遣詞造句、語法結構、標點符號……等相關知識。當寫作者書寫時，會從長期記憶中提取出有關寫作的背景知識而加以運用。
3. 寫作歷程：寫作歷程可分為計畫、轉譯和回顧及作者監控四個歷程，此四者之間彼此產生高度的交互作用。
   ①計畫（planning）：此處「計畫」一詞的概念是指涉訂定寫作目的及相關議題。寫作者建立計畫時，根據長期記憶中有關主題、讀者及寫作計畫的知識以產生內容、設定目標、組織內容。
   ②轉譯（translating）：轉譯是在寫作歷程中將大腦組織過的內容重新以文字符號呈現。
   ③回顧（reviewing）：回顧的歷程包含了檢查和修改兩個次歷程，它是對已完成之部分進行評估與修正，研判是否符合所設定之目標，以決定文章是否需要修改或重寫。
   ④監控（monitor）：寫作者在寫作的過程當中不斷檢視上述三者

7 L. Flower & J. R. Hayes, "A cognitive process theory of writing," *College Composition and Communication* 32.4 (Dec. 1981): pp.365-387.

的關係，檢視時，若發現有所扞格齟齬之處，寫作者就要重新產生內容、組織內容。

閱讀的外延是以寫作作為邊界，而寫作的目的之一正是提供閱讀適切的文本與素材，透過上述寫作歷程的釐析有助於閱讀理解的推展，並且以溯源逆推的方式來理解閱讀的內在歷程。

## 第二節　華文文本閱讀之特色

華文文本由漢字組成，漢字是一套表意系統的語言，其文字具有圖畫性的結構，這是很重要的特色之一，而這個特色對於文字學習、文本理解起了一定的關鍵作用。[8]龔嘉鎮說：

> 漢字體系一直以來保持了單音化、表意化的趨勢，在同音詞大批出現且大量使用表音假借字的情況下，它之所以採取「以類附聲」的方法創造形兼音義的形聲字，其目的還是為了堅持語素單音化和構形表意化。「言，心聲也；書，心畫也。」（揚雄《法言·問神》）「言者，意之聲；書者，言之記。」（《尚書·序》孔疏）古人這些論述精闢地闡明了語言與文字的關係：語言是表達意義的聲音，文字是記錄語言的符號。音以載義而為詞，形以記詞則成字。任何成熟的文字都是既標音又表意的，這是包括漢字在內的一切文字的本質共性。不同類型文字的區別，根本在於據詞造字的方式不同（據義構形、據音構形、形兼音義），其次在於文以記言的層級不同（語素、音節、音素）。[9]

8　此處所論者涉及「解碼」閱讀策略的應用，「解碼」閱讀策略詳見本論文第四章所述之內容。

9　龔嘉鎮：〈漢字的性質與漢字的缺點〉，《語文建設通訊》第73期（2003年9月），頁6-10。

上述文字說明了漢字身為單音節、表意文字系統的重要特徵，也具體呈現漢字與西方拼音文字的差異性。拼音文字的字母所記錄的是不能區別意義的音素，方塊漢字所記錄的則是音義結合的語素；拼音文字記錄了語音的內部結構，而漢字記錄的是不再分析的整體音節。

因為漢字的獨特性，據漢字而寫就的華文文本自然有其與西文文本不同之特點。華文文本就「語言」的組織構成來看可以分成「文學文本」與「非文學文本」兩大類，此二者在語言使用的模式、結構組織的安排上都有著差異。文學創作常使用含蓄性與暗示性的表現方式，驅動和吸引讀者去領悟形式中所蘊含的意義，其語言有較多空白處、模糊處讓讀者去填補及理解；而非文學寫作的表達方式則在於直接揭示物象與意義之間的邏輯關係，語言的使用較為直接明白。[10]

文學之所以是文學是在於它的藝術性及審美性，因此，文學作品注重隱喻、象徵的使用以凸顯其審美運思的想像空間。非文學的文本則以布告、說明、傳播為主要目的，如：科普文章以介紹科學性的普遍知識為目的。所以，文學文本與非文學文本所使用的語言型態必定不同。

在西方文學的觀點裡，關於文學文本（文學語言）及非文學文本（非文學語言）兩者間的差異，其相關論述有：俄國形式主義理論所提倡的「語言的陌生化」，它主要是辨析文學語言與日常語言的差異。形式主義學派認為「日常語言」以清楚表達、明確溝通為主要目的，因此，語言的使用上以大眾所熟知、習用的為主；而「文學語言」則是顛覆一般習用的語言慣性，透過將普通語言「受阻」或「逆轉」以達到文學性的效果，這也是所謂的「語言的陌生化」。

再者，英國著名的新批評理論學者 I. A. Richards 曾經提出這樣的

10 劉業超：《文心雕龍通論》（北京市：人民出版社，2012年），上冊，頁173。

論點，他認為文學文本是由文學語言的本質特徵所決定的，文學語言與科學語言是不同的：

> 文學語言著重於情感而不在實證，科學語言依靠辭典意義（denotation），文學語言則依賴引申意義（connotations）。科學語言使用的是「符號」，文學語言使用的則是「記號」。符號與它所指的客體相對應，記號則沒有相對應的客體，因此記號表達的是一種情感或情緒。[11]

I. A. Richards 以「符號」及「記號」兩者來區辨科學語言與文學語言的差別，符號具有客觀性、普遍性；記號則是主觀地隨順不同使用者而產生變化。

文學是以語言為媒介的藝術，語言精確妥貼是文學作品的重要條件。文學本身有著美學、文化和語言的特質。因此，文學教學並不是獨立於語文教學之外，它既是語文教學的一部分，同時又超越了語文教學，文學學習的總體取向其實是審美與鑑賞的學習。[12]因此，一般的非文學語言，其意義是被語言符號加以表達及指涉的，它有一定慣性的認知基礎；而文學語言它的意義是被符號所創造的。不過，符號與符號之間又打破慣有的聯繫模式，以表達出作者主觀的認知及語言的可能性與開放度，展現出作者的獨到思維，這些受作者主觀認知影響的符號，便是上述 I. A. Richards 所說的「記號」。

清代文學批評家李重華在《貞一齋詩說》的開頭曾說：「詩有三

11 此段 I. A. Richards 的話語轉引自朱立元主編：《當代西方文藝理論》（上海市：華東師範大學出版社，1997年），頁97-98。

12 張永德：《香港小學文學教學研究》（廣州市：廣東教育出版社，2006年），頁33-50。

要，曰：發窮於音，征色於象，運神於意。」[13]這說明了詩歌是由三個層面構成：聲音、物象、情意。詩歌是文學性文本的典型，文學性文本的重要特色之一便是藉由意象來表情達意，而李重華所提及的「物象」便是指涉出意象的概念。除了上述所言，還有以下幾項特色也是區辨文學與非文學文本的要點。

### （一）形象性

所謂「形象性」係指「具象化」。作家、詩人用語言文字來呈現難以言說的抽象心情轉折，使之具體化；或把人物、事物的樣貌型態描寫地活靈活現宛如眼前一般，龍應台曾說：「文學是使看不見的東西被看見。」[14]以蘇軾的詩作為例〈六月二十七日望湖樓醉書〉其一：「黑雲翻墨未遮山，白雨跳珠亂入船。捲地風來忽吹散，望湖樓下水如天。」在這首詩中，東坡充分發揮形象思維，運用形象化的詞語如「黑雲翻墨」、「白雨跳珠」等來形容厚雲密佈，急雨奔肆，頃刻之間又雨過天青之景象。正如王力所說：「形象思維是文學問題，也是語言問題。形象思維是用具體形象來構思，表現為語言則是多用具體詞句，少用抽象名詞。」[15]王力此言，為我們欣賞文學和進行文學寫作時提示了重要的方向。

### （二）虛擬性

文學語言的一大特色是不直白，具有模糊性、未定性、多義性，

13 〔清〕李重華：《貞一齋詩說》（臺北市：藝文印書館，1971年影印民國五年《清詩話》本），卷2，頁87。

14 龍應台：《百年思索》（臺北市：時報文化出版公司，2000年），頁7。

15 王力：〈略論語言形式美〉，《龍蟲並雕齋文集》（北京市：中華書局，1980年），第1冊，頁98-105。

這似乎是文學語言的「短處」，其實也是文學語言的「長處」。因為它給廣大讀者留下了無限的聯想和想像的空間，讀者可以憑藉自己的生活經驗和閱讀經驗填補其中的「空白」，也增添讀者與作者、文本對話的可能性。所謂「虛擬性」是指透過文學技巧將一般性的現象與常態加以渲染擴大，並給予更大的密度與張力，以呈現一種超越尋常普遍生活經驗的樣貌。

### （三）情感性

情感性是文本呈現「文學性」的另一個重要體現。「情感是文學材料形成的心理動力。文學材料的形成是心物交融的結果，而心與物的交融，從來都是在情感驅動下實現的。」[16]如劉勰所言：「春秋代序，陰陽慘舒，物色之動，心亦搖焉。……歲有其物，物有其容；情以物遷，辭以情發。」[17]因物起興、睹物思情、情以物遷、由景入情……上述諸言在在都說明了「情感」性是文學作品的重要特徵。至於其他類別文本的語言，如科技語言、公文語言等等，是純粹以理性、客觀的方式來說明事物，不需要表達說話者的情感色彩；而文學語言則非表達作者的情感與心念不可。不過，即使是文學語言，其表達情感的程度仍有高有低，表達的方式有曲有直、有隱有顯。[18]

文學語言的特質釐清之後，非文學性文本的內涵與特色便站在與之相反的路徑上而顯得清楚可辨。我們試就以下兩篇文章來區辨文學語言和非文學語言的差別。以下為非文學語言的文本示例：

---

16 劉業超：《文心雕龍通論》（北京市：人民出版社，2012年），下冊，頁1095。

17 〔梁〕劉勰：〈物色〉，《文心雕龍》（影印文津閣《四庫全書》本），卷9，見《文津閣四庫全書》（北京市：商務印書館，2006年），第1482冊，頁59。

18 此處關於文學語言的三項特質，其概念發想源自大陸學者劉真福〈話說文學語言〉（北京市：人民教育出版社，2008年9月網路論文）網址：http://www.pep.com.cn/gzyw/jszx/grzj/zyszj/lzf/wzjs/201008/t20100826_765964.htm。

> 認識糖尿病的人，一定都知道胰島素的重要。這個激素幫助細胞儲存醣類和脂肪以提供能量。當身體不能產生足夠的胰島素（第一型糖尿病）或者對它有異常反應（第二型糖尿病），就會發展成許多循環系統和心臟方面的疾病。但最近的研究顯示，胰島素對大腦也很重要——胰島素異常和神經退化性疾病有關，如阿茲海默症（Alzheimer's Disease）。長久以來，科學家相信只有胰臟會製造胰島素，而中樞神經系統完全沒有參與。到了1980年代中期，幾個研究團隊在大腦發現了胰島素。顯然這個激素不僅可以通過血腦障壁，大腦本身也能少量分泌。接下來，科學家又發現胰島素對於學習和記憶很重要。例如：受試者在注射或吸入胰島素之後，對於回憶故事情節和其他記憶能力馬上增強了；而擅長空間記憶測試的大鼠比起慣於靜止的大鼠，腦部也含有較多的胰島素。（改寫自 Melinda Wenner 著，林雅玲譯：〈大腦也會得糖尿病〉）[19]

接著我們看文學性語言的文本：

> 托爾斯泰是一位伯爵，擁有很大很大的農莊，但是在他的作品《復活》中，他重新回顧成長過程中身為貴族的沉淪，以及擁有土地和農奴帶給他的不安與焦慮，他決定出走。我認為托爾斯泰最偉大的作品不是《復活》也不是《戰爭與和平》，而是在他垂垂老矣時，寫的一封給俄國沙皇的信。信中，他沒有稱沙皇為皇帝，而是稱他為「親愛的兄弟」，他寫到：「我決定放

19 大學入學考試學科能力測驗考試九十八學年度國文科試題，試題見大學入學考試中心網站：http://www.ceec.edu.tw/AbilityExam/AbilityExamPaper/98SAT_Paper/98SAT_PaperIndex.htm。

> 棄我的爵位，我決定放棄我的土地，我決定讓土地上所有的農奴恢復自由人的身分。」那天晚上把信寄出去之後，他收了幾件衣服，拎著簡單的包袱，出走了。最後他死於一個名不見經傳的小火車站，旁人只知道一個老人倒在月臺上，不知道他就是大文豪托爾斯泰。（蔣勳：《孤獨六講》〈革命孤獨〉）[20]

從上述兩篇文章中可以見到文學文本與非文學性文本的差別，文學文本的作者主觀性較強，作者的企圖與意志可以從文本中被理解；而非文學文本則有較多客觀性的論述呈現，其目的在說明或宣告事件、物件、人物，所以作者本身的風格不被凸顯。

語言文字的表達之所以被理解是因為它的結構特性。創作者根據自身的意圖，形成概念；聯結概念，成立命題；聯結命題，編成概念結構或語文結構。王開府在探討了概念圖與心智圖於語文課程的運用時，曾經分析各種文體的結構、閱讀能力的指標及寫作構思的過程，進而提出了「概念模式」（concept model）的構思。他認為：

> 學習者使用這些思考工具時，其內心須累積一些可以放在主幹層的概念群。這些概念群往往自成一組，屬於同一層級，可被成套的使用，形成思考的常用模式。不同文體篇章有著不同的概念模式，閱讀時循著這個結構，能有效地理解與掌握篇章的內容。[21]

---

20 大學入學考試指定科目測驗考試九十七學年度國文科試題，試題見大學入學考試中心網站：http://www.ceec.edu.tw/AppointExam/AppointExamPaper/97DRSE_Paper/97Drse_PaperIndex.htm。

21 王開府：〈心智圖與概念模組在語文閱讀與寫作思考教學之運用〉，《國文學報》第43期（2008年6月），頁263-296。

「概念模式」是一種認知結構，因為當「概念模式」建立後，便會儲存在腦中成為「基模」(schema)，這些「基模」變成可以隨時提取的先備知識。因此在語文教學中，學習不同文體的「概念模式」也是一種有助於理解的閱讀策略。

不論是文學或非文學的文本，它們都具有一定組成原則的篇章結構。篇章結構是指篇章的外部表達形式及內部各要素之間的連結關係。作者對於創作有其見解與思維，為了清楚地傳達這些見解，作者會利用篇章結構，將創作的意圖順暢地體現。例如：在華文文本的世界中常常聽見「起、承、轉、合」這樣的文章結構模式，「起」是文章的起筆，「承」是對前面敘述的人、事、物進行延續描寫，「轉」是為了使文意有所起伏而使筆鋒進行轉向，最後的「合」則是對結果、結局的交代，也對全文主旨進行概括或全文意旨的複述。

除了「起、承、轉、合」之外，尚有其他篇章結構的類型，如：「總、分、合」的先總括、再分述、後結論的模式。篇章結構一定程度地反映了作者思維的方式，讀者得以利用這些結構的特性對文章進行分析及鑑賞，進而達到閱讀理解的需要。[22]

「閱讀策略」是讀者視個別理解的要求、視文章性質的不同、視閱讀的目的……來彈性調節其閱讀的方法，以達到理解為目的。目前臺灣在閱讀策略的開拓上發展甚豐，但是針對不同語言型態所形成的文本，則未見與之相符的策略運用之分析。文學文本與非文學文本所適用的閱讀策略不一定相同。非文學文本是以清晰的、條理的陳述資訊與觀念為書寫的重點，因此，過於模糊的、象徵的語言是不適用的，所以，它需要的閱讀策略自然與重視形象化、情感性的文學文本不同。

---

22 羅綺蘭：〈善用「概念模式」加強學生分析抒情性文章篇章結構的能力〉，香港教育局小學校本課程發展組編：《以行求知——學與教．思與情經驗分享會》(香港：香港教育局小學校本課程發展組，2012年)，頁9。

辨析了不同文本的語言特色之後，我們接著探究的是：何以不同文類或文體需要不同閱讀策略？我們知悉讀者在面對不同的文本類型時，其閱讀方式及大腦運作模式並不相同，以二〇〇三年大陸公布之《普通高中語文課程標準（實驗版）》的內容來看，大陸高中課程標準中針對不同的文本類型揭示了該如何進行閱讀與教學的細則。

「論述類」文本，教師應引導學生把握觀點與材料之間的聯繫，並關注思想的深刻性、觀點的科學性、邏輯的嚴密性、語言的準確性。「實用類」文本中的新聞，應引導學生注意材料的來源與真實性、事實與觀點的關係、基本事件與典型細節、文本的價值取向與實用效果等。而閱讀「文學作品」的過程，則是發現和建構作品意義的過程。作品的文學價值，是由讀者在閱讀鑑賞過程中得以實現的，文學作品的閱讀鑑賞，往往帶有更多的主觀性和個人色彩，應引導學生設身處地去感受體驗，重視對作品中形象和情感的整體感知與把握，注意作品內涵的多義性和模糊性，鼓勵學生積極地、富有創意地建構文本意義。在揭示上述不同文類作品的閱讀與教學方法之後，課程標準中還舉例說明教學時應如何評價學生在不同文類作品上的閱讀力。

> 「論述類」文本閱讀的評鑑，著重考察學生抽象思維能力，如能否概括和提煉文本的思想觀點、發現觀點材料之間的邏輯聯繫，並作出初步的評價，對言之有據的獨特見解，應予以鼓勵。「實用類」文本閱讀的評鑑，著重考察學生對文本內容的準確解讀，以及對文本資訊的篩選和處理能力。[23]

大陸課程標準中提到不同文類的閱讀方式與評鑑重點的分析，正好與

---

23 倪文錦：《高中語文新課程教學法》（北京市：高等教育出版社，2004年），頁11-53。

本書的問題意識相契合。因此，針對文本理解的需求所施行的閱讀策略，在遇到不同文類時必然有與之相對應的策略為是。

文學作品因為語言使用上的特色，有許多象徵、隱喻、意在言外的詞彙，所以可從形式特徵上的審美技巧來加以分析，形式審美是理解文學文本的重要特點之一；而非文學的實用性文本，則可以從它的語用特徵上來觀察，意義分析則是它的重點。

## 第三節　心理學理論與閱讀策略

閱讀是一個複雜的過程，它關涉到心理層面，也與大腦運思息息相關，建構閱讀策略時不得不考慮心理因素對於閱讀的影響，而目前中外學界對於閱讀的研究都以閱讀歷程的內部探索為主軸向外衍義，因此，以心理學為基礎來研究閱讀策略是必要的取徑過程之一。

任何語言的學習，不外乎「聽、說、讀、寫」等四項能力，更進一步探究這四者的關係，可以從兩個層面來理解，其一：美國語言科學家 Steven Pinker 在他的《語言本能》一書中曾提及：「語言是人類大腦組織中的一個獨特構件。一個人在兒童時期就能掌握語言這門複雜的技能，不用刻意學習，也無須正規教導。人們可以自如地運用語言，而不必瞭解其背後的邏輯和原理。」換言之，從科學的角度來看，精密複雜的語言能力是人類與生俱來的一種生物屬性，不過，這主要是針對母語及第一語言學習而言。就母語習得來說，兒童所遵循的順序大致都是按「聽→說→讀→寫」的發展。他們聽成人說話，聽外界種種聲音，然後加以仿效學習，接著嘗試自己發音說話，等到年紀逐漸增長，再依序學習閱讀、書寫。其二，若將上述四種能力依照其內涵來加以分析，則應該是「聽、讀、說、寫」，聽與讀兩者都屬於「理解能力」，可歸於一組，傾聽與閱讀都是理解外界的方式，

「聆聽」他人的語言資訊，「閱讀」外界的文字圖像訊息；說與寫則屬於表達能力，說話與書寫是表達自我的途徑，前者以語言表達傳遞，後者以文字圖像表達。人類的學習先從模仿、理解、分析之後才是個體自我的創造發展，這點可就美國教育心理大師 bloom 的理論來互為闡釋。[24]

閱讀是一個認知的歷程，而認知本來是心理學研究的領域，趙艷芳定義「認知」:「認知是人獲得知識或學習的過程，它是心理過程的一部分，是與情感、動機、意志等心理活動相對應的大腦理智的認識，也是獲取知識的一種行為與能力。」[25]

閱讀是複雜的心智運作歷程，多數西方研究將閱讀歷程分為識字（word recognition）與理解（comprehension）兩大部分。一九六〇年代認知心理學復甦後，喀威爾則提出閱讀四個層次來描述人們理解語言文字的歷程[26]：

> 第一層是將字解碼，並決定這些字在句中的意義。
>
> 第二層則是將文句中某些個別字的意義聯合起來，用以完整明瞭句子意義。
>
> 第三層則是瞭解段落和段落間所隱含的主旨，以及原因、結果、假設、涵義等。
>
> 第四層是評價各種觀念，包括邏輯、證明、真實性與價值判斷等問題。

---

24 美國教育心理學家布魯姆（B. Bloom）將教育目標分為認知、情意、技能三類。在認知領域（Cognitive Domain）中，又可細分為知識、理解、應用、分析、綜合、評價等六個認知層次。2002年經 Anderson 等人的修訂成為：記憶、理解、應用、分析、評鑑、創作等六項。

25 趙艷芳：《認知語言學概論》（上海市：上海外語教育出版社，2001年），頁2。

26 Richard Mayer 著，林清山譯：《教育心理學——認知取向》（臺北市：遠流出版社，1997年），頁34-78。

喀威爾的說法揭示了從字、詞、句、段、章的意義理解過程，這是一種由小而大、由淺及深的進程，也是讀者閱讀文本時的理解過程。但是，理解後的訊息或知識又該如何貯存在大腦呢？

閱讀文本時，我們通常會先經過大腦刪選哪些內容是重要的，哪些內容是次要（這有賴閱讀累積而成的先備知識所形成的認知）；其次便是針對所選取的訊息在短期記憶中重新組織，變成一個完整的概念體系；最後再將新吸收的知識與原先既有的知識進行整合，然後成為貯存在大腦裡的知識之一。

目前，心理學者根據認知心理的訊息加工過程而將閱讀歷程略分為幾種理論模式：

### 其一：自下而上模式（Bottom-up Model）

此模式認為閱讀是從基本的字詞解碼認知開始，直到獲取意義為止。由於此模式是主張文意的理解是建立在認字的基礎上，是由資料所驅動的，故又稱為「資料驅動模式」(data-drive model)，也就是把閱讀當作對文本進行一連串的運作，此一模式以高夫（Gough）為代表。高夫將這個閱讀模式析分成五個步驟：第一是「肖像表徵」，也就是針對文本初次閱讀時，進行「掃描」；第二是「字母的辨認」；第三是「詞的認知」，是根據前面字母辨認後的組合，在心理詞典中找到該詞的意義；第四則是「詞在句子中的加工」；第五是「短時記憶」。[27]Gough 認為閱讀理解的發生，是讀者經由辨認字、詞、句、文法而建構意義的過程。此模式強調基本語言知識的重要。

### 其二：自上而下模式（Top-down Model）

此模式重視讀者個人先備知識的重要性，讀者憑藉著已有的經驗

---

27 張必隱：《閱讀心理學》（北京市：北京師範大學出版社，1996年），頁40-48。

進行閱讀，閱讀中不斷對文本產生假設、驗證，因而不必對每個單詞都仔細閱讀並找出語義解釋。此模式是美國著名的語言學者古德曼（Goodman）於一九七六年提出的，古德曼認為閱讀是一個心理語言學的猜測遊戲，它包括了思想和語言間的交互作用，有效的閱讀不一定是來自精確地辨識所有文字的成分。[28]簡而言之，自上而下理論的中心思想是：閱讀是一種建構意義過程，不單單由文字表面獲取意義，而是從整體書面材料提取意義的過程。

古德曼的模式對於閱讀歷程的理論產生很大的影響，此派別強調背景知識在閱讀中的重要性。

### 其三：交互理論模式（Interactive Model）

提出這個主張的是美國認知心理學者魯姆哈特（Rumelhart），他認為閱讀是自下而上和自上而下兩種模式互相作用而成的。閱讀歷程中，文字、詞彙、語義、句法的知識、讀者已有的知識結構、閱讀習慣，都會影響讀者對於文本的解釋；各種訊息是彼此交互作用的，而非單一的自上而下或自下而上。由於「自下而上模式」及「自上而下模式」是屬於直線模式，無法解釋跳躍的、多重的推論式理解發生的情況，所以目前較多學者支持閱讀歷程採「交互模式」的觀點是比較適切的，也就是說，此學說認為文本意義不僅來自於字面的訊息，同時也是個體運用先備知識主動建構的結果。

### 其四：基模理論（Schema Theory）

「基模理論」又稱「圖示理論」。「基模」是認知心理學的術語，

---

28 周小兵、張世濤、干紅梅：《漢語閱讀教學理論與方法》（北京市：北京大學出版社，2010年），頁12-13。

指人腦中已經存在的知識系統。[29]心理學者在研究人類的知覺與記憶歷程時，發現人類具備一種複雜的組織系統，稱為「基模」。基模是個體用來認識周圍世界的基本模式，此模式是由個體習得的各種經驗、意識、概念等構成一個與外界現實世界相對應的抽象的認知架構。它是存在人腦中的認知架構，包含了我們對外在世界的概念、這些概念的屬性，以及這些屬性之間的關係。基模理論的作用在於建造出對於一個事件、一個客體或者一種情況的解釋。但基模有個缺點是它可能會引起刻板印象。[30]例如：我們大腦中有著圖書館的基模存在，今天閱讀到一段關於描述圖書館的文章，還沒讀完文本中關於圖書館的內容敘述時，腦海中已經浮出圖書館的基模，讀者用此基模來推論文本意義的後續或是驗證文本中的敘述。在基模理論中，閱讀被視為一個主動建構意義的過程，將個體已有的知識與文章內的新知識相互連結。此派認為閱讀理解是基於個體新舊知識的整合，閱讀者將新知識加以選擇及組織，再整合到讀者的先備知識結構中。[31]

上述四種常見的閱讀歷程的理論，提供了我們省視閱讀時的多方位視角。就華文文本而言，對於一個剛起步的讀者來說，他要了解文本的意義，必須先明瞭個別句子的意義；要了解個別句子的意義，必須能分析句中的詞語組合；要能分析每個詞語的結合與意義，必須能辨識構成詞語的字；要能辨識每個字，必須能理解它的筆畫結構或是組成方法。這些層遞性的關係，逐步拾級而上構成一個完整的閱讀能力體系，因此，閱讀能力的內涵從字、詞、句、段、篇等面向組合成一總體。這樣的過程類似「自下而上」的理論，但是，閱讀者如果自身

29 張必隱：《閱讀心理學》（北京市：北京師範大學出版社，1996年），頁240。

30 史登伯格著，李玉琇、蔣文祁譯：《認知心理學》（臺北市：雙葉書局，2010年），頁23-25。

31 魏靜雯：〈心智繪圖與摘要教學對國小五年級學生閱讀理解與摘要能力之影響〉（臺北市：臺灣師範大學教育與心理輔導研究所碩士論文，2004年）。

的背景知識或起點行為充分了之後，他的閱讀模式就可以自由變換了。

一般人講文章作法總喜歡說「文成法立」、「文無定法」，讓人以為創作全然是心領神會的靈光自行迸發的結果。其實文章有其作法，一如閱讀也是有策略的。明瞭了閱讀歷程之後，接續將探討閱讀策略於閱讀進行時所能啟動的效益為何？

閱讀是讀者以先備知識與文本互動，在個人心中建構文本意義的歷程。流暢的閱讀是一種不斷推論的歷程，透過填空的方式，填補文章空缺，並主動建構意義。閱讀歷程的流暢性與讀者是否能使用策略有關，運用策略可以使讀者根據文本的性質做必要的思考。所謂策略是目標導向的認知運作結果，而「閱讀策略」係指在閱讀過程中，閱讀者用來處理閱讀材料和完成一個特定目標所進行的有組織、有計畫的行動或過程。

PISA 閱讀素養評量在其架構組織中提及閱讀的認知歷程[32]，其內容也暗示著一種閱讀策略的進行。首先，從文本內的資訊進行「擷取與檢索」、「統整與解釋」的過程，再者，將這些資訊與個人經驗或外在事物連結，這是「反思與評鑑」的能力。這些過程、能力與認知的發生緊緊扣合在一起，例如：透過「擷取訊息」此一策略，讀者可以知悉文本內所提供有用的、有效的訊息有哪些？並且覺知訊息在文本的何處出現？或是透過「省思文本形式」的策略來思索該文本是否使用適當的模式來書寫。「省思文本形式」策略在主題式文本的閱讀上（同一主題之不同文章）也具有一定程度的指導作用。以下表格為PISA 閱讀素養評量中所揭示之閱讀認知歷程[33]：

---

32 見國際經濟合作發展組織 OECD 的 PISA 英文網站公告內容：http://www.oecd.org/pisa/pisaproducts/Draft%20PISA%202015%20Reading%20Framework%20.pdf。（2015年7月9日查詢）

33 見國際經濟合作發展組織 OECD 的 PISA 英文網站公告內容：http://www.oecd.org/

| 閱讀連結 | 閱讀認知能力 | 閱讀認知歷程 |
|---|---|---|
| 1. 文本訊息 | 1-1 擷取與檢索 | 1-1-1 擷取訊息 |
| | 1-2 統整與解釋 | 1-2-1 形成廣泛理解 |
| | | 1-2-2 發展解釋 |
| 2. 外在連結 | 2-1 省思與評鑑 | 2-1-1 省思文本內容 |
| | | 2-1-2 省思文本形式 |

在明瞭閱讀的心理過程與運思歷程之後，我們就 Pressley 與 Gillies 的說法，來了解閱讀策略使用與施行的時機。其學說指出閱讀時可依不同階段的需求採取異樣的理解策略：

1. 解碼階段：閱讀時，若無法辨認出單字，可使用的策略如：查檢字典、詢問他人、對照上下文猜測字義、先行跳過或暫時忽視等等。
2. 文義理解階段：遇到不了解的字句意義時，可使用的方法如：在難字難句底下劃線、分析句子結構、統整各單字組合後的意義、對照上下文以推敲字句的意義、跳過忽略該部分等等。當不了解的是全文的文章意義時，可採用的策略包括重新瀏覽全文、劃下重點、分段閱讀、自我問答、做筆記、寫摘要、文章結構再分析等。
3. 推敲理解階段：此階段可採用的策略包括：運用舊經驗及知識以增進理解、檢討文章理論的正確性及一貫性、批判文章的內涵、進行新的聯想及推論等。
4. 理解監控階段：此階段是讀者想要了解自身閱讀理解的歷程，因此，它類似一種後設認知的狀態，此時可採用的方式包括評鑑自

pisa/pisaproducts/Draft%20PISA%202015%20Reading%20Framework%20.pdf。（2015年7月9日查詢）

已理解的正確率並根據結果來自我調整。[34]

根據以上的論述，我們知悉閱讀策略得以針對閱讀歷程的不同而調整，也能夠針對不同文類之文本形式來轉變策略內容。

## 第四節　西方文學理論與閱讀策略

從西方文學理論的發展歷程來看，西方文論在研究重點上發生兩次重要的歷史性轉移，第一次是從作家研究轉向到文本研究，第二次則是從文本研究轉向到讀者接受研究。於是，我們可見三種文學批評理論的模式：「作者中心」、「文本中心」、「讀者中心」。這幾種不同的批評模式形成了前後銜接的歷史性轉換過程。[35]

十九世紀是「作者中心」理論發展的主要階段，此時期以浪漫主義、現實主義和實證主義為主流，儘管它們的名稱不同，但是其研究重點卻一致，都重視作者對於文本分析上所代表的意義。如：浪漫主義便認為所有的文學作品都有一個中心意義來源（作品的中心），而這個意義來源就是作者，作品是作者的思維與性格反映。

「作者中心」重視作者的生平經歷、知識背景、思想觀念等和他自身所寫就的文本之關係。研究作家的性格、情感、心情對創作的影響，甚至作者所生活的時代、出身的家庭、幼年的環境、所受的教育、首次的成功或失敗……等等命題，是此學派的研究重點。其主要思維與孟子所言的「知人論世」[36]理論相近似。梁實秋曾說：「一個人

34 D. L. Pressley-Forrest & L. A. Gillis, "Children's flexible use of strategies during reading," in *Cognitive strategy research: educational applications*, ed. M. Pressley & J. R. Levin (New York: Springer-Verilog, 1983), pp.133-156.

35 朱立元主編：《當代西方文藝理論》（上海市：華東師範大學出版社，1997年），頁2。

36 《孟子》〈萬章下〉：孟子謂萬章曰：「一鄉之善士，斯友一鄉之善士；一國之善士，斯友一國之善士；天下之善士，斯友天下之善士。以友天下之善士為未足，又

的人格思想，在散文裡絕無掩飾的可能，提起筆便把作者整個性格纖毫畢露的表現出來。」[37]作家與作品的密切關係在華文的文本評論與分析中一直是一股強大的認知力量。

到了二十世紀的二〇、三〇年代，隨著俄國形式主義、英美新批評學派、結構主義的興起，以「文本」為中心的研究崛起。此派學者認為不該透過作者的創作意圖來衡量文本，因為，如果作家的創作是成功的，其文本本身就足以體現作者的想法或意念，於是，只要關注文本即可。「文本中心」批評模式是專注於文本本身，並根據形式因素來評價文本，聚焦於文本的形式、技巧、結構、符號、語義、語言等部分，它強調從有形的、具體的層面對文本進行科學化的分析與系統性解讀。

繼「文本中心」的觀點之後，學者又開始關注讀者閱讀時的種種情況，諸如：讀者的審美經驗與審美反應、讀者於閱讀前的先備知識與起點行為、讀者於閱讀後的期待視野……等等。此派學說以關注讀者的閱讀行為和效果取代了關注文本自身，它注重文學活動的過程。此時，早先「文本中心」所倡議的一部文本只有一個客觀的結構和確定意義的看法開始被質疑與挑戰。「文本」被視為一個事件，它只能在讀者的閱讀過程中才展開自身意義，於是，「讀者中心」的論述成了繼起的重要學派，而「接受理論」是「讀者中心」中極為突出的一派，此學派大師漢斯．羅伯特．姚斯（Hans Robert Jauss）曾說：

> 一部文學作品，並不是一個自身獨立、向每一時代的每一讀者

---

尚論古之人。頌其詩，讀其書，不知其人，可乎？是以論其世也。是尚友也。」見謝冰瑩等編譯：《新譯四書讀本》（臺北市：三民書局，2007年），頁203。

37 梁實秋：〈論散文〉，收入梁實秋、葉公超主編：《新月散文選》（臺北市：雕龍出版社，1978年），頁409-413。

> 均提出同樣觀點的客體。它不是一尊紀念碑，形而上學地展示其超時代的本質。它更多地像一部管弦樂譜，在演奏中不斷獲得讀者新的反響，使文本從字詞的物質型態中解放出來，成為一種當代的存在。[38]

循此視角，「閱讀」可說是一個讀者所從事的「事件」，而意義或理解則是閱讀此一「事件」的結果。在姚斯的理論下，文本中的句子不提供作品的客觀意義，文本的意義存在於讀者閱讀作品時的經驗和反應。所以，在「讀者中心」的思維下，文學批評成為讀者與文本、作者與讀者之間的一種雙向交流活動，文本的意義就存在於文本與讀者的相互作用之中。當一個讀者認定，文本意義就是他所理解的意義時，此刻，文本的意義便是該讀者對於文本的感知，他在文本中感知到了什麼，文本的意義就是什麼假如讀者沒有感知到的，文本的意義也就不存在，因此，文本的意義就變成了讀者的任意感知。[39]上述論述就是一般所習稱的「讀者反應理論」。

承上所言，此時，閱讀不再是作品的文句刺激一個被動的讀者產生感受；相反的，讀者在還沒拿起作品來之前，便已經有某些預存的興趣和動機傾向，正是這些預存的因素建構了他所見的作品，創造了他在閱讀過程中的感受。換句話說，感受不是被動的對作品作出反應，而是主動的創造閱讀經驗。「讀者」此一命題是歷來被研究最少的，卻是構成文學歷史非常重要的一環，一部文學作品的歷史生命，若不經過讀者一代代的閱讀，沒有歷來讀者的接受，就不會有文學作

38 見〔德〕漢斯．羅伯特．姚斯著，周寧、金元浦譯：〈文學史作為向文學理論挑戰〉，《接受美學與接受理論》（瀋陽市：遼寧人民出版社，1987年），頁26-27。

39 張奎志：〈文本．作者．讀者——文學批評在三者間的合理遊走〉，《學習與探索》2008年第4期，頁189。

品的歷史。「讀者反應理論」啟動了創作與評論時對於「讀者」此一視角的觀照與注視。

閱讀時，讀者是不斷和文本進行互動的，美國知名文學研究者 Louise M. Rosenblatt 曾說：

> 為了獲得一個文本的闡釋，讀者將自己的性情和以往交易的儲備帶到了文本之中，並經歷了一個處理新情境、新態度、新人格和新價值衝突的過程。[40]

閱讀的過程並非線性的單向過程，它可能融入讀者種種的先備經驗與起點行為，例如：讀者對於文本作者的認識、讀者本身的閱讀能力、讀者的閱讀興趣……等等都影響著「閱讀」此一行為。

藉由上述西方文論的歷程回顧，我們見到文學批評與鑑賞在視域重點上的轉移，是故，「作者中心」、「文本中心」、「讀者中心」三種理論模式正提供閱讀時所可以用來理解文本意義的三種進路。

本書所開展的七項閱讀策略，區分成「形式」與「內容」兩大類別，這七項策略是以可操作、具體性為其原則，因此，它的立意發想與「文本中心」理論所述及的評價文本之方式較為接近。

「文本中心」理論中以「新批評」學說為重要代表。「新批評」（New Criticism）是一種關注文本主體的形式主義理論，他們認為文學研究應以作品為中心，對作品的語言、構成、意象等各部分進行細緻的分析。但是新批評從來就不是一個統一的流派，是由後來的文學

---

40 見 *The Reader, the Text, the Poem: The Transactional Theory of the Literary Work*（中譯：《讀者，文本，詩：文學作品的交易理論》）一書，此段譯文轉引自〔美〕查爾斯·E·布萊斯勒著，趙勇、李莎、常培杰等譯《文學批評：理論與實踐導論》（第五版）（北京市：中國人民大學出版社，2015年）。

理論學者對二十世紀二〇、三〇年代以來在英美新興的批評話語中所概括而生的一個名詞。新批評學派眼光注視作品，認為作品即「本體」，作品即包含了自身的全部價值和意義。

在新批評學派之前，沒有一個文學批評派別提出如此明確的主張：一切關於作品的分析就在作品身上發生。在新批評學家看來，讀者是可以排除在外的，因為作品的意義不以讀者為轉移；其次，作者也可以不必考慮，如果作者意識或其他動機能在作品中呈現，那麼研究作品即可。因此，新批評學派的主張是：文本解讀的立場只能是文本中心，作者可以死去，讀者也會逐漸死去，唯一不死的是經典文本。[41]

我們知道在任何一種文化語境中，字或詞的「字典意義」是最基本的意義，是任何使用此一字或詞者都必須理解的意義，只有了解這個字或詞的字典意義後，交流才能實現。而文學作品的原典意義是指它通過文字、符號所顯現出來的意思，這一原典意義是作品本身所固有的，是作者透過作品所傳達出來的東西。事實上，我們知道，字或詞的實際使用意義和字典意義之間會存在著差異，文學批評中解釋的文本意義和作品的原典意義也存在著差異，但是，這並不妨礙作品的原典意義。讀者在具體的批評中賦予了作品一種新的解釋，而這，絲毫沒有改變作品的原典意義，它只不過是為作品增加了一種新的詮釋。[42]

讀者閱讀時是採用知人論世的歷史研究法，透過對作者的大量認識來理解他的作品（作者中心）？還是揚棄作者（作者已死），並且放下讀者的成見，運用新批評法來對文章進行閱讀及理解（文本中心）？又或者，純然由讀者自身產生一種新的審美經驗及意義詮釋呢

41 孫紹振：《批判與探尋：文本中心的突圍和建構》（濟南市：山東教育出版社，2012年），〈序言〉，頁1。

42 李壽福主編：《西方現代文藝理論研究》（杭州市：杭州大學出版社，1991年），頁313-327。

（讀者反應）？這是每個讀者在面對文本時的不同思維向度。

在作者、讀者和文本之間，固然有其各自的本體性，但是，這種本體性是相對的，而非絕對的。此處，援引並改編自香港教育學院白雲開所撰寫之相關文章[43]，將三種文學批評鑑賞模式與閱讀的關聯性進行比對、整理如下表格：

| 類別 | 內涵與說解 |
|---|---|
| 作者中心 | 無論東方與西方皆重視作者的存在。閱讀的目的就是找尋作者的本意，或是尋覓作者在文本中放置的符號及其意義。 |
| 文本中心 | 英美「新批評」理論（New Criticism)。文本是一個自我完足的有機統一體，拋棄作者與讀者對文本的影響。 |
| 讀者中心 | 讀者反應理論（Reader-Response Theory）、接受理論（Reception Theory)。強調閱讀本體（讀者）的重要性，強調閱讀本身是一種創作，一種比原作者還重要的創作，文章的意涵只有從讀者閱讀中才能創造出來，焦點完全放在閱讀過程和閱讀本體的主動性。 |

白雲開更將閱讀區分成「傳統閱讀」與「互動閱讀」，並與「作者中心」、「文本中心」、「讀者中心」三種模式互相分析比較：

| | 傳統閱讀 | | 互動閱讀 |
|---|---|---|---|
| 重點 | 以作者為主（作者中心） | 以文本為主（文本中心） | 以讀者為主（讀者反應理論） |
| 說明 | 文意依附於作者之中（知人論世） | 文意依附於文本之中（文本是有機的結構） | 文意為獨立物，是由讀者、文本、文化等環境塑造而成的。閱讀策略顯得異常重要。 |

43 白雲開：〈論李潼《少年噶瑪蘭》的閱讀效果〉，中華民國兒童文學學會編：《永遠的兒童文學作家：李潼先生作品研討會論文集》（臺北市：中華民國兒童文學學會，2005年），頁109-135。

| | | 傳統閱讀 | | 互動閱讀 |
|---|---|---|---|---|
| 閱讀與閱讀教學的方向 | 作者 | 生平、際遇 | 寫作風格 | |
| | 文本 | 歷史背景、字詞句的意義、段落大意、主題思想 | 字詞句的意義、段落大意、主題思想、潛藏意義 | 字詞句的意義、段落大意、主題思想 |
| | 讀者 | | | 閱讀目的、閱讀策略、先備知識、思維能力、文化背景 |

透過對西方文學理論發展軸心的歷程轉變研究，我們見到以作者、文本、讀者三者為中心的閱讀理解模式之種種可能。而白雲開的表格分析整理，更讓作者、文本、讀者三者的評論模式與閱讀教學現場實際結合。「作者中心」、「文本中心」的思維是常見於語文課堂上的傳統教學模式，老師負責傳輸並教導該文本種種關於作者及文本解讀的知識與技能；至於以「讀者中心」為焦點的教學模式則將學生視為各自獨立的讀者，教學課堂上讓這些獨立的讀者與文本直接溝通對話，這是一種互動式的教學模式。

文學理論除了用以創作，也可以提供閱讀時的思維，更為閱讀教學的模式灌注新的活水。

# 第三章
# 《文心雕龍》「文術論」中之閱讀視域

## 第一節《文心雕龍》之內涵及其與閱讀之關聯

### 一　《文心雕龍》之內容特色與組織架構

《文心雕龍》是南朝齊梁之際的文學巨擘劉勰所寫就的一部結構嚴密、論述細緻的中國文學理論專著。本書大約完成於西元五〇一至五〇二年間。全書的架構共十卷，每卷五篇，合計五十篇，前二十五篇為上篇，後二十五篇為下篇。

《文心雕龍》全書以當時流行的駢體文所寫成，是中國古典文學創作與批評領域的豐富著作，但是，此書在民國以前並未風行，直至民初，西學東漸，西方文學理論漸次影響中國，許多學者在飽嚐西方文論的洗禮之後，開始思索中國是否有旗鼓相當的理論鉅作可以作為中國文學研究的借鑑呢？[1]於是《文心雕龍》的研究開始蔚為風尚，有「龍學」之稱。全書內容據劉勰自已在〈序志〉（此篇乃是《文心雕龍》全書的序言）篇中云：

> 蓋《文心》之作也，本乎道，師乎聖，體乎經，酌乎緯，變乎騷：文之樞紐，亦云極矣。若乃論文敘筆，則囿別區分，原始以表末，釋名以章義，選文以定篇，敷理以舉統：上篇以上，

1　卓國浚：《文心雕龍精讀》（臺北市：五南圖書出版公司，2007年），頁3。

> 綱領明矣。至于剖情析采，籠圈條貫，摛〈神〉、〈性〉，圖〈風〉、〈勢〉，苞〈會〉、〈通〉，閱〈聲〉、〈字〉，崇替于〈時序〉，褒貶于〈才略〉，怊悵于〈知音〉，耿介于〈程器〉，長懷〈序志〉，以馭群篇：下篇以下，毛目顯矣。位理定名，彰乎大衍之數，其為文用，四十九篇而已。[2]

上揭的論述說明了劉勰寫作本書的指導思想是「本乎道，師乎聖，體乎經，酌乎緯，變乎騷」，並介紹全書的結構安排，前面二十五篇屬於本書的上篇，後二十五篇為下篇。關於文學思想、創作理念、文與質的調和、形式與內容於縱向和橫向的連接……命題，皆言簡意賅地在〈序志篇〉中表達出來。因此歷來研究《文心雕龍》者，皆建議從此篇中先行一窺全書之內容大要與組織架構。

多數學者對於本書的五十篇內容之分類，主要將之分別成五大類，如：王更生的分類是：

> 第一部分是〈序志〉篇單獨來看為全書之緒論；其次，卷一的「〈原道〉、〈徵聖〉、〈宗經〉、〈正緯〉、〈辨騷〉」五篇屬於「文原論」；而卷二到卷五共二十篇屬於「文體論」，其中可以再區分成「有韻」之「文」與「無韻」之「筆」；卷六到卷九除了〈總術〉篇之外共十九篇，屬於「文術論」，這其中按內容性質可以分成三組，「剖情」、「析采」、「剖情兼析采」；最後是卷九的〈總術〉篇及卷十的前四篇則屬於「文評論」。[3]

---

2 〔梁〕劉勰：〈序志〉，《文心雕龍》（影印文津閣《四庫全書》本），卷10，見《文津閣四庫全書》（北京市：商務印書館，2006年），第1482冊，頁65。

3 王更生：《文心雕龍導讀》（臺北市，華正書局，2004年），頁30-35。

這樣的分類法大致為眾多學者所認同，偶有異樣的看法者，主要是將分類的名稱進行變更，如沈謙將「文術論」名之為「創作論」；「文評論」名之為「批評論」。[4]

清代學者章學誠於《文史通義》〈詩話篇〉中云：

> 《詩品》之於論詩，視《文心雕龍》之於論文，皆專門名家，勒為成書之初祖也。《文心》體大而慮周，《詩品》思深而意遠；蓋《文心》籠罩群言，而《詩品》深從六藝溯流別也。[5]

「體大慮周」一句可謂全面性的涵蓋《文心雕龍》一書的意義與價值，也看出此鉅作容攝諸多面向論述之可觀性。

中國傳統的文學批評，常常被視為印象式批評，缺乏系統論述，且籠統含混。其實，中國的傳統文評，不盡然都是這樣的印象式、直覺式的表述方式，《文心雕龍》正是少數的例外之一，全書規模宏大，體系儼然，敘述完整。[6]

茲將《文心雕龍》全書的結構安排稍微解釋如下：第五十篇〈序志〉一文適合獨立來看，此文屬於劉勰個人創作動機與心志的闡述，屬於全書的序言。其餘四十九篇可以分就四大層次來理解，第一部分是「文原論」（又稱「文章樞紐論」）包括前面五章，依序是〈原道〉、〈徵聖〉、〈宗經〉、〈正緯〉、〈辨騷〉等五章。劉勰認為「道」是文學的本源，「聖人」是文人學習的楷模，「經書」是文章的典範，這

4　沈謙：《文心雕龍之文學理論與批評》（臺北市：華正書局，1990年），頁11-14。

5　〔清〕章學誠著，葉瑛校注：《文史通義校注》（北京市：中華書局，1994年）。

6　黃維樑：〈《文心雕龍》「六觀」說和文學作品的評析〉，《從《文心雕龍》到《人間詞話》——中國古典文論新探》，第二版（北京市：北京大學出版社，2013年），頁8-12。

是從《文心雕龍》前三章「〈原道〉、〈徵聖〉、〈宗經〉」中所凝鍊出的意旨。表述了創作的重要本源及樞紐之後，全書再來是系統性論述了文學的形式與內容、繼承和革新之間的關係，也透露出創作的本體與實用間的聯繫。於是，劉勰便以「文體論」（論文敘筆）展現他對文體分類的創見，其中共分析三十四種文章體裁，並述及各文體的體制、風格、作法……，以精密而具系統化的分析，將各種文體的創作內涵具體呈現。誠如劉勰自己說：「若乃論文敘筆，則囿別區分，原始以表末，釋名以章義，選文以定篇，敷理以舉統。」[7]他將各種文體分就四大向度加以分析論述，首先「原始以表末」是談各文體的起源、流變，亦即文體發展的歷史沿革；再者，「釋名以章義」是解釋各文體的名稱及文體的功能。而「選文以定篇」則是在各文體中挑選出堪稱代表的作品，以為參酌；「敷理以舉統」則是從闡述寫作道理中，舉出各種文章體裁的體制特色和規格要求，屬於理論的闡述。

於「文體論」之後，緊接著是「文術論」，「文術論」又稱為「創作論」，這部分是劉勰於〈序志〉所言的「割情析采，籠圈條貫」，主要剖陳文章的內質情理，析論文章的外飾辭采也。「情」與「采」兩字指涉「情意」與「文采」，包舉了創作上的形式與內容兩大部分。周振甫說劉勰的「文術論」是從「敷理以舉統」的「敷理」出來的。[8]「文術論」是本論文研究閱讀策略時所參酌之主要理論建構，此部分待後面篇章將詳述之。

全書最後一部分為「文評論」，又稱作「批評論」，其內容如劉勰自己所言：「崇替於〈時序〉，褒貶於〈才略〉，怊悵於〈知音〉，耿介

---

7 〔梁〕劉勰：〈序志〉，《文心雕龍》（影印文津閣《四庫全書》本），卷10，見《文津閣四庫全書》（北京市：商務印書館，2006年），第1482冊，頁65、66。

8 周振甫：《文心雕龍今譯》（北京市：中華書局，2013年），頁243。

於〈程器〉。」[9]這部分就周振甫的說法包括「文學史、作家論、鑑賞論、作家品德論」[10]，而王更生這樣說：「〈時序〉篇論文學與時代潮流的關係，〈才略〉篇論文學與作者才識的關係，〈知音〉篇論文學與讀者鑑賞的關係，〈程器〉篇論文學與作者道德修養的關係。」[11]雖然上述兩家於闡述「文評論」內容時，在字面上之表述容或有異，但異名同實，其所欲容攝突顯之意義相近似。

以上為《文心雕龍》全書之結構組織與內容安排之梗概，劉勰目睹當時文壇形式主義風行的時弊，於是主張「內容」和「形式」並重，既有情思又有文采，才是文學創作之本。「內容」和「形式」並重的思想貫串《文心雕龍》全書中，在第三篇的〈宗經〉篇裡，劉勰曾說：「故文能宗經，體有六義：一則情深而不詭，二則風清而不雜，三則事信而不誕，四則義直而不回，五則體約而不蕪，六則文麗而不淫。」[12]其中提及了遵從儒家經典而創作的六大好處（此處不討論劉勰宗經之思想以儒家為主得宜與否之問題）：「情深、風清、事信、義直、體約、文麗。」其所謂的情（情感）深、風（風教）清、事（事例）信、義（義理）直屬於「內容」的部分；而體（體勢）約、文（文辭）麗則屬於「形式」的部分，文質並重的思維在全書的論述中可謂一以貫之。

魯迅說：「東則由劉彥和之《文心》，西則有亞里斯多德之《詩學》，解析神質，包舉洪纖，開源發流，為世楷式。」[13]這段話將《文

---

9 〔梁〕劉勰：〈序志〉，《文心雕龍》（影印文津閣《四庫全書》本），卷10，見《文津閣四庫全書》（北京市：商務印書館，2006年），第1482冊，頁65、66。

10 周振甫：《文心雕龍今譯》（北京市：中華書局，2013年），頁391。

11 王更生：《文心雕龍導讀》（臺北市，華正書局，2004年），頁35。

12 〔梁〕劉勰：〈宗經〉，《文心雕龍》（影印文津閣《四庫全書》本），卷7，見《文津閣四庫全書》（北京市：商務印書館，2006年），第1482冊，頁4。

13 魯迅：〈論詩題記〉，《魯迅全集》（北京市：人民文學出版社，1981年），第8卷，頁332。

心》與《詩學》並舉，大大提高了《文心雕龍》的地位。「龍學」專家黃維樑曾說：

> 在西學東漸、西風日熾的年代，劉勰之所以能取得與亞氏相媲美的資格，是因為《文心雕龍》的「體大而慮周」契合西方文學理論的系統性和邏輯性標準。[14]

民國初年學者於西學東漸之時期接觸許多西方文學理論，嘗試將之用以詮釋中國文學作品時，不免發生扞格之處，畢竟東方與西方在語言文字、文化語境等層面存在差異，自然無法全面援引西方文論對中國文學做精密且完整的分析。於是，學者開始回首瞻顧屬於中國的文學理論，「體大而慮周」的《文心雕龍》自然成了矚目之鉅作。而《文心雕龍》的內容博大精深，可以提供許多學門研究時借鑑使用，如：文學理論、文章學、寫作學、修辭學、美學、閱讀學、文體論、史學……等。當然，「經典」之所以為「經典」是因為經得起時代的淬礪，《文心雕龍》一書即使放置當代，仍然「古為今用」，毫不遜色。筆者以之為「體」，將之「用」於實際，期待能發揮《文心雕龍》體用兼備的優點。

《文心雕龍》一書的完整度與周延性令人稱許，無論從作者、文本、讀者三者的任一角度來分析，或是從形式與內容兩大元素來看待（書名的「文心」兩字所談論的是創作內容，而「雕龍」則是指稱創作形式），甚至以宏觀的文學理論與文學批評視域來審視它，《文心雕龍》都不輸給西方著名的文論作品，此書堪稱是中國文學史上的瑰寶。

---

14 黃維樑：〈《文心雕龍》「六觀」說和文學作品的評析〉，《中國古典文論新探》（北京市：北京大學出版社，1996年），頁8。

劉勰在此書中對於創作的中心思想是「文質合一」的主張，它的深刻涵義是文質並重之外，須達到文與質融合無隙。這樣的思維在全書中俯拾可見，如〈情采〉:「夫水性虛而淪漪結，木體實而花萼振，文附質也。虎豹無文，則鞟同犬羊；犀兕有皮，而色資丹漆，質待文也。」[15]〈徵聖〉:「然則志足而言文，情信而辭巧，乃含章之玉牒，秉文之金科矣。」[16]〈定勢〉:「是以繪事圖色，文辭盡情，色糅而犬馬殊形，情交而雅俗異勢。」[17]

「文質並重」正是「情采相融」之意，也就是文章（文本）的形式與內容必須相輔相成。劉勰認為文章的思想內容居於主要地位，是「立文之本源」。內容是一篇文章的經線，形式是表達內容的緯線，經線端正，緯線才能織成；內容確定，形式才能暢達，這是創作的根本道理。因為《文心雕龍》明確揭示形式與內容並重的創作主軸，並據此主軸而分別在「內容」和「形式」上的創作通則與細目詳細闡述之，如此有序的思想脈絡與論述架構提供了本論文建構實際閱讀策略之立意。

心理學者 Roller 曾說:「一般而言，讀者閱讀比較不熟悉的文章內容時，文章結構是明顯地能夠幫助學生理解文意。」[18]因此，讀者「沿波討源」地從形式結構進入文本內容亦是其理解的方式之一。

就創作而言，劉勰以為創作當求內容和形式並重，以此完成文章

---

15 〔梁〕劉勰:〈情采〉,《文心雕龍》(影印文津閣《四庫全書》本)，卷7，見《文津閣四庫全書》(北京市：商務印書館，2006年)，第1482冊，頁41、42。

16 〔梁〕劉勰:〈徵聖〉,《文心雕龍》(影印文津閣《四庫全書》本)，卷1，見《文津閣四庫全書》(北京市：商務印書館，2006年)，第1482冊，頁3、4。

17 〔梁〕劉勰:〈定勢〉,《文心雕龍》(影印文津閣《四庫全書》本)，卷6，見《文津閣四庫全書》(北京市：商務印書館，2006年)，第1482冊，頁40。

18 C. M. Roller, "The interaction between knowledge and structure variables in the processing of expository prose," *Reading Research Quarterly* 25.2 (1990): 79-89.

的統一完整性。文章首重的基礎是建立在作者的情性上，《文心雕龍》〈情采〉曾說：「夫鉛黛所以飾容，而盼倩生於淑姿；文采所以飾言，而辯麗本於情性。故情者文之經，辭者理之緯；經正而后緯成，理定而后辭暢：此立文之本源也。」[19]又在《文心雕龍》〈定勢〉中云：「夫情致異區，文變殊術，莫不因情立體，因體成勢也。」[20]劉勰認為情理是立文的本源，創作的過程是因內而符外的，內容雖然與形式並重，但是內容決定了形式的走向。

《文心雕龍》一書雖然未直接論述關於閱讀的命題，但是在其內容與思想上，已然述及閱讀批評的三大範疇：作者中心理論、文本中心理論與讀者反應理論。在中國傳統的文學思維裡，認為文本意義的解讀，要追溯到作者的「本意」，於是，我們可見到諸多語文教學的課堂上，教師對於作者資料是鉅細靡遺地講授與探究，其觀點是主張透過了解作者，探究作者之意，便能夠推知文本之意涵。以作者為本位的閱讀模式一直在語文教學的解讀上居於重要地位。作者中心理論基本上認為文本意義乃由作者決定，作者寫定該文本，便創造了文本的意義，於是，探究作者之思，便能進入文本內部。從孔子的「述而不作」、孟子的「知人論世」，都體現出作者中心的文本解讀思維。理解作者所處的時代背景，乃得以明白作者之意，進而有助於理解文本，如此的思維觀念，在傳統文本解讀領域裡一直蔚為風尚。劉勰在《文心雕龍》〈原道〉中云：

> 爰自風姓，暨於孔氏，玄聖創典，素王述訓，莫不原道心以敷

---

19 〔梁〕劉勰：〈情采〉，《文心雕龍》（影印文津閣《四庫全書》本），卷7，見《文津閣四庫全書》（北京市：商務印書館，2006年），第1482冊，頁41、42。

20 〔梁〕劉勰：〈定勢〉，《文心雕龍》（影印文津閣《四庫全書》本），卷6，見《文津閣四庫全書》（北京市：商務印書館，2006年），第1482冊，頁40。

章，研神理而設教。取象乎《河》、《洛》，問數乎蓍龜，觀天文以極變，察人文以成化；然後能經緯區宇，彌綸彝憲，發揮事業，彪炳辭義。故知道沿聖以垂文，聖因文以明道。[21]

從伏羲畫八卦到素王孔子闡述先賢遺訓都是本於「自然之道」，才得以寫就的，並據之以達到教化功能而鼓動天下。劉勰認為唯有聖人熟稔且服膺自然之道，將文采、情感與意念調和得當而成就文章，並將之布於百姓，方能達到教化之功，此處得見劉勰尊崇聖人（作者）之功的思維，聖人教化是被崇敬的。而在〈徵聖〉篇中又說：「夫作者曰『聖』，述者曰『明』。陶鑄性情，功在上哲。夫子文章，可得而聞，則聖人之情，見乎文辭矣。先王聖化，布在方冊，夫子風采，溢於格言。」[22]劉勰認為能夠創作的人稱為「聖」，能夠繼承闡述的人叫「明」，以述作來陶冶人的性情，古代的聖賢有很大的成就，聖賢的思想、訓示、風範，都記載在典冊的昭昭文詞之中。劉勰對聖人及其作品關係的梳理透過上述引文得而見之，聖人是作者，是「道」的化身與傳布者，作者崇拜於焉而生。[23]

作者中心理論在中國傳統文學理論中一直是重要的視角，清代章學誠云：

是則不知古人之世，不可妄論古人文辭也；知其世矣，不知古人之身處，亦不可以遽論其文也。身之所處，固有榮辱、隱

21 〔梁〕劉勰：〈原道〉，《文心雕龍》（影印文津閣《四庫全書》本），卷1，見《文津閣四庫全書》（北京市：商務印書館，2006年），第1482冊，頁2、3。

22 〔梁〕劉勰：〈徵聖〉，《文心雕龍》（影印文津閣《四庫全書》本），卷1，見《文津閣四庫全書》（北京市：商務印書館，2006年），第1482冊，頁3、4。

23 潘新和：《語文：表現與存在》（福州市：福建人民出版社，2004年），上冊，頁436-437。

> 顯、屈伸、憂樂之不齊，而言之有所為而言者，雖有子不知夫子之所謂，況生千古以後乎？聖門之論恕也，「己所不欲，勿施於人」，其大道矣。今則第為文人，論古必先設身，以是為文德之恕而已爾。[24]

章學誠之語正是闡述了「知人論世」的作者中心理論。不過以作者中心理論作為文本詮釋的主軸有其待辨證之處，作者之意是否完全等於文本之意？作者的運思想像必須藉由適切的邏輯語言表達才能成為文本，但是「神思方運，萬塗競萌」，思想初始時是一片混沌迷茫，具有邏輯性的語言是否完整順暢地表達作者之胸臆？劉勰這樣說：「方其搦翰，氣倍辭前，暨乎篇成，半折心始。」[25]作者的運思想像與真正成文之內容其實是有差距的。我們都知道「意翻空而易奇，言徵實而難巧也。」思維是隨時翻空出奇的，語言有時難以完全企及奔騰的思維。所以劉勰比較了「意」（文章意涵）、「思」（作者思想）、「言」（語言文字）三者的關係，他說：「意授於思，言授於意，密則無際，疏則千里。」[26]文意來自於構思，語言又受文意支配，三者緊密結合才能讓作者與文本之間沒有縫隙，但是，這樣的完美境界並不多見，因此，要逆作者之意來理解文本並實踐作者中心理論，難免有其窒礙之處。

除了「作者中心理論」之外，《文心雕龍》也提供了以讀者反應理論的視角來閱讀文本。例如：「文體論」所詳載的各種文體之沿

---

24 〔清〕章學誠著，葉瑛校注：《文史通義校注》（北京市：中華書局，1994年），頁278-279。

25 〔梁〕劉勰：〈神思〉，《文心雕龍》（影印文津閣《四庫全書》本），卷6，見《文津閣四庫全書》（北京市：商務印書館，2006年），第1482冊，頁36。

26 〔梁〕劉勰：〈神思〉，《文心雕龍》（影印文津閣《四庫全書》本），卷6，見《文津閣四庫全書》（北京市：商務印書館，2006年），第1482冊，頁36。

革、內容、特色等，讓讀者可以就其所擇之文本類別，於閱讀時細細審視及品味。不過，《文心雕龍》「文體論」之文體分類較之於現代文本相去已遠，這是援古釋今時必須要考慮的要素。其他如「文評論」則是揭示評論者進行文學評論時所應抱持的觀點與思維，其中的〈知音〉篇一文更是直接提出身為文學的接受者——「讀者」，於閱讀文本時，所應該抱持的態度。如《文心雕龍》〈知音〉中云：

> 夫篇章雜遝，質文交加，知多偏好，人莫圓該。慷慨者逆聲而擊節，蘊藉者見密而高蹈；浮慧者觀綺而躍心，愛奇者聞詭而驚聽。會己則嗟諷，異我則沮棄，各執一隅之解，欲擬萬端之變，所謂「東向而望，不見西牆」也。[27]

讀者對於文本各有其不同之偏好，如果僅就己之偏好擅加評斷不合己意者，那不僅失之偏頗，也阻絕了自己多元廣博的閱讀機會，就像「東向而望，不見西牆」，這是劉勰針對歷來文學批評偏執一面現象的指正。

劉業超曾說：

> 「讀者」通過文本的外在形式，以確切理解「作者」的用心，也將自己的「用心」，融合於外在的形式因素當中，使文本具有了讀者自己的主體色彩。這樣的結果就將讀者的因素也滲入了寫作的範疇，既強化了讀者的作者意識，也強化了作者的讀者意識，使創作的活動成為雙向的活動。[28]

27 〔梁〕劉勰：〈知音〉，《文心雕龍》（影印文津閣《四庫全書》本），卷10，見《文津閣四庫全書》（北京市：商務印書館，2006年），第1482冊，頁62、63。

28 劉業超：《文心雕龍通論》（北京市：人民出版社，2012年），上冊，頁173。

從上述文字可知讀者對於文本的影響程度有其必然性。在《文心雕龍》中，劉勰在部分論述中揭示了文學創作中讀者反應對文本的影響，而身為讀者對文本所採取的評論視角，到底有沒有它的限制呢？於此，劉勰提出了他的看法，亦即身為一個批評家，一個獨到的讀者，到底應該抱持何種態度才能將文學作品的鑑賞與評論趨於一定程度的客觀及周延呢？他在〈知音〉中云：

> 凡操千曲而後曉聲，觀千劍而後識器。故圓照之象，務先博觀。閱喬嶽以形培塿，酌滄波以喻畎澮。無私於輕重，不偏於憎愛，然後能平理若衡，照辭如鏡矣。[29]

上述引文中先提出博觀（廣泛閱讀）方能知所不同，也才能有兼容並蓄的胸懷以客觀地評論各文本中的意旨、理趣；並且能如同明鏡般真實地縷析出文辭使用的優劣。而後，劉勰更進一步提出閱讀時一套精確的品鑑方式──「六觀說」:「是以將閱文情，先標六觀：一觀位體，二觀置辭，三觀通變，四觀奇正，五觀事義，六觀宮商。斯術既行，則優劣見矣。」[30]這六觀有學者稱之為評論鑑賞的方法，有稱之為策略者，亦有以路徑名之，名稱雖有不同，其內涵一致。六觀的內容述及體例、風格、文辭、音律……等方面，如卓國浚所言:「六觀是對文本的多重玩味，其目的在於避免『偏執於一隅』，而能完成『平理若衡，照辭如鏡』的理想閱讀。」[31]

其實，閱讀之際，讀者必然有其主觀的情意，主觀情意若未加駕

---

29 〔梁〕劉勰:〈知音〉,《文心雕龍》(影印文津閣《四庫全書》本)，卷10，見《文津閣四庫全書》(北京市：商務印書館，2006年)，第1482冊，頁62、63。

30 〔梁〕劉勰:〈知音〉,《文心雕龍》(影印文津閣《四庫全書》本)，卷10，見《文津閣四庫全書》(北京市：商務印書館，2006年)，第1482冊，頁62、63。

31 卓國浚:《文心雕龍精讀》(臺北市：五南圖書出版公司，2007年)，頁401。

馭難免流於偏頗而未能品鑑出文本之真正內涵。所以，若能經由客觀的評鑑方式來加以斧正，便能交疊出圓照的評論。事實上文學批評和文學鑑賞兩者不太相同，牟世金曾說：

> 文學批評是嚴肅的科學評價，文學欣賞則是進行藝術的再創造。文學批評側重理性的判斷，但須以文學鑑賞為基礎；文學鑑賞側重感性的審美活動，但也需要作出一定的判斷。[32]

批評者固然需要冷靜客觀但仍有其無法避免的主觀存在，文學欣賞者可以自由闡發個人的情意，但對於文本的理解或詮釋仍有其界限存在。上述這些論點應用於文學或非文學作品中，可以略見其伸縮運用，文學作品的特色是文字的藝術性及作者的想像性，所以它具有較多主觀成分，也因此留下許多審美情味，簡而言之，文學作品留給讀者發揮的空白空間相對來說更大。

因此，「閱讀」時，讀者是以評論的角色居之，還是欣賞的角色居之？所選擇的文本是文學性或非文學性？凡此，都會影響到評價程度的淺深。

承上所言，《文心雕龍》一書中除了對於「作者中心理論」、「讀者反應理論」有所揭櫫與闡釋之外，「文本中心」的文學理論，劉勰於本書中亦多所論述與發抒，名稱雖不同，但是理論與觀點有相近似之處，此部分待以下數節有專文討論之。《文心雕龍》是文學創作與批評理論的經典之作，其中詳述文學創作的細節，但是，作者的創作思維過程與讀者的閱讀理解途徑是相反的，因此，創作與閱讀兩者該如何鏈結串接呢？創作與閱讀的共同目的是「文本」，只是，兩者到

32 牟世金：《文心雕龍研究》（北京市：人民文學出版社，1995年），頁13。

達文本的取徑過程是相反的。於是，以創作的理論進行溯源與回歸，必然可以提供若干論點讓閱讀研究者進行思辨，尤其是在讀者與作者的視角切換與融通上，可以互見參證。因此，《文心雕龍》一書不只是文學理論與批評的巨擘之作，在閱讀研究援引西方理論蔚為風潮的當代研究中，《文心雕龍》的理論建構與思想視域對於華文的閱讀研究是頗具助益的。

## 第二節　「文術論」之內涵與特色

《文心雕龍》中的「文術論」主要談論創作構思、藝術想像、寫作技巧與方法，由於它的論述細緻有法，兼顧層面周延，詳贍表述創作者於書寫時所應注意的原則與細目，全書綱舉目張，極具系統性。它提供一種視角，讀者閱讀文本時，可以循此具體綱目，自作者視角逆向轉換，改以讀者的角度來凝視，從而更精準明確地理解文本意涵。談及「文術論」時，必不能忽略「文體論」，「文體論」共有二十篇，是劉勰「論文敘筆」、「有韻者文也，無韻者筆也」的文章體裁論。王更生說：「『文體論』和『文術論』兩者的關係。前者是體，後者是用。前者是文章分體作法，後者是文章的一般作法；前者是別性，後者是通論。」[33]可見，「文術論」揭示的是創作時的具體通論與作法，唯其具體，正可以提供讀者閱讀時有明確的途徑與策略以進入文本。

文學創作有三個基本要素：客觀的「物」、主觀的「情」、抒情狀物的「辭」[34]，而文學創作的理論主要就是研究這三者的相互關係。

---

33 王更生：《文心雕龍導讀》（臺北市：華正書局，2004年），頁70。

34 牟世金：《文心雕龍研究》（北京市：人民文學出版社，1995年），頁278。

人如何透過外物來表達內在情感？語言文字如何適切的抒情狀物？又，「物、情、辭」三者所構成的內容與形式關係要如何配置才能得當？劉勰在《文心雕龍》的諸多篇章中都論及物、情、辭三者的關係，如：〈詮賦〉：「原夫登高之旨，蓋睹物興情。情以物興，故義必明雅；物以情觀，故詞必巧麗。」其中所謂的「睹物興情」、「情以物興」、「物以情觀，詞必巧麗。」等等便是說明了物、情、辭三者交融緊縛的關係。

又，〈鎔裁〉篇中所提及著名之「三準說」也是以物、情、辭三者為中心而發論的：

> 情理設位，文采行乎其中。……凡思緒初發，辭采苦雜，心非權衡，勢必輕重。是以草創鴻筆，先標三準：履端於始，則設情以位體；舉正於中，則酌事以取類；歸餘於終，則撮辭以舉要。[35]

上述文句中的「情理設位」、「思緒初發」是說情感的興發與大腦的運思是創作的初步，創作之初難免紛雜蕪亂，於是，必須「設情以位體」，也就是要求創作者可以根據情理的需求來決定適合的體裁。而「酌事以取類」則是根據作者所要表達的情理及思想挑揀適合的事例或物例，最後以「撮辭以舉要」來作結，亦即透過貼切的文辭來突出欲呈現之要點。[36]「設情以位體」、「酌事以取類」、「撮辭以舉要」三者正說明了物、情、辭彼此的關係，而這關係也揭示了創作時的線性

---

35 〔梁〕劉勰：〈鎔裁〉，《文心雕龍》（影印文津閣《四庫全書》本），卷7，見《文津閣四庫全書》（北京市：商務印書館，2006年），第1482冊，頁42。

36 此段文句的發想來自於羅立乾注釋、李振興校閱：《新譯文心雕龍》（臺北市：三民書局，2011年），頁21。

有序之遞進過程。

文學理論是來自創作經驗的總結，創作歷程中的運思、馭情、立意、行文、布局、用字、遣詞、造句、謀篇……都構成創作理論中的一環，這其中有抽象向度，也有具體向度。而「文術論」便是將創作過程中抽象與具體向度的內容條分縷析表述之部分。

「文術論」各章所討論的向度，將它們結合起來便是一個結構完整的具體創作論，包含：字、詞、句、段的組合，聲律、修辭、布局……等具體方法。因此，我們可以說「文術論」是從「結構」的總體概念出發，其下再轄有不同的細節與個體。黃維樑以為在二十世紀初盛行的「新批評」（New Criticism）的一些見解和《文心雕龍》不謀而合，他認為新批評學者和《文心雕龍》相互連通的觀點及思維是新批評家注重對作品的實際評析（practical criticism），而其剖情析采的方法，有時簡直是劉勰理論之付諸實踐。[37]並且，黃維樑認為兩者的共通性來自於對「結構」的認識與理解。文學作品的結構是一個有機的統一體（organic unity），這個說法在中外文學譜系內獲得多數的認同，試看中國的詩歌，尤其唐代的絕句與律詩，它在整首詩的協調統一上是有其脈絡肌理的。柏拉圖在〈斐多篇〉（Phaedrus）中曾說：

> 每篇論說都必須這樣組織，使它看起來具有生命，就是說，它有頭有腳，有軀幹有肢體，各部分要互相配合，全體要和諧勻稱。[38]

37 黃維樑：〈精雕龍與精緻的甕〉，《中國古典文論新探》（北京市：北京大學出版社，1996年），頁22-24。

38 轉引自黃維樑：〈精雕龍與精緻的甕〉，《中國古典文論新探》（北京市：北京大學出版社，1996年），頁30。

在《文心雕龍》一書中有不少地方所論述者其實正是「結構」的概念，而這些內容多數集中在「文術論」此部分。例如：〈通變〉:「是以規略文統，宜宏大體。先博覽以精閱，總綱紀而攝契；然後拓衢路，置關鍵，長轡遠馭，從容按節。」[39]此處提及由博而約、由總而分、由大而小的文章結構層次。再者，〈附會〉篇中更是屢屢提及結構的概念：

> 何謂附會？謂總文理，統首尾，定與奪，合涯際，彌綸一篇，使雜而不越者也。若築室之須基構，裁衣之待縫緝矣。凡大體文章，類多枝派，整派者依源，理枝者循幹。是以附辭會義，務總綱領，……首尾周密，表裡一體，此附會之術也。[40]

上述之言強調創作時必須根據內容情理來確定綱領，根據綱領來安排章節，如此才能層次井然、脈絡清晰，並且文氣一貫，首尾貫通，以讓主旨明確。

此外，〈章句〉篇談論的是寫作時的分章摘句要則，此部分又可以分成兩層次來論述：其一是依內容來安排章句、段落；其二是依據聲律、情韻來布置章句。〈章句〉通篇所言其實都以結構與組織為主要中心思想。如：

> 夫設情有宅，置言有位；宅情曰章，位言曰句。故章者，明也；句者，局也。局言者，聯字以分疆；明情者，總義以包

---

39 〔梁〕劉勰：〈通變〉，《文心雕龍》（影印文津閣《四庫全書》本），卷6，見《文津閣四庫全書》（北京市：商務印書館，2006年），第1482冊，頁39。

40 〔梁〕劉勰：〈附會〉，《文心雕龍》（影印文津閣《四庫全書》本），卷9，見《文津閣四庫全書》（北京市：商務印書館，2006年），第1482冊，頁55。

> 體。……夫人之立言，因字而生句，積句而為章，積章而成篇。……啟行之辭，逆萌中篇之意；絕筆之言，追勝前句之旨；故能外文綺交，內義脈注，跗萼相銜，首尾一體。[41]

周振甫曾分析《文心雕龍》「文術論」中幾篇論述結構組織與創作方法的文章：

> 〈鎔裁〉、〈附會〉、〈章句〉三篇都談及文章作法及結構概念，〈鎔裁〉側重練意練辭，〈附會〉側重辭義配合，〈章句〉側重分章造句，但三者又是聯繫的，其中〈附會〉更重視結構的問題。[42]

據此，我們可知「文術論」談論的是關於創作上的種種細則，包含字詞句的處理、語法的概念和組織結構的關係等等。

「文術論」的範圍從〈神思〉篇開始到〈總術〉篇為止共十九篇，這十九篇依其內容屬性可以再行區分，郭晉稀將之分為三類：剖情者、析采者、剖情兼析采者，茲將分類及篇目以如下表格示之[43]。

41 〔梁〕劉勰：〈章句〉，《文心雕龍》（影印文津閣《四庫全書》本），卷7，見《文津閣四庫全書》（北京市：商務印書館，2006年），第1482冊，頁44、45。

42 周振甫：《文心雕龍今譯》（北京市：中華書局，2013年），頁377。

43 此為大陸學者郭晉稀於《文心雕龍譯注十八篇》（蘭州市：甘肅人民出版社，1963年）中的分類法，由於此書出版時間久遠，於臺灣未見發行，此處資訊轉引自沈謙：《文心雕龍之文學理論與批評》（臺北市：華正書局，1990年），頁15。

| 類別 | 篇目 |
| --- | --- |
| 剖情（論文學之內容） | 〈神思〉、〈體性〉、〈風骨〉、〈通變〉、〈定勢〉、〈養氣〉六篇 |
| 析采（論文學之形式） | 〈聲律〉、〈章句〉、〈麗辭〉、〈比興〉、〈夸飾〉、〈事類〉、〈練字〉、〈隱秀〉、〈指瑕〉、〈附會〉、〈物色〉、〈總術〉十二篇 |
| 剖情析采（兼論文學之內容與形式） | 〈情采〉、〈鎔裁〉兩篇 |

上述的分類法是將內在情意與外在辭采分開論述。另周振甫對於「文術論」的分類看法則是：〈總術〉篇雖然放置在「文術論」之末，但是它和〈序志〉篇置於《文心雕龍》全書之末一樣應當屬於序言總綱的性質，也就是說，周振甫認為〈總術〉篇應該是「文術論」的序言。此外他也認為〈物色〉篇應該放在〈情采〉、〈鎔裁〉之間，據此，周振甫利用〈神思〉篇中最末的贊語內容作為他個人分類「文術論」的原則條目，以下將周振甫的文字表述轉以表格呈現，便於理解。[44]

| 類別 | 篇目 |
| --- | --- |
| 神用象通，情變所孕（剖情析采的根本） | 〈神思〉、〈體性〉、〈風骨〉、〈通變〉、〈定勢〉 |
| 物以貌求，心以理應（剖情析采的結合） | 〈情采〉、〈物色〉、〈鎔裁〉 |
| 刻鏤聲律，萌芽比興（剖情析采的細節） | 〈聲律〉、〈章句〉、〈麗辭〉、〈比興〉、〈夸飾〉、〈事類〉、〈練字〉、〈隱秀〉、〈指瑕〉 |
| 結慮司契，垂帷制勝（剖情析采的方法） | 〈養氣〉、〈附會〉 |

44 周振甫：《文心雕龍今譯》（北京市：中華書局，2013年），頁244。筆者將周振甫的文字敘述轉成表格樣態以便於理解。

上述兩種分類法或有類別屬性之差異，但其發想之理念是大同小異的。我們可以約略言之，創作時所處理的不外乎「情」（內蘊）與「采」（外顯）兩大層面，以現代話語而言就是「抽象」與「具體」兩個向度的關係，抽象的情意（情）如何藉物象、事象（合稱為「象」），以適當的文辭（辭）來呈現，這是創作的基本核心。因此，「文術論」十九篇的分類便是圍繞著「剖情析采」的主軸來加以區別。

「剖情析采」一詞正呼應劉勰對於《文心雕龍》書名命名時的深意，「剖情」談內容，「析采」論形式；而「文心」指的正是寫作文章時作者的用心與情志，「雕龍」則指涉創作時文采運用一事。正如〈序志〉篇所云：

> 「文心」者，言為文之用心也。昔涓子《琴心》，王孫《巧心》，「心」哉美矣，故用之焉。古來文章，以雕縟成體，豈取騶奭之群言「雕龍」也！[45]

## 第三節　「文術論」揭示之閱讀觀點

整體「文術論」的十九篇文章於組織架構上的安排[46]可以說是「先從思想上找到情感，再從情感依傍聲音，憑藉聲音而尋覓出畫面，畫面則是由細節來構成。」接續上一節剖析文術論的組織脈絡及文意內涵之後，此小節要處理的問題是如何將文術論運用在「閱讀策略」上。

---

45 〔梁〕劉勰：〈序志〉，《文心雕龍》（影印文津閣《四庫全書》本），卷10，見《文津閣四庫全書》（北京市：商務印書館，2006年），第1482冊，頁65。

46 《文心雕龍》一書中部分篇目之順序次第，歷來學者多有不同持論，此處係以劉勰《文心雕龍》原典上的篇章安排做為論述底本。

《文心雕龍》是一部以創作與評論為主要核心的作品，其中，討論創作視角的篇幅所佔比例最大，我們可以說它的內容是以期許作者如何寫出更好的作品為發想而生的。全書當中真正以「讀者」角度出發，進行鑑賞與評價的篇章只有四篇，換言之，《文心雕龍》一書並非從閱讀視角出發的書寫，它是一部以創作與批評為主軸的作品，要援引它來做為「閱讀策略」的理論架構，必然要說明其間的鏈結關係與施用限制。

筆者嘗試以「文術論」來作為「閱讀策略」的探究，其發想是源自於文學接受活動中「作者──文本──讀者」三者之間的聯繫而起的。關於文學接受活動中的三面向──「作者中心」、「文本中心」、「讀者中心」──於東西方文學理論發展之歷程中，我們發現任一向度的獨尊都無法使文學接受活動完整。因此，目前學界的研究傾向是將三個面向彼此交融與參酌以互為輔助來詮釋文本。

本書是以研究華文「閱讀策略」為目的，閱讀策略是從讀者的視角產生的，而「文術論」則是從作者的視角來寫就的，筆者將兩者進行轉換與融通，其發想是將文術論中所提及「作者的具體創作方法」轉換成「讀者的具體閱讀策略」。創作方法與閱讀策略是相反的路徑，但，都要達到共同的目的地「文本」。

作者是先有情意思想（內容）再透過文辭（形式）展現，而讀者的路徑則相反，讀者是先透過形式再進入內容之中。事實上，文學批評及鑑賞的過程，基本上就是創作主體（作者）與鑑賞主體（讀者）內在情志相互感知的交流活動。

《文心雕龍》〈神思〉中曾經這樣談到作者與文本之間的關聯：

> 意翻空而易奇，言徵實而難巧也。是以意授於思，言授於意，密則無際，疏則千里，或理在方寸，而求之域表，或義在咫

> 尺，而思隔山河。是以秉心養術，無務苦慮，含章司契，不必勞情也。[47]

劉勰在這段話中提出了抽象思想與具體語言之間的聯繫程度，兩者常常有無法密合的情況出現。上文第一句說的是：想像中的意境容易翻空突出，但是用具體語言表達時卻難以做到傳神。這是何種原因所造成的呢？劉勰緊接在第二句中解釋：文章的內容（文意）受作者的思想支配（思），文章的語言（言）決定於文章的內容（意），思（作者思想）、意（文章旨意）、言（文字語言）三者銜接與搭配的關係造成了我們所見的文本有高下之別。三者結合得好，就如天衣無縫；結合得不好，則容易相互矛盾，有辭不達意、情溢乎辭等等現象。創作者到達文本的路徑正如上述所言，先有作者的情感思維（思），才有文本的內容意趣（意），最後則是憑藉文字來呈現（言）。

文學創作是「情動而辭發」，文學批評鑑賞是「披文以入情」，所以，文學批評與鑑賞的基本原理是透過作者的文辭（形式）以深入其思想內容，如此正是「沿波討源，雖幽必顯」的意義。本書中所開展出的閱讀策略可就理解時的憑託方式區分成「形式理解」與「內容理解」兩大部分。「形式理解」策略顧名思義是指以文本展現的形式特徵作為主要理解方式的策略，有解碼策略、劃線策略、具象化策略三類；而「內容理解」策略則是透過文本的內容意義來理解，如：摘要策略、提問策略、推論策略、綜合比較策略等四類。本書於篇章安排上先形式後內容的原因便是服膺於讀者閱讀時的認知途徑是從「形式」以進入「內容」。

---

47 〔梁〕劉勰：〈神思〉，《文心雕龍》（影印文津閣《四庫全書》本），卷6，見《文津閣四庫全書》（北京市：商務印書館，2006年），第1482冊，頁36。

「文術論」是以文學創作為主體出發的論述，從作者的神思運用、字句的安排鍛鍊、篇章的結構、聲律的講求，以至乎各種修辭技巧及表現原則，進行語言美學的思考，並加以建構出一套有系統的框架。誠如〈練字〉篇裡所說：「心寄託聲於言，言亦寄形於字。」[48]語言文字是表達思想的符號，作者的心志與情感決定了文本語言的顯像。因此，從可見的形式（字詞或結構……）來探究文本的內容是客觀且可行的路徑。上述的觀點是本論文擇取《文心雕龍》中具體的、邏輯的「文術論」以作為閱讀策略理論之原因所在。

《文心雕龍》〈體性〉：「夫情動而言形，理發而文見。蓋沿隱以至顯，因內而符外者也。」[49]情理由隱藏到顯露，內容從於內而形外。「內容」部分包含作者的思維與心意、作品的意義與旨趣……；「形式」則是指所見的遣詞用字、修辭技巧、組織結構……。《文心雕龍》「文術論」中所討論之創作概念的類別，茲以郭晉稀三大分類的說法為例：剖情（論文學之內容）、析采（論文學之形式）、剖情析采（兼論文學之內容與形式）[50]，此分類法較為簡潔明確也符應創作的內在規律。由於閱讀策略是從讀者視角出發，讀者是先形式再內容，因此，筆者援引「文術論」理論內容時，是先取徑於形式（析采），再旁及內容（剖情）。

「文術論」的十九篇專論之中，若就「剖情」（文本之內容）與「析采」（文本之形式）兩方面來看，屬於「析采」以探討文本形式

48 〔梁〕劉勰：〈練字〉，《文心雕龍》（影印文津閣《四庫全書》本），卷8，見《文津閣四庫全書》（北京市：商務印書館，2006年），第1482冊，頁50。

49 〔梁〕劉勰：〈體性〉，《文心雕龍》（影印文津閣《四庫全書》本），卷6，見《文津閣四庫全書》（北京市：商務印書館，2006年），第1482冊，頁37。

50 此為大陸學者郭晉稀於《文心雕龍譯注十八篇》（蘭州市：甘肅人民出版社，1963年）中的分類法，由於此書出版時間久遠，於臺灣未見發行，此處資訊轉引自沈謙：《文心雕龍之文學理論與批評》（臺北市：華正書局，1990年），頁15。

為主的篇章比例為多。[51]而「形式」是指文本中可見的字詞、聲律、修辭、組織……等部分，此觀點與文本中心的新批評學派所主張的「細讀法」有相密合之處，「細讀法」是指對作品仔細地閱讀與評論，評論者透過對作品的結構、反諷、比喻、張力……等進行分析以顯示文本的語義。基本上，新批評學派是以對文本的內部加以研究為其特徵，他們相信文本是一獨立的有機結構，作品的內部形式有其邏輯。

在「文術論」的篇章中，〈章句〉、〈鎔裁〉、〈附會〉三篇應當合觀以研究，此三篇的關係有其漸遞的層次性與聯繫性，〈章句〉篇先針對造句分章的問題剖析、〈鎔裁〉篇再進行鎔煉文意、裁剪文句，這是對思想形成文意的增刪與去存的處理，而後〈附會〉篇談論統整首尾、命意謀篇、整體布局等通盤的結構問題。因此，在「文術論」中，此三部分所述及的內容與形式的脈絡與聯繫是可以合而觀之。

文本是作者情意的客觀載體，其中有可見的語言風格、修辭技巧及透過語言文字所傳達的作者意圖，這些都是劉勰於「文術論」中提及的內容與範疇，它將內容與形式兩者的配合與交融及其對於創作的影響鉅細靡遺地系統化論述，從字詞、章句、聲律、用典、修辭……等眾多創作層面加以論述。於是，將之援引成為閱讀策略研究時的理論依據時，便提供了讀者於理解文本時的具體方針與重要路徑。

## 第四節　小結

王更生說：「《文心雕龍》一書通古今之變，我們有理由借用其文論思想與現代通行的文藝理論相結合。」[52]《文心雕龍》在中國文學

51 見本章第二節的相關分析，「文術論」的十九篇文章中屬於「析采」討論文本形式的有十二篇，兼論形式與內容的有兩篇（此說是依據大陸學者郭晉稀的分類）。

52 王更生：《文心雕龍研究》（臺北市：文史哲出版社，1976年），頁55。

理論與文學批評史上的確是一本不朽之作，它有源頭、有主軸、有層次地論述時代風格、評點作品特色、分析文體並探究創作方法。全書以系統性、序列性的方式論述了文學的形式和內容、繼承與革新的關係，並在探索創作構思的過程中，初步提出了藝術創作中的形象思維問題，對文學的藝術本質及其特徵有自覺的認識。劉勰審視當世的文學內質及社會風尚，細緻地探索和論述語言文字所創造的文學之內質與外延。此書或有不可避免的時代侷限性，但是重視語言、文字等實際的創作元素，並且建立了具體之方法論，例如：在〈情采〉裡提及的「立文之道」──「形文、聲文、情文」（文之三理說）、〈鎔裁〉裡的「三準說」、〈知音〉裡的「六觀說」，這些具體的創作要素將內容與形式的肌理與規律表現無遺，這對於素來將寫作視為作者不可言說之天才論述進行了反思與辨證。

因此，《文心雕龍》「文術論」十九篇從內容（剖情）與形式（析采）兩大面向來分析創作的要素，建構了一套具層次、組織、結構的完整創作範式，也因為它系統化的特性正可以提供閱讀策略具體施行之方向。「策略」係指針對事件或問題提供可行之解決方法，而閱讀策略便是針對閱讀一事提供足以加強理解的方法，既然是策略，必然要具備具體化、明確化的特性。「文術論」在論述創作元素時由基礎而進階，由內容而形式，再將形式扣合內容，以達到文質相符、情采並茂之境。作者創作元素的完整與豐沛，正足以讓讀者有循序漸進的閱讀路徑。

本章論述了《文心雕龍》一書的內容梗概，其作為文學創作與文藝批評理論之系統專著，可謂詳贍而完整。其中「文術論」所分列的內容與形式上之寫作通則係以具體化、系統化之姿提供創作之視角，而筆者以逆向思考，援引之以作為閱讀策略施行的理論架構，正是基於作者與讀者的終極指向都是「文本」，「文本」成為創作與閱讀的依歸，其間必然有相關鏈結的路徑。柯慶明曾說：「事實上我們可以說，文學『欣賞』是一種對於『創作』所要透過語言捕捉的精神狀態之透過語言再捕捉。」[53]柯老師所言正是闡述創作者與欣賞者之間的牽繫，創作者透過語言來順向表述個人情志，讀者也透過語言來逆向捕捉文本的意涵及情調。文本這個載體，透過具體的語言而顯像，其中承載的是思維與意識，讀者與作者的交流便是依附在文本這載體之上的。

以《文心雕龍》作為本書的理論依據，除了替「閱讀」此一實用的能力提供學理基礎之外，《文心雕龍》的縝密完善的論述架構也為文學批評論建立系統性的審美認知與準據。

53 柯慶明：《文學美綜論》（臺北市：春風文藝出版社，1988年），頁43。

# 第四章
# 形式理解型閱讀策略（一）

## 第一節　前言

在閱讀領域的相關研究議中，「閱讀策略」是其中重要的一環，它是對於閱讀進行科學性、具體化的探究，其目的是以提出適切可行的方法來增進閱讀的理解。我們若將文本視為一有機建構的組織，閱讀策略便是對此一組織的解構。閱讀策略的分類可以有許多不同規準，這部分在第二章時已有專門的論述。本論文所探究的七項閱讀策略，可以區分成兩大類：「形式理解型」閱讀策略及「內容理解型」閱讀策略。

「形式理解型」閱讀策略，顧名思義是指讀者透過文本形式上的輔助來協助閱讀上的理解。本章的「解碼策略」便是屬於形式理解的閱讀策略之一，它是奠基在讀者己身已具備的漢字辨識、語法結構等能力上而進行。「解碼」（decode）一詞用在閱讀時的涵義是解開文字符號的編碼，讓這些符號的意義呈現出來。揆諸目前國內外諸多閱讀策略，如：摘要、提問、劃線、結構圖表……等等，但，尚未見及「解碼」一詞在閱讀策略中出現。「解碼」主要是從形式的角度出發而衍生出的策略。

以形式與內容兩區塊來探究華文文本的閱讀策略是本書的重要發想。中國歷來的文學與美學範疇中，「形式」一直較少有獨立的地位，它必須附麗於思想精神所營造的「內容」之下。簡而言之，謀篇布局、冶煉詞句等「形式」方面的問題，是為了替「內容」服務而產生的。[1]因此，分析文章時，我們重視內容的主題意識、意旨理趣，勝過於對它的形式結構的了解。一般而論，創作是先有思想情感（內容）再透過適切的「形式」加以組織而成就的，所以就作者而言是先「內容」後「形式」的；而從讀者的角度來說，進入文本的途徑之一可以是先「形式」而「內容」的。

沈謙曾說：

> 文章之成也，名之曰篇，篇之定也，累積於章；章之成也，構成於句；句之造也，集基於字。因此論文章之組織，蓋有四端：一曰謀篇，二曰裁章，三曰鍛句，四曰練字。[2]

上述文句說明了文章組織的有機性及序列性，作者創作時提供了有序的「形式」，如此有序的樣態能讓讀者從具體可見的形式逐步進入作者抽象思維的內容之中。

劉勰在《文心雕龍》〈章句〉中曾云：

> 夫人之立言，因字而生句，積句而為章，積章而成篇。篇之彪炳，章無疵也；章之明靡，句無玷也；句之清英，字不妄也。……句司數字，待相接以為用；章總一義，須意窮而成體。[3]

這段文字說明了作者創作時是因字而生句，累積句而為章，累積章再

---

1　趙憲章：《文體與形式》（臺北市：萬卷樓圖書公司，2011年），頁135。

2　沈謙：《文心雕龍之文學理論與批評》（臺北市：華正書局，1990年），頁136。

3　〔梁〕劉勰：〈章句〉，《文心雕龍》（影印文津閣《四庫全書》本），卷7，見《文津閣四庫全書》（北京市：商務印書館，2006年），第1482冊，頁44。。

成篇。劉勰的「章」的概念與現代白話文「段」的定義相仿。字、句、章、篇的有機組合是古人創作時的基礎認知，即使施行於現代白話文本時，仍然可以執行不悖。可見，一個完善文本的結構組織（即所謂形式安排）有其必然的序列軌跡及有機鏈結。

劉勰於「章句」篇中的理念提供了筆者發想「解碼」策略的立基點，「解碼」策略是由點、而線、而面再到全體，是從「形式」出發以探究文本「內容」。「解碼」此一詞彙係從科學用語中借用而來，就教育部國語辭典對此一詞彙的解釋是：

> 「解碼」是指將電波訊號轉換成它所代表的訊息。例如在無線電及通訊方面，經常需要將欲傳輸的內容加以編碼保密，及負載到可發射波上送達遠方，接收端便需要一組解碼電路，以便解讀所收到的訊息。在電子計算機方面，訊號要藉由網路或其他介面傳送、儲存，也需要做適當的編碼，待到取用時再解碼還原。[4]

從上述文字中可知「解碼」（decode）是對應「編碼」（encode）的概念而來的，是對組織後的符碼訊息加以拆解而獲得意義，因此，我們可以說「解碼」是解開編碼排序的符號，然後再進行理解的過程。

筆者將「解碼」一詞運用在閱讀策略上，其所代表的涵義是指透過漢語既有的漢字、語言、語法……等相關的基礎知識來進行文本的閱讀與理解。例如：可以從字形的零件組成以探究字義；或從標點符號的使用來推論文句的意思及文句之間的銜接關係。再者，如利用構詞原則、文法、修辭等方式來解讀詞語、文句等等，凡此，皆是利用

4　見「教育部重編國語辭典修正版」網站所提供的最新資訊，網址：http://dict.revised.moe.edu.tw/（2015年8月15日查詢）。

已有的具體語言知識來對閱讀的內容進行解碼以理解。

漢字可從「六書」來大略分別之，六書係指象形、指事、會意、形聲、轉注、假借等六類，其中又可以分成四體（象形、指事、會意、形聲）與二用（轉注、假借）兩大類別。漢字由於有為數不少的同音字、同義字的使用，文字的容量及張力自然巨大。即使是相同的文字一旦安放在不同的語意脈絡中，就可能標誌著不同的意義。因此，在華文語境裡，我們曾經學習的一些語文知識是可以善加利用並轉換成為閱讀理解的策略。例如：漢字的偏旁有一部分是具有表意功能的，所以，若對某個字詞不理解，便可以透過對該字詞的解碼來明瞭其意，如：「流眄之際」一詞中，對於「眄」字的讀音及字義可能多數人不理解（眄，音ㄇㄧㄢˇ），若以漢字偏旁往往兼有意義的特性來看，「眄」字的偏旁是「目」字，此「眄」字的意涵必然與眼睛的概念相互關聯，如此的認知方法亦是理解字義或詞義的策略之一。

是故，筆者嘗試以解碼策略來進行華文文本閱讀理解，乃著眼於漢字的獨特性而生的。「解碼」一詞的定義正如前述的說明，而關於解碼的範圍及界線在何處呢？以一篇完整的文章而言，我們細究其內部的有機組合是從單字而構詞，由詞而成句，再將數句構成段落，最後連結數段而成篇。正如《文心雕龍》〈章句〉：「夫人之立言，因字而生句，積句而為章，積章而成篇。」[5]因此，若將文章或文本視為一個有機整體，解碼所施行的場域便是著眼於有機體中的組合元素，循此，解碼的範圍便應該是「字、詞、句、段（章）、篇」等部分。

文本的段（章）與篇因為篇幅較長，它們所展現的意義邏輯與結構脈絡是更為龐大而豐富的，因此進行閱讀理解時，針對段（章）與

---

5 〔梁〕劉勰：〈章句〉，《文心雕龍》（影印文津閣《四庫全書》本），卷7，見《文津閣四庫全書》（北京市：商務印書館，2006年），第1482冊，頁44。

篇所使用的策略當是以具整體性者為宜，例如：傳統寫作布局的一些方式：起承轉合、正反合、總分法……等便是可以運用的理解策略。因此，解碼策略的範圍就不宜包含較長篇幅形式的段與篇，而是將之界定在字、詞、句之疆域裏。

人的認知是極其繁複的，依據現代認知心理學的研究，人類對於所接觸的信息有不同的加工處理模式，例如：對於一篇文章，我們採取逐字而詞再到句，以一種自基底拾級而上的細讀模式來閱讀，這是策略之一；此外，我們也可以採取提綱挈領的略讀方式來理解。前者近似於認知心理學中提及之「自下而上」（bottom-up processing）的理論；而後者則接近「自上而下」（top-down processing）的理論。[6]事實上，有學者提出人類的認知過程應是上述兩種模式交融而成的。

本書所述及的「解碼」策略，若以認知過程（對於信息加工或處理的過程）的理論來分析，是屬於「自下而上」的過程。「解碼」顧名思義是剝除文字表面的密碼而加以理解，既然如此，其意涵便是指涉自小而大、從部分到整體的逐步拆解過程。循此脈絡，以下關於解碼的論述，將依「字、詞、句」等層次，分別就字的解碼、詞的解碼、句的解碼等三個部分來論述及探究。

## 第二節　解碼策略——語言認知

### 一　字的解碼

在談論「字的解碼」策略之前，我們先來看看漢字的內涵與特色。目前全世界的文字粗略分為「表意文字」及「表音文字」兩大系

6 關於「自下而上」及「自上而下」兩種的認知心理歷程說解，請參見本論文第二章第三節之相關論述及闡釋。

統。表意文字也稱為「圖形文字」(logographic);而表音文字則可稱為「拼音文字」(phonographic)。前者是指文字經由書寫顯像出來之後,其「意義」即從文字表面呈現;而後者則是指文字經由書寫顯像出來之後,其「讀音」從表面拼讀而得之。漢字是從象形文字發展而來的圖像文字,字形和字義的關係比字音與字義的關係要密切,因此,漢字一般被視為表意系統,也就是說,漢字是可以直接從字形上去區辨它的意義。不過,即使如此,部分漢字仍然有表音文字的拼音特質,例如:佔漢字大宗的形聲字便是可以採直接拼讀的,「驚、玲、菁……」等字,其聲符部分(指上列文字的「敬、令、青」等部分)除了具有聲音的功能之外,還擔負有意義的功能。再者,即使身為表音系統的英文字,也可能具有表意的部分,也就是說它們也可以從字面上去辨識意義,例如:英文單字中為數不少(-er)結尾的單字標誌著人物的身分或角色,teacher、writer、reporter、officer 等字就分別為:教師、作者、記者、辦公員的意思。

中國的文字起源於圖畫,脫胎於圖畫和符號的甲骨文是中國目前最早成為體系之文字。隨著社會的進步,原本的數量不大之甲骨文已經不能滿足時代對文字的要求,於是人們在現有的文字基礎上,採用形聲、假借等造字手法大量造字,使得中國文字的數量不斷擴大。文字總量膨脹的同時,中國文字的字形也經歷了一系列的改變,從最初的象形文字逐漸演變成不象形的表意文字,尤其是在兩漢魏晉南北朝,中國文字經歷了從篆→隸→楷的巨大變革。文字在演變的過程中,許多已被新字取代的舊字在缺乏文字規範下的環境繼續存在,它們與新字一起被人們使用於日常生活。劉勰這樣說:

> 及魏代綴藻,則字有常檢,追觀漢作,翻成阻奥。故陳思稱:「揚馬之作,趣幽旨深,讀者非師傳不能析其辭,非博學不能

> 綜其理。」豈直才懸，抑亦字隱。自晉來用字，率從簡易，時並習易，人誰取難？今一字詭異，則群句震驚，三人弗識，則將成字妖矣。後世所同曉者，雖難斯易，時所共廢，雖易斯難，趣舍之間，不可不察。[7]

從上述的內容而言，劉勰已經清晰地意識到了文字在不同時代的發展變化，以及這種變化給古人閱讀古籍和行文作篇所帶來的困難。實際上，由於中國文字具有極易訛變、結構複雜和異體眾多等特點，再加上不管是古字、廢字、俗字、誤字以及沒有人用過的字，完全收羅在一起，所以時代愈晚，字數愈多，一般人識字容易混亂，文學創作時的用字也帶來了更大的困難。

語言文字是人類社會須臾不能脫離的交際工具，尤其每日的社會交流、個人的閱讀與書寫等等，更是對於文字使用不能片刻離開。而漢字所具有的圖畫性之表意特色，對於讀者在閱讀理解時是具有其功能性的。

以華語為母語者，在回憶語言文字時，是以意義建立索引（目錄）的；而母語是英文的人，在大腦中記憶語言文字時，是以聲音建立索引（目錄）的。表音文字，聽聲音可以寫出準確文字；表意文字，則是看文字可以理解準確意義。因為漢字具有如此表意的特色，所以，我們可以從漢字的組合元件來對字義進行推論與理解。

《文心雕龍》〈練字〉曾提及漢字的起源：「夫爻象列而結繩移，鳥跡明而書契作，斯乃言語之體貌，而文章之宅宇也。」[8]劉勰說文

---

7　〔梁〕劉勰：〈練字〉，《文心雕龍》（影印文津閣《四庫全書》本），卷8，見《文津閣四庫全書》（北京市：商務印書館，2006年），第1482冊，頁50。

8　〔梁〕劉勰：〈練字〉，《文心雕龍》（影印文津閣《四庫全書》本），卷8，見《文津閣四庫全書》（北京市：商務印書館，2006年），第1482冊，頁50。

字是語言的符號，是構成文章的基礎。文字是文章的基石，透過字、詞而句、章的累積推演才構成全篇文章的意涵。因此，從基礎的「字」的解碼為起步是有助於後續的詞語、句子、段落乃至全文本的認識及理解。

針對「字」的解碼是要從字音、字形、字義的哪一部分來解碼？抑或是全面觀照呢？這一點必須從漢字的特色來探討。漢字是由不同的個體漢字符號[9]組成的集合，這些個體依照一定的原則與邏輯組合而成的。

漢字既是以表意邏輯來構字，它在形與義的聯繫上必然有密切的關聯，所以在施行「字的解碼」策略時，對於漢字的組成原理勢必要有基本的認知，而「六書」便是一個必須具備的語文知識。「六書」是關於漢字構造的系統理論，它是指「象形、指事、會意、形聲、轉注、假借」等六種構字法則。而在字的解碼策略中，我們可加以運用的是「會意、形聲」這兩種組字法，因為象形與指事是無法割裂的「獨體文」[10]，針對獨體文我們無法再將字體加以拆解來解讀；而轉注與假借是運用文字時的用法，無關乎文字的形體組合。是故，最適合運用在「字的解碼」上的便是會意字與形聲字，而其中形聲字又佔漢字的最大宗。

漢語語音系統簡單、同音詞數量多的現象，透過「形聲字」的辨析是分別同音的重要方法。為什麼形聲字是分化同音詞的一個好的方

---

9 此處以實例來解釋所謂「個體漢字符號」的意義，如：「信」字可以拆解細分成「人」和「言」兩個「個體漢字符號」。

10 「獨體」的意思是指漢字結構中，僅含有一個單獨形體、不可分析為兩個或兩個以上形體的字，其形體結構完整，難以拆解分析其讀音或字義。許慎在《說文解字》的〈序〉中曾說：「倉頡之初作書，蓋依類象形，故謂之文。其後形聲相益，即謂之字。」而段玉裁在《說文解字注》中曾說「析言之，獨體為文，合體為字；統言之，則文字可互稱。」。獨體文是合體字構成的基礎。

式？這必須從形聲字的結構組織來談，形聲字由形旁（意符）和聲旁（聲符）兩部分構成，一組聲旁相同的形聲字，其讀音也相同或近似，這樣可以方便記錄同音詞，例如：「榕、蓉、溶、鎔、熔」等字都以「容」做聲旁，如此易於連結記憶這些同音字。又，各自有不同的形旁，表示了它們的字義歸屬，從而使彼此的意義區別開來。文字產生之前，語音是別義的唯一重要手段；文字產生之後，字形成了別義的重要輔助手段。[11]據此可知漢字是因義構形的文字，是屬於表意系統的。因此，我們可以透過文字組成的個體符號來推論字義以進行理解，例如：「水」字獨立使用時有水流意義，而作為形聲字的「形旁」時，像「江、河、海、流、湖、泊、浪、潮……」等字以水為偏旁，它表示著這些字與水的意義相關涉。再如形旁為「頁」的一系列字「頭、頂、顛、額、領、頸、項……」等都與頭部、頂端的意思相關、相似。因此，若理解形旁（意符）在一個形聲字裡的意義上聯繫，便可以約略地推斷該字的意義。以「題」字為例，現代白話文中「題」字常常用來指稱「試題」、「題目」一類的意思，但是我們從「題」字的形旁「頁」來看，「題」字應當與頭部、頂端等意義有所關聯，查檢《說文解字》一書的說解：「題，額也。」據此我們可以得知《韓非子》〈解老〉：「弟子曰：『是黑牛也，而白在其題。』」它的意思便是說某黑牛的額頭是白色的。

理解了形聲字的「形旁」意涵之後，接著我們來理解「聲旁」的內蘊。形聲字的聲旁（聲符）其實有一部分是兼有意義成分的，例如：「婚」是形聲字，其中的「女」字是「形旁」標示「婚」的字義類別；而「昏」是聲旁（聲符），除了表聲之外，也有表意的功能，

---

11 鄭振峰、李彥循、王軍等編著：《漢字學》（北京市：語文出版社，2005年），頁15-27。

古代「婚」禮在黃「昏」舉行，因此「昏」同時表聲也具表意的作用。不過，由於字義和字音的演變，有些形聲字的形旁或聲旁現在已失去了表意或表音的功能。例如「球」本來是一種玉的名稱，所以以「玉」為形旁，現在「球」字不再指玉，這個形旁就沒有作用了。再如「海」字本來以「每」為聲旁，可是由於字音的變化，現在「海」和「每」的讀音相去甚遠，聲旁「每」也就不起作用了。

除了形聲字之外，會意字也具有合體的性質，會意字通常由兩個或兩個以上的象形字或指事字組合而成，而它的意義通常是由這些構字的零件組合而來。例如：「明」來自「日」、「月」兩個象形字，其意義是合日月之照，來表示明亮的意思[12]。又如：「析」，《說文》：「析，破木也。一曰折也。」其組合來自「木」、「斤」兩個象形字，合成「用斧（斤）來劈開木頭，而有分析、拆解之意」。因此，若能知曉會意字中不同組字零件的意義，便能對會意字加以分析及理解，也更能熟稔漢字的組成規律。所以，「字的解碼」策略是透過對漢字的認知而施行的。

從上述的立論及示例來看，「字的解碼」奠基於讀者對象形、指事等「獨體文」的基本認知，爾後，將此認知運用在以「獨體文」組合而成的「合體字」（會意、形聲）上。不過，時代的遞嬗遷移中，文字的意義與用法難免有所變化，此時，與時俱進的查檢方法或通變之道勢必應運而生。

劉勰在《文心雕龍》〈練字〉中亦曾說：

> 若夫義訓古今，興廢殊用，字形單複，妍媸異體。心既託聲于

12 〔漢〕許慎著，〔清〕段玉裁注：《說文解字注》（杭州市：浙江古籍出版社，2006年），頁314。

> 言，言亦寄形于字，諷誦則績在宮商，臨文則能歸字形矣。[13]

這段話是說字義古今有別，有新興的，也有廢棄的，字形不同，要如何取用，端視文章的需求而言。此言固然是針對創作來說，但是，就讀者而言，理解文字的興衰改變也是理解文本的必要條件之一。所以，對於用字的斟酌與考量能影響文章意義通達與否；甚至旨趣的掌握、文章的情意、文本的思維等等，也都藉由作者如何遣詞用字來精密展現。因此劉勰於《文心雕龍》〈指瑕〉中指出：

> 若夫立文之道，惟字與義。字以訓正，義以理宣。而晉末篇章，依希其旨，始有「賞際奇至（致）」之言，終有「撫叩酬酢」之語，每單舉一字，指以為情。夫賞訓錫賚，豈關心解；撫訓執握，何預情理？《雅》、《頌》未聞，漢魏莫用，懸領似如可辯，課文了不成義，斯實情訛之所變，文澆之致弊。而宋來才英，未之或改，舊染成俗，非一朝也。[14]

劉勰以為文章寫作的基本途徑，不外用字和立意兩個方面：用字要根據正確的解釋來確定含義，立意則要通過正確的道理來闡明。對於晉代以降不少訛誤字義的用法，一直積非沿用未曾改善的風氣，劉勰是有所感慨的。所以，文章既然由字起始，再到詞、句、章而成篇，基底的功夫若未紮實，自然無法完善通透表達文本的旨趣，這也是解碼策略從「字」開始的用意。

---

13 〔梁〕劉勰：〈練字〉，《文心雕龍》（影印文津閣《四庫全書》本），卷8，見《文津閣四庫全書》（北京市：商務印書館，2006年），第1482冊，頁50。

14 〔梁〕劉勰：〈指瑕〉，《文心雕龍》（影印文津閣《四庫全書》本），卷9，見《文津閣四庫全書》（北京市：商務印書館，2006年），第1482冊，頁54。

## 二　詞的解碼

現代華文作為一門學科，其內涵可以包括語音、文字、詞彙、語法（文法）、修辭等五大部分。因此，我們在閱讀華文文本時便是在上述五大基礎所塑造出的語境中進行的。或許，我們不認為自己具備何種語法、修辭……等能力，事實上，在以華語為母語的種種語用情境下，我們是擁有上述能力而不自覺的。接續上一節的字的解碼之後，此章節我們要探討的是文章產生意義的最小單位：「詞」，關於「詞」的解碼策略。

「詞」是由語素構成的，「詞」是最小的能夠自由運用的語言單位[15]，例如：「這是動人的春天。」此句話是由「這」「是」「動人」「的」「春天」等五個單位組合而成的。這五個單位可以自由的運用在不同的句子裡，以「春天」一詞為例，可以與其他詞語創造出：「『春天』是美麗『的』季節。」這樣的句子。若將春天拆開成「春」與「天」兩個部分，它就失去原本「春天」一詞的獨到意義而成了另外兩個不同的詞語了。因此，張志公以為「最小的」及「能夠自由運用的」這兩個要素是「詞」最基本特點。[16]

張志公說：「一個句子所要表達的意思，是通過句中一個個詞語的意義表現出來的。離開了詞語的意義，句子就失去了表達的功能。因此辨析詞語的意義，是造句的先決條件。」[17]他的說法確立了詞語是構成句子的重要元素，不過，詞語也是透過句子的呈現後，才能具有獨特性及區辨度。如：

魯迅在小說〈藥〉裡的一段敘述：

---

15 張志公：《語法與修辭》（臺北市：新學識文教出版中心，2002年），上冊，頁28。

16 張志公：《語法與修辭》（臺北市：新學識文教出版中心，2002年），上冊，頁29。

17 張志公：《語法與修辭》（臺北市：新學識文教出版中心，2002年），上冊，頁45。

> 那人一只大手，向他攤著；一只手卻撮著一個鮮紅的饅頭，那紅的還是一點一點的往下滴。老栓慌忙摸出洋錢，抖抖的想交給他，卻又不敢去接他的東西。那人便焦急起來，嚷道，「怕什麼？怎的不拿！」老栓還躊躇著；黑的人便搶過燈籠，一把扯下紙罩，裹了饅頭，塞與老栓；一手抓過洋錢，捏一捏，轉身去了。[18]

此處魯迅一連用了十幾個與手部動作相關或相近似的字詞：「攤」、「撮」、「摸」、「交」、「接」、「拿」、「搶」、「扯」、「裹」、「塞」、「抓」、「捏一捏」，透過多個略有差異的手部動詞之呈現，傳神地顯現出小說人物的舉措態度、心理變化及情節發展。小說的戲劇張力及人物形象就是藉由這樣細微變化的刻畫而躍然紙上。上述這些以手部衍義而生的詞語透過句子的前後文意脈絡來凸顯其間的差異及各自精準的意義。

詞的構成原理就語法所言，可以分成「單純詞」和「合成詞」。[19]它們各自有不同的組合方式，例如：「電燈」、「路燈」、「桌燈」等詞語是以前面語素「電」、「路」、「桌」等字來限制並修飾後一個語素「燈」字，以完成該詞語的意義，這種組合稱為「偏正式」詞語。再者如：「老師」、「老爸」、「桌子」、「椅子」這些詞語，它們是在主要語素「爸」、「師」、「桌」、「椅」等字的前面或後面加上一些不影響語意的詞綴而成的，這又是另一種構詞的組合方式。[20]

上述是一般談論語法或文法的書籍對於詞語的定義及分類，透過這些語法知識我們可以對於文本有更為精確的解讀。筆者於此，希望

18 黃繼持編：《魯迅全集》（臺北市：臺灣商務印書館，1998年），頁45。
19 張志公：《語法與修辭》（臺北市：新學識文教出版中心，2002年），上冊，頁30。
20 許世瑛：《中國文法講話》（臺北市：臺灣開明書店，1992年），頁22-30。

在語法知識之外，能開發出對於詞語理解的其他策略。「詞」的解碼，是希望透過詞語的解碼以增進對句子、段落、篇章等部分的理解，而不是單單了解一個詞語。循此理路，筆者對於「詞」的解碼策略，是從該詞語於文章上下文脈絡（context）中的「語用」關係進行分析。例如：「衍戎的態度熱情大方，衍戎的哥哥卻□□□□。」這句話中我們不知道□□□□的詞語是什麼？但是，從「卻」字可以推斷□□□□的意思應該與「熱情大方」相異，這是透過文句前後的語境，也就是上下文脈絡而推論出來的。如此推論的關鍵來自日常生活中對於「卻」字的理解，知悉「卻」字是一個轉折的詞語，它常常呈現相反的概念。

再者，我們看以下這段節錄的散文：

> 我記得那以不快樂為傲的年歲。因為快樂便是被收買，不快樂才是清醒，才是□□□□。那不成熟的想法卻有可怕的真理，今天我看看自己，除了已經被收編，面目模糊，沒有更好的形容。如果所謂的「成熟」衡量的是一個人慾望快樂的強度，那麼成熟的人是以最大的努力減少不快樂的人。成熟是以平常犧牲了高貴，以算計替代了熱血。[21]

上述文句中有幾處文意待推斷：其一是「不快樂才是清醒，才是□□□□」，從上下文意中我們可以判斷□□□□內的詞語是用以描述不快樂的，再加上「才是」一詞共出現了兩次，全句應當屬於排比修辭的句型（排比修辭是指兩個以上語意概念相近似的文句，連續排列使用）根據這兩個條件，我們可以推論出□□□□應該要和「清醒」一

21 張讓：《剎那之眼》（臺北市：大田出版社，2000年），頁55。

詞屬於類似的概念，並且，它也是用來修飾「不快樂」一詞。其二，「那不成熟的想法卻有可怕的真理」、「成熟是以平常犧牲了高貴，以算計替代了熱血」，這兩句中特別加以標註的詞語，都因著前面的字詞含意而相對應地衍生出來。例如：「卻」字使得「不成熟的想法」和「可怕的真理」兩個概念對照了起來；而在「以平常犧牲了高貴，以算計替代了熱血」此句中的「犧牲」和「替代」兩個轉折詞語，也讓讀者知悉「平常」與「高貴」、「算計」與「熱血」這兩組屬於對應的詞語必然是相反的概念，如此一來，方能讓前後文意順接。這種利用詞語來解碼詞語的方式是閱讀理解可以施行的策略之一，以下嘗試藉大學學測試題來檢視詞語解碼策略的應用。

閱讀下文，依序選出最適合填入□□內的選項：

甲、小個子繼續跑，我繼續追；激湍的河面□□著一線白光，很像是球，在另一端與我競速賽跑。（張啟疆〈消失的球〉）

乙、那段日子裡，每當我的思念□□得將要潰堤時，竟是書中許多句子和意象安慰我、幫助我平靜下來。（李黎〈星沉海底〉）

丙、此刻，我獨自一人，□□對望雨洗過的蒼翠山巒與牛奶般柔細的煙嵐，四顧茫茫，樹下哪裡還有花格子衣的人影？（陳義芝〈為了下一次的重逢〉）

（A）浮滾／洶湧／蕭索　（B）映照／沖刷／悠然
（C）浮滾／沖刷／蕭索　（D）映照／洶湧／悠然[22]

22 大學入學考試學科能力測驗考試一〇一學年度國文科試題，試題見大學入學考試中心網站：http://www.ceec.edu.tw/AbilityExam/AbilityExamPaper/101SAT_Paper/101SAT_PaperIndex0.htm。

上面題目中（甲）選項可以從「激湍的河面」、「很像是球」這兩個詞語判斷「浮滾」的用法較「映照」更為適切。激湍的河面是無法平和如鏡以映照事物的。（乙）選項可以透過兩個線索來判斷，其一「我的思念」是名詞，□□的詞語是用以形容思念的狀態（可以視為「主語」+「謂語」的句式；我的思念□□），所以將「我的思念洶湧」與「我的思念沖刷」兩者互相比較，前者較符合語法結構且具有適切的意義。其二，我們也可以用「潰堤」來溯源推論「洶湧」的用法比「沖刷」好。至於（丙）選項則透過「獨自一人」來推導出「蕭索」比「悠然」好。

這樣的解碼策略不僅適用於現代白話文，於古典文學中亦然。我們試看以下例證：

> 閱讀下文後，回答問題。
>
> 余居西湖寓樓，樓多鼠，每夕跳踉几案，若行康莊，燭有餘燼，無不見跋。始甚惡之，□□念鼠亦飢耳，至於余衣服書籍一無所損，又何惡焉。
>
> 適有饋餅餌者，夜則置一枚於案頭以飼之，鼠得餅，不復嚼蠟矣。一夕，余自食餅，覺不佳，復吐出之，遂並以飼鼠。次日視之，餅盡，而余所吐棄者故在。乃笑曰：「鼠子亦狷介乃爾。」是夕，置二餅以謝之。次日，止食其一。余嘆曰：「□□狷介，乃亦有禮。」（俞樾《春在堂隨筆》）
>
> 依據文意，依序選出□□內最適合填入的選項：
>
> （A）已而／不亦　（B）俄而／不失
>
> （C）從而／不無　（D）繼而／不惟[23]

23 大學入學考試學科能力測驗考試一〇二學年度國文科試題，試題見大學入學考試中我們可以從「始甚惡之」的「始」字來推論□□中應當是「接著、然後……」等意思，表示一種時間上先後的關係，於是，答案「繼而」便呼之欲出了。而後面選項，也因著「乃亦」一詞來加以推論，便能發現「不惟」（不只）一詞較為適切。由上述例證可知「詞的解碼」策略在文言文或現代白話文上都可以運用，文言或白話各有其語法結構，在語法結構的基礎上，若再對詞語意義能嫻熟掌握便可以更精確理解文本的途徑。

關於詞的解碼還有另一個可以進行的方式是「同義手段」，「同義手段」理論是二十世紀五〇年代蘇聯時期的語言學家們所提出，根據莊平悌的說法：

> 同義手段是指用以表達同一思想而彼此關係平行的不同語言材料和表達形式，簡而言之，就是思想內容相同而表現形式、結構不同的語言材料。[24]

「同義手段」的概念有一部分類似於「同義詞」，文本閱讀時，若遇到不明瞭的詞語，透過「同義詞」的概念可以進行互見式的理解。例如：與「百姓」一詞近似的詞語有「蒸民」、「黔首」、「黎元」、「布衣」等等，這些詞語之間便是「同義詞」的關係。而「同義手段」是解讀文本時可以具體操作的策略之一，它可以分成兩個層面來看，其一是「語言同義手段」，其二是「言語同義手段」。在辨析此二者的差異前，我們先行滌清「語言」和「言語」的定義。

---

心網站：http://www.ceec.edu.tw/AbilityExam/AbilityExamPaper/102SAT_Paper/102SAT_PaperIndex.htm。

24 莊平悌：《同義手段理論與語文閱讀教學》（北京市：中國對外翻譯出版公司，2013年），頁4。

語言學者索緒爾（Ferdinandde Saussure）在其不朽之作《普通語言學教程》（*Cours de linguistique générale*）中針對「語言」和「言語」的分別有如下的解釋：

> 在我們看來，語言和言語活動是不能混為一談的；語言只是言語活動的一個確定的部分，而且當然是一個主要的部分。它既是言語機能的社會產物，又是社會集團為了使個人有可能行使機能所採用的一整套必不可少的規約。[25]

索緒爾視「語言」為規則系統，語言是言語活動中的社會部分，它不受個人意志的支配，是社會裡所有成員共有的，具有同質性，是一種社會心理現象。言語則是言語活動中受個人意志支配的部分，它帶有個人發音、用詞、造句的特點。但是不管個人的特點如何不同，同一社團中的個人都可以互通，這是因為有語言的統一作用的緣故。語言是抽象的系統，是透過具體的言語而表現出來的；言語則是語言規則系統的運用。

了解「語言」和「言語」的區別後，我們便可以據此來分析「語言同義手段」和「言語同義手段」兩者之別。「語言同義手段」是指利用字詞在語義上的同義現象來詮釋理解的一種方式，像是表示「紅」的顏色就有「朱」、「赤」、「緋」、「丹」、「赭」等字，我們可以據此來互相解釋其意義。這種詞語上的特色導引出訓詁學中的「互訓」、「遞訓」等現象。「互訓」是利用同義詞互相解釋，用甲來訓釋乙，用乙來訓釋甲，如：《說文》：「老，考也」；「考，老也」。「逐，追也」；「追，逐也」。而「遞訓」則是用幾個詞語連續解釋，如

25 費爾迪南・德・索緒爾著，岑麟祥等翻譯：《普通語言學教程》（北京市：商務印書館，1982年），頁33-34。

「譏，誹也」、「誹，謗也」、「謗，毀也」，「譏」、「誹」、「謗」、「毀」四字遞相為訓。

而「言語同義手段」是指在實際言語使用時、或是特定的語境條件下，不同詞語間彼此表達相同意義的一種詮釋現象。漢語的特色在於詞語的數量非常龐大，這表現在「歷時性」與「共時性」兩方面。[26]就歷時性而言，同一個詞語在不同時期的使用意義及手法便不相同，如：李白〈清平調〉：「借問漢宮誰得似，可憐飛燕倚新妝。」詩句中的「可憐」和我們目前白話文中的「可憐」的孩子，兩者意義便不同，前者是可令人憐愛之意，後者是令人悲憫之意。

而在「共時性」上，由於語言受地理區域的影響，因此產生了許多富有地域特色的詞語，例如：在臺灣的計程車，我們暱稱為「小黃」（因為臺灣的計程車是黃色的車體），而在香港則稱為「的士」，這是從計程車的英語「Taxi」音譯出來的。又如：南方人喜歡在人的名字前加上「阿」字，如：阿明、阿華……等等，以表達一種親切感；而北方人喜歡在姓氏或名字前加上「老」、「大」、「小」，如：老張、大呂、小明。

因為言語的歷時性與共時性現象造成詞語產生許多「同義」不同詞彙的狀況，同義手段可說是在我們的生活環境與文化語境之下所激盪而生的，透過同義的方式也可以增進對文本的理解，因之，它也是閱讀時得以施行的策略之一。

## 三　句的解碼

漢語是孤立語，缺乏型態變化，主要靠虛詞和語序等句法手段表

26 莊平悌：《同義手段理論與語文閱讀教學》（北京市：中國對外翻譯出版公司，2013年），頁12-14。

示語法意義，不論是字或詞語都是要放在句子的應用中才能顯示它的意義，句法給人們提供了一種編碼，使他們能夠利用句子中詞語的序列去理解句子的意義。因此，句子作為解碼策略的最長單位，意味著句子一旦語義表達清楚之後，接續的段落安排與組織規劃就能順利而恰當。而在理解句子的過程中，我們可以透過對句子中的個別詞義提取，再加上對句子語法的分析，兩者相互作用以全面理解句子。在分析句子的解碼策略之前，我們得先辨析句子的意義是什麼？

> 傳統的語法中，句子的定義是：表達一個「完整意思」的單位，它至少有一個主語和一個謂語。[27]

上述學者的持論是認為：大多數的句子都有兩個基本成分，即講述的題目（主語）和對於題目的說明（謂語）。

香港語言學專家鄧仕樑則說：

> 關於句子可以有這樣的認識：不管用什麼術語，除了單詞構成的句子，一般句子都有陳述的對象和陳述的內容兩個部分，可以用教學語法系統中的「主語」和「謂語」兩個術語來表示。[28]

從上揭敘述中我們知道在句子理解的過程，句中的個別詞語意義之提取是最基本的起步，循此，筆者擬從三個層次來開展，企圖為句子理解提供策略。此三層次分別是句法結構、標點符號及寫作手法。

---

27 黃長著等譯：《語言及語言學辭典》（上海市：上海辭書出版社，1981年），頁321。

28 鄧仕樑：〈從「寫東西要一句是一句」說起〉，見周漢光編著：《閱讀與寫作教學》（香港：香港中文大學出版社，1998年），頁103。

## （一）句法結構

華語的句法結構是屬於「語法」的一環，語法是語言的組織規則，語法規則主要是指詞的變化規則和用詞造句的規則。因為華語缺少詞的型態變化，所以華語的語法主要是談用詞造句的規則。以下就句子的語法概念略述：句子可以粗分為單句和複句兩類，單句的閱讀理解可以從字的解碼和詞的解碼來進行，因此，此處我們不再討論單句，而從複句來進行解碼。複句是指兩個以上的分句所組合而成的一個句子，不同的複句有不同的層次結構和不同的組合關係。複句可以分成以下兩大類：

1 **聯合關係的複句：**分句之間的地位不分主次。

（1）表示並列關係的複句。

單用：也、又、還、另外、同時、同樣。

成對：也……也……。又……又……。不是……而是……。一面……一面……。

例：虛心使人進步，驕傲使人落後。

（2）表示選擇關係的複句。寧願……也不……。與其……不如……。不是……就是……。

例：奢則不遜，儉則固，與其不遜也，寧固。[29]

可以取，可以無取，取，傷廉；可以與，可以無與，與，傷惠；可以死，可以無死，死，傷勇。[30]

---

29 《論語》〈述而〉第三十五則，見謝冰瑩等編譯：《新譯四書讀本》（臺北市：三民書局，2007年），頁151。

30 《孟子》〈離婁下〉第二十三則，見謝冰瑩等編譯：《新譯四書讀本》（臺北市：三民書局，2007年），頁356。

（3）表示連貫關係的複句。首先……然後……。起初……後來……。就、便、才、於是、然後、後來、隨後、接著。

例：他們從地上爬起來，擦乾淨身上的血跡，掩埋好同伴的屍首，又繼續戰鬥。

（4）表示遞進關係的複句。不但（不光、不只、不僅……）……而且（還、也、又、並且、更、反而、反倒……）。

例：他非但不承認自己的錯誤，還一味把責任推給別人。

（5）表示解說關係的複句。

例：孟子以為：富貴不能淫，貧賤不能移，威武不能屈；此之謂大丈夫。

2 **主從關係的複句：**分句之間的地位有主有次，分句中有一句的意思是主要的，另一句是次要的。

（1）表示因果關係的複句。因為……所以……。既然……那麼……。因此、因而、以致。

例：因為大學期中考試日期將屆，所以圖書館裡滿滿都是人。

（2）表示轉折關係的複句。雖然（儘管）……但是（可是、卻、而）……。儘管……還……。可是、但是、但、卻、不過……。

例：雖然我們無法任意加長生命的長度，但是可以擴充生命的廣度及挖掘生命的深度。

（3）表示條件關係的複句。只要……就……。除非……才……。只有……才……。無論（任憑、不論）……都……。

例：只有吃得苦中苦，才可以成為人上人。

（4）表示目的關係的複句。為了、以便、以免。

例：為了參加馬拉松比賽，衍戎三個月前就開始準備。

（5）表示假設關係的複句。如果（假如、倘若、要是、倘使、若是……）……就（那麼、那、便）……。

例：如果不付出努力，就無法讓夢想成真。

茲以上述的複句類型之種類來分析魯迅〈孔乙己〉的一段文字，以明瞭複句類型對文意理解的協助：

> 我從此便整天的站在櫃檯裡，專管我的職務。雖然沒有什麼失職，但總覺有些單調，有些無聊。掌櫃是一副凶臉孔，主顧也沒有好聲氣，教人活潑不得；只有孔乙己到店，才可以笑幾聲，所以至今還記得。[31]

1. 雖然沒有什麼失職，但總覺有些單調，有些無聊。（轉折句式）
2. 掌櫃是一副凶臉孔，主顧也沒有好聲氣。（並列句式）
3. 掌櫃是一副凶臉孔，主顧也沒有好聲氣，（因此）教人活潑不得。（因果句式）
4. 掌櫃是一副凶臉孔，主顧也沒有好聲氣，教人活潑不得；只有孔乙己到店，才可以笑幾聲。（並列句式）

上述例句 4 包括兩個分句並以分號隔開，屬於並列句式，「教人活潑不得」與「才可以笑幾聲」兩者剛好是咸亨酒店裡兩種不同的氛圍；而分號之前的三句與分號之後的兩句在意義及情感上是相反的，分號前是沉悶的氣氛，分號後是歡樂的。因此，它們之間是並列句式，卻是相反概念。這和例句 2 同為並列句式，但組成之概念意義卻不同。

---

31 黃繼持編：《魯迅全集》（臺北市：臺灣商務印書館，1998年），頁116。

5. 只有孔乙己到店，才可以笑幾聲。（條件句式）
6. 只有孔乙己到店，才可以笑幾聲，所以至今還記得。（因果句式）

## （二）標點符號

標點符號是用來標明詞句的關係、性質以及種類，它可以協助讀者更明確了解文句的意義，進而在文本的理解上更為細緻完整。除了閱讀之外，標點符號對於寫作上的表意也具有決定性的影響。香港教育當局在某年香港高等程度會考中文學科考試的報告書中曾說：

> 標點符號運用仍然不足。有一段十餘行僅用一句號者，亦有文句未完而用句號，造成結構殘缺者。[32]

語言學者朱德熙也說過：

> 目前的傾向是句號用的太少，該用句號的地方往往用了逗號。原因就是覺得前後文意上有聯繫，害怕用了句號之後，會把這種聯繫割斷。[33]

上述引文中可以看出，一逗到底、無法妥善使用各式標點……等現象是現今社會在書寫時可以見得的普遍現象，筆者在中學任教現場，也發現這樣的狀況極為常見。

標點符號是陪伴現代白話文應運而生的，而文言文作品中雖然沒

32 見《香港高級程度會考報告》（香港：香港考試局，1995年），頁178。
33 朱德熙：〈標點符號的用法〉，《語法・修辭・作文》（上海市：上海教育出版社，1984年），頁49-60。

有句讀符號的產生，但是斷句的概念是存在於創作者的心中，因為它是一種思維、語氣的抑揚頓挫之呈現方式，正如韓愈在〈師說〉中提及：「彼童子之師，授之書而習其句讀者，非吾所謂傳其道、解其惑者也。」[34]

而《文心雕龍》〈章句〉中嘗云：

> 至於「夫、惟、蓋、故」者，發端之首唱；「之、而、於、以」者，乃劄句之舊體；「乎、哉、矣、也」者，亦送末之常科。據事似閒，在用實切。巧者迴運，彌縫文體，將令數句之外，得一字之助矣。[35]

此外，《文心雕龍》〈頌贊〉亦云：「贊之為文，並揚言以明事，嗟嘆以助辭也！」[36]（感嘆詞的作用）上述兩段文字說明在古代沒有句讀標點的時期，文人已經知道藉由不同虛詞在不同位置的使用方法來表現文句的意涵及情感的起伏，虛詞看起來沒有具體意義，但在文句中的意義卻是實在而貼切的，它可以協助我們對於沒有標點符號的文言作品加以句讀，以明白文意。實詞可以讓讀者見知文本內容，虛詞可以突出文本的內蘊神氣，《文心雕龍》〈章句〉云：「詩人以『兮』字入于句限，《楚辭》用之，字出于句外。尋『兮』字成句，乃語助餘

34 見〔唐〕韓愈：〈師說〉，《康熹高中國文》（臺北市：康熹出版社，2013年），第1冊，頁3。文中意義完足的稱為「句」，語意未完而可稍停頓的稱為「讀」。「句讀」是古人指文章休止和停頓處。

35 〔梁〕劉勰：〈章句〉，《文心雕龍》（影印文津閣《四庫全書》本），卷7，見《文津閣四庫全書》（北京市：商務印書館，2006年），第1482冊，頁45。

36 〔梁〕劉勰：〈頌贊〉，《文心雕龍》（影印文津閣《四庫全書》本），卷2，見《文津閣四庫全書》（北京市：商務印書館，2006年），第1482冊，頁12。

聲。」[37]

目前我國頒行的標點符號共有十五種，各有其於不同句式需求、語境狀態下的使用規範，這些標點符號對於現代文本的理解產生一定的助益。例如：從驚嘆號知悉情感的起伏，從問號明瞭疑問之所在，而句號則是用於一個語意完整的句末，所謂「語意完整」的句子是指講述一個「訊息」清楚而完整的句式。因此，透過標點符號的判斷是一種可以理解文本意義的策略。我們知道一個句子統領若干文字，這些文字需要連接起來，才能發生作用；一個章節有一個完整的意思，意思必須表達完畢才構成章節。而所謂的字、詞、句、段、章的分野及範疇也是在文字與標點符號共同組合之下，才得以明確地知曉。

教育部頒定的通用標點符號有如下十五種：

> 句號、逗號、頓號、分號、冒號、引號、夾注號、問號、驚嘆號、破折號、刪節號、書名號、專名號、間隔號、連接號等十五種。其中，「連接號」為新增，「間隔號」為原「音界號」之改稱。[38]

上述符號中影響句子意義判讀的最大關鍵是句號。朱德熙曾說過：

> 句號代表一句話終了以後的停頓，表示以上是一個完整的句子。而怎樣才算完整，則要從結構和意義兩方面去考慮。[39]

---

37 〔梁〕劉勰：〈章句〉，《文心雕龍》（影印文津閣《四庫全書》本），卷7，見《文津閣四庫全書》（北京市：商務印書館，2006年），第1482冊，頁45。

38 見教育部《重訂標點符號》修訂版，網址：http://language.moe.gov.tw/001/Upload/FILES/SITE_CONTENT/M0001/HAU/haushou.htm。（2015年8月30日查詢）

39 朱德熙：〈標點符號的用法〉，《語法・修辭・作文》（上海市：上海教育出版社，1984年），頁23。

上述引言顯示了在「一逗倒底、少用句號」的狀況下，文句意義的掌握與理解勢必會有齟齬扞格之處。

在現行十五種標點符號中，書名號、專名號、間隔號、連接號是針對專門名詞及特用詞語進行標注；至於冒號、頓號、引號、問號、驚嘆號、刪節號等在界定及使用上較無困難，於此不多加論述。

對於句子意義及文本解讀影響較為顯著且常為讀者誤用的是：逗號、句號、分號、夾注號、破折號。先嘗試分述其義界如下[40]：

1. 夾注號：用於行文中需要注釋或補充說明。它有兩種型態，甲式：(　)。乙式：＿＿　＿＿。

   例：蘇軾，字子瞻，號東坡居士，宋眉山（今四川省眉山縣）人。（注釋說解）

   例：寒夜中，不管是誰家的燈光，都讓人——尤其是漂泊的旅人——有種溫暖的感覺。（補充說明使語氣可以連貫）

2. 破折號：用於語意的轉變、聲音的延續，或在行文中為補充說明某詞語之處，而此說明後文氣需要停頓。

   例：帶一卷書，走十里路，選一塊清靜地，看天，聽鳥，讀書；倦了時，身在草綿綿處尋夢去——你能想像更適情、更適性的消遣嗎？（徐志摩〈我所知道的康橋〉）（語義的轉變）

   例：漢武帝時，掌管音樂的衙署——樂府，負責搜集民間歌謠來配樂唱歌。（補充說明）

3. 分號：用於分開複句中平列的句子，這些句子意義相等或近似，關係密切。

---

40 此處標點符號的定義說解及示例參考自教育部《重訂標點符號》修訂版網站資料，以及楊遠編著，倪台瑛修訂：《標點符號研究》（臺北市：東大圖書公司，2011年）。

例：鯨魚是獸類，不是魚類；蝙蝠是獸類，不是鳥類。

例：勿以善小而不為，勿以惡小而為之。

4. 逗號：用於較長的句子中有語氣停頓之處，或複句中需要區隔的不同分句，甚至一些並列的短語。逗號是標點符號中使用最頻繁也最難恰如其分的一種。於是，因為逗號位置錯誤，而讓語意改變的情形所在多有。

5. 句號：適用於一個語意完整的句末。有學者說使用標點符號時，首先要能使用句號，此言不假，因為「句子」是文章中表意完整的基本單元，如果每個句子可以明確區分，那麼整段、整篇的意義便能夠清晰且有脈絡地聯繫組織起來。

以上是五種影響文本句子意義較為顯著的標點符號。

筆者嘗試以如下兩則文本進行分析，使讀者明瞭如何透過標點符號的使用來理解文本意義。

（一）

傳統的男強女弱觀念造成的刻板印象，其實是人類文明發展到後期才產生的。例如女媧補天的故事：共工氏怒觸不周山，以致天柱折、地維絕，使天破了個大洞，最後是靠女媧耐心的煉石來修補，可見男人闖了禍由女人收拾善後早有前例。

古代是母系社會，原本沒有男強女弱的觀念，男性革命奪權後，父權終於成了強權。男性之所以能夠奪權成功，主因恐怕還是由於女性承擔了懷孕生養下一代的天職，在那段時期不暇他顧。

設想若是更進一步，讓男人也能懷孕生小孩，父代母職，這世界會產生何等變化？我想世界會比較和平——（破折號：改變意思，另起一意並有解釋及說明）因為好戰愛鬥的男人要花些時間去懷孕、生產、坐月子、哺乳、帶小孩，用在戰爭上的時間就可以減少。尤其是產婦會分泌一種綽號「愛之激素」的荷爾蒙 oxytocin（催產素）（夾注號：用以補充說明），當「愛之激素」（引號：特別標註的引號具有特殊的意義或指涉）在體內分泌時，這個人——（破折號：改變意思，另起一意並有解釋及說明）因為無論男女，就會母性大發，變得溫柔慈悲，愛心十足。

世界上的紛爭這麼多，與其聽各國領袖空言甚麼減少製造核武器這種廢話不如鼓勵他們去做袋鼠男人，號召人類不分男女都來生小孩，個個沉浸「愛之激素」裡，才會是個比較有效的解決辦法吧！[41]

（二）

振保的生命裡有兩個女人，他說的一個是他的白玫瑰，一個是他的紅玫瑰。一個是聖潔的妻，一個是熱烈的情婦——普通人向來是這樣把節烈兩個字分開來講的（破折號：改變意思另起一意並有解釋及說明）。也許每一個男子全都有過這樣的兩個女人，至少兩個。娶了紅玫瑰，久而久之，紅的變了牆上的一抹蚊子血，白的還是「床前明月光」；（分號：區隔兩個並列的分句，分句的語意概念相似或相反）娶了白玫瑰，白的便是衣服上沾的一粒飯黏子，紅的卻是心口上一顆硃砂痣。（張愛玲〈紅玫瑰與白玫瑰〉）[42]

---

41 國家教育研究院「臺灣學生學習成就評量資料庫」（簡稱 TASA）高職二年級國文寫作試題，見網址：http://tasa.naer.edu.tw/2introduction-1.asp?id=1。

42 張愛玲：《傾城之戀——張愛玲短篇小說集之一》（臺北市：皇冠出版社，2004年），頁52。

在上面節選的〈紅玫瑰與白玫瑰〉小說中，我們看到它使用了四個句號，意謂著此段文字有四層具區辨性的語意概念，而這四個語意概念串接結合成一個段落。嘗試以表格分析此四層次的概念如下：

| | 小說文字 | 意涵說解 |
|---|---|---|
| 第一個句號 | 振保的生命裡有兩個女人，他說的一個是他的白玫瑰，一個是他的紅玫瑰。 | 詮釋男主角振保生命中兩個類型的女子。 |
| 第二個句號 | 一個是聖潔的妻，一個是熱烈的情婦——普通人向來是這樣把節烈兩個字分開來講的。 | 接續前一層次，說明白玫瑰與紅玫瑰的差異，它們分別代表妻子與情婦。 |
| 第三個句號 | 也許每一個男子全都有過這樣的兩個女人，至少兩個。 | 從振保延伸到每個男人都可能或明或暗有這樣兩種類型的女人。 |
| 第四個句號 | 娶了紅玫瑰，久而久之，紅的變了牆上的一抹蚊子血，白的還是「床前明月光」；娶了白玫瑰，白的便是衣服上沾的一粒飯黏子，紅的卻是心口上一顆硃砂痣。 | 分開論述男人們在無法同時腳踏雙條船的狀態下，娶了其中之一個對象後，另外未娶者便成了想望而未得的期待。此處揭示人性對於「得到」、「得不到」的恆久矛盾心理。 |

上述段落透過四個句子整合演繹出男性的愛情觀點，於是我們知悉「句號」在文本意義理解上所扮演的重要角色，「句號」是一個語意完整的結束記號，通常段落或篇章是藉由幾個語意完足的句子加以組合而成。因此，段落或篇章的意義就是透過整合句子意義而成。

前述所討論的五種標點符號中，夾注號與破折號是文句中重要轉折與標誌的符碼；而分號、逗號、句號，則對於句義理解有明顯的影響。分號和逗號在某些情況下可以互通，這也是造成分號與逗號在區辨時易造成模糊的原因。分號的主要特性是「語意的劃分」，並且它所劃分的大多是「句」，而它所能達到的功效是「意」。例如：托爾斯泰小說名作《安娜・卡列尼娜》中的句子：「幸福的家庭是相似的；不幸福的家庭各有各的不幸。」「分號」隔開了兩個語意完整的分句，透過「分號」將兩句子對列以凸顯彼此在意義上的對比及互見。

## （三）寫作手法

「手法」據辭典意義而言係指「技巧方法」，常用於文學、藝術、技藝等方面。於此處，筆者將之運用在寫作上，用來論述幾種在寫作時所使用的技巧與方法。筆者曾在某單篇論文中提及將「文體分類」（論說文、記敘文、抒情文）視為「寫作手法分類」（敘事手法、描寫手法、議論手法、說明手法）的觀點，主要因為傳統華文文體的分類法：「論說文、記敘文、抒情文、應用文」，對於文本的分類不夠明確，因為，甚少有一篇文章是純粹地由單一文體所構成的，於是筆者建議在文本分析上，可以將傳統「文體分類」的概念轉換成「寫作手法」的概念。

「寫作手法」一詞的內涵所指涉的是寫作時所使用的四種表現方式，此四種方法名義之確定係透過西方寫作原理與中國相關學者（如：朱自清、夏丏尊）之論述交相辨證、融通而成的。[43]任何文本並非依著單一寫作手法而完成，因此，以「論說文、記敘文、抒情文」這樣的傳統文體分類來區辨任一文本，並非適切的作法。

「敘事手法、描寫手法、議論手法、說明手法」此四大類別幾乎可以容納所有文本的寫作手法，因此，如果我們嘗試對一個句子進行

---

43 此處參考筆者拙作：〈從 PISA 之文體分類審視中文文體類別之適切性〉，「修辭學與國語文教學國際學術研討會」論文（高雄市：高雄師範大學國文系，2013年6月7日）；後登載於《國文天地》第30卷第9期（2015年2月），頁39-51。

分析以幫助理解，除了語法結構知識、標點符號之外，「寫作手法」亦是一個可以施行的解碼策略。

朱光潛曾說：

> 宇宙一切的現象都可以納到四大範疇裡去，就是情、理、事、態。情指喜怒哀樂之類，主觀的感動，理是思想在事物中所推求出來的條理秩序，事包含一切人物的動作，態指人物的形狀。文學的材料就不外這四種，因此文學的功用通常分為言情、說理、敘事、繪態（亦稱狀物或描寫）。[44]

循此概念，以下略述四種寫作手法的定義及內容：

1. 敘事手法

「敘事」顧名思義是作者針對線性時間中人物、事物的推展及變化歷程加以敘述。由於「敘事」是時間歷程中演變現象的載錄，因此，它是動態的呈現。

例：今天上午八點四十分，火車從臺北開出。

2. 描寫手法

「描寫」是作者針對個人於空間中所見人物、事物的種種觀察結果加以描摹，所以，它常常通過感官的摹寫來狀擬出被觀察者的樣態。因此，「描寫」是空間中靜態的呈現。

例：這一枝梅花只有兩尺來高，旁有一枝，縱橫而出，約有二三尺長；其間小枝分歧，或如蟠螭，或如僵蚓，或孤削如筆，或密聚如林；真乃「花吐胭脂，香欺蘭蕙」。[45]

---

44 朱光潛：〈寫作練習〉，《談文學》（臺北市：大坤書局，1998年），頁58。

45 〔清〕曹雪芹：《紅樓夢》（臺北市：里仁書局，2007年），第50回，頁109。

3. 說明手法

「說明」主要任務是藉由「說明」傳遞訊息供大眾知曉，像是：解說事物、闡明事理、表達意念等等，它通常具有知識性、客觀性、說明性的傾向。因此，若以寫作手法來看，「說明手法」它通常能夠呈現關於「如何」（how）這一類問題的答案。簡而言之，針對事理的來龍去脈或事物的特徵、形狀、結構……進行闡述，藉此以達到傳播知識或訊息的目的便是「說明手法」。因此它在生活實際層面的應用寫作上常常可見：像是學術性的小論文、各類趨勢圖表、使用說明、導引手冊等等。

4. 議論手法

「議論」是四種寫作手法中最為突出作者本身觀點理念的一種表達方式。「議論」顧名思義是對某一主題加以評議討論，具有個人主觀性，帶有「說服意味」，主要透過觀點的提出以獲得讀者的認同。而議論的論點[46]來源，主要有四種：

（A）作者對某一話題（topic）提出看法並加以闡釋，以說服舊看法之人。

（B）對於某待解決問題（problem）的見解，屬於建議性質，論述較為平和。

（C）對於疑難問題（question）的發現，以科學領域的研究較多。

（D）對於一個具爭議、矛盾的問題（issue）選擇立場、表態

46 議論文的文意發展可由三個部分撐持而成。分別是論點（主要觀點）、論據（支持論點的例證）、論證（將論點和論據連綴完整的論述過程）。

立場或捍衛立場。[47]

「議論」手法在書寫時的用語多具有明白、確切、清楚的特質，較少情緒性的詞語、口語化的用字、無關緊要的連綴及冗贅用語。

而劉勰在《文心雕龍》〈論說〉篇中曾提及「論」與「說」兩種的涵義及內蘊，雖然它們與現代白話文對於論與說的概念略有出入，但是某些意念是可以相通的，他說：

> 論也者，彌綸群言，而研精一理者也。……原夫論之為體，所以辨正然否。窮于有數，追于無形，鑽堅求通，鉤深取極；乃百慮之筌蹄，萬事之權衡也。故其義貴圓通，辭忌枝碎，必使心與理合，彌縫莫見其隙；辭共心密，敵人不知所乘：斯其要也。[48]

「論」這種文體，主要把是非辨別清楚，不僅對具體問題進行透澈地研討，並且深入追究抽象的道理，更要把論述的難點攻破鑽通，深入挖出理論的終極。所以，道理要講得全面而通達，避免寫得支離破碎，必須做到思想和道理統一，把論點組織嚴密，沒有漏洞；文辭和思想密切結合，使論點無懈可擊。上述引文對於「議論」的內涵及要義、拿捏操持的分寸等等，條分縷析地娓娓道來，讓人能更明確議論手法的掌握原則。

以下藉龍應台〈目送〉一文為例，分析這四種手法在句子解碼上

47 葉黎明：〈議論文的四種類型〉，《寫作教學內容新論》（上海市：上海教育出版社，2012年），頁290。

48 〔梁〕劉勰：〈論說〉，《文心雕龍》（影印文津閣《四庫全書》本），卷4，見《文津閣四庫全書》（北京市：商務印書館，2006年），第1482冊，頁22。

的應用：

> 華安上小學第一天，我和他手牽著手，穿過好幾條街，到維多利亞小學。（敘事）九月初，家家戶戶院子裡的蘋果和梨樹都綴滿了拳頭大小的果子，枝枒因為負重而沈沈下垂，越出了樹籬，勾到過路行人的頭髮。（描寫）很多很多的孩子，在操場上等候上課的第一聲鈴響，小小的手，圈在爸爸的、媽媽的手心裡，怯怯的眼神，打量著周遭。（描寫）他們是幼稚園的畢業生，但是他們還不知道一個定律：一件事情的結束，永遠是另一件事情的開啟。[49]（議論）

在上述節選文章中，我們看到不同寫作手法的交錯使用，它們共同組合成表意完全的段落。首先作者以「敘事」和「描寫」的手法刻劃了一段九月天的街景畫面，為下文作者孩子即將入小學的歷程點滴進行鋪墊。看似與主題無直接相關的敘述卻是一種饒富意味的文學筆觸，這與《詩經》的寫作手法「興」有近似的功能。[50]

所有文本的組成不外由敘事、描寫、說明、議論等四種手法而成就的。議論及說明的結構從本質上而言是屬於邏輯思維的體系，議論是為了明辨是非，使人相信；說明是為了說明事理，使人有所知。議論的邏輯思維以歸納及演繹為主，接近因果體系；而說明的邏

49 龍應台：〈目送〉，《目送》（臺北市：時報文化出版公司，2008年），頁6。

50 「興」的意義及功能歷來學者的持論稍有不同，成功大學中文系翁文嫻教授說：「明明白白出現，卻一點也搞不懂它們的關聯，所謂有景有情，但景與情，是處於將交融卻未交融的狀態，有一個很大的空隙，要讀者努力補足，這便是《詩經》「興」體與後代唐詩景情狀態不同之趣味。」見氏著：〈《詩經》「興」義與現代詩「對應」美學的線索追探——以夏宇詩語言為例探研〉，《中國文哲研究集刊》第31期（2007年9月），頁125。

輯思維是分析和綜合，屬於總分體系。[51]至於描寫和敘事則是屬於形象思維體系。[52]描寫是關於空間的形象思維；敘事則是關於時間的形象思維。

在運用寫作手法進行句子分析時，原則上可以採句號作結的一個完足句子為範圍，因為只有在完整表意的句號之內，寫作手法才能清晰明白呈現。寫作手法的釐析讓我們可以梳理文本中文意的脈絡層次及前後關聯，此舉對於文本意義的理解有其功能性。

## 第三節　小結

解碼策略的應用主要是奠基於華文獨特的文字結構與語文特性上，由圖畫性的表意文字開展出屬於華語的語法系統。而「解碼」一詞顧名思義是拆解符碼，其目的是獲得理解，因此，不論是字、詞、句、段、章，都應當有其適用的解碼方式。而本書基於漢字的獨特性，將解碼的範疇定義在字、詞、句三個部分，主要是因為字、詞、句三者所運用的解碼策略不同，而這些策略習得之後，便可以運用於文本中的各個段落，因為段落是由字、詞、句所組合而成的。

解碼策略的三大層次：字的解碼、詞的解碼、句子解碼。它們彼此是互相遞延聯繫的關係，字的理解可以幫助詞意的暢達；詞意的通曉可以讓句子的理解更為清楚而正確；而後「句的解碼」又涵蓋三項內容：句法結構、標點符號、寫作手法，這三項內容對於句子意義的深度理解與精確詮釋提供了一定程度的助益。

解碼策略是讀者閱讀時最立即而直接的初層理解步驟，它通常對

51 洪順隆編著，洪文婷校訂：《歷代文選——閱讀、鑑賞、習作》（臺北市：五南圖書出版公司，2005年），頁351。

52 吳應天：《文章結構學》（北京市：中國人民大學出版社，1989年），頁5-18。

於閱讀經驗較少，或是華語非其母語者，提供了閱讀華文文本一套具體可行的入門守則。

# 第五章
# 形式理解型閱讀策略（二）

## 第一節　前言

形式理解型閱讀策略顧名思義是指透過文本形式上的輔助來協助閱讀的理解。前一章的「解碼策略」是屬於形式理解的閱讀策略之一，它是奠基在讀者己身已具備的漢字辨識、語法結構等能力上所進行的。而本章接續所要進行的閱讀策略——「劃線策略」與「具象化策略」——亦屬於形式理解型閱讀策略的範疇。

「劃線策略」屬於「組織加工」，而「具象化策略」則屬於「組織重構」。「組織加工」的一詞，其中所謂的「加工」，就廣義而言有兩個層面，首先，係指對原料或半成品的物體進行製作使之完整；其二則是指從事讓成品更加完美的工作。而本書「組織加工」則是指涉後者的意義，對於已完成的文本進行再加工的過程使之便於理解。[1]劃線策略於文本閱讀的意義是：閱讀時，讀者依據思緒的流動加上不同的標記，此標記有助於提示及理解。所以，我們將「劃線」視為一種對文本的「加工」過程。

接著，我們談「組織重構」的「具象化策略」，「重構」運用在閱讀上係指將文本重新組織與建構，例如：純文字的文本可以轉換成各種圖表式、綱要式、條列式等型態，透過圖像組織的建構方式，來

1　此處「加工」一詞的意義，參考《正中形音義綜合大字典》（臺北市：正中書局，1980年），及教育部重編國語辭典修訂版，網址：http://dict.revised.moe.edu.tw/。（2015年5月18日查詢）

建立出文本的鷹架或脈絡，這有助於讀者換位思考及理解文本內容，並能夠透過一目了然的視覺刺激而快速地分辨主概念、次概念及各項細節。

## 第二節　劃線策略——組織加工

「劃線策略」是屬於「組織加工」型的策略，其意涵是指一種對於文本組織進行加工以增進理解的方法。劃線是在閱讀的歷程中，選擇性地注意某些重要資料，並在這些資料上作記號，以求對於內容的了解與記憶。

閱讀時劃線是不少讀者的習慣，有人是無意識的劃線，透過劃線代表閱讀者正在思考的文句段落或是標示閱讀者已讀過的部分；另外一種劃線則是有意識的，其目的是尋找文本重點，找出文章段落中的主題句、因果關係句、結論句或是與題目直接有關的內容等等，以作為一種閱讀過程的提點。

劃線工作的內容是具獨特性的，不管線條的粗細、顏色的種類、劃線的位置，均依個人的喜好與習慣而有所差異，劃重點切忌全書均劃線，全書均劃了重點就等於沒有突出的重點。劃線在訊息處理歷程中有助於選擇性注意、知識的獲取、文章的建構與統整。劃線策略能幫助讀者更主動積極融入文本中，並且增加對新訊息的回憶。

對於劃線策略的探討，此處主要奠基在讀者的認知歷程上（讀者在閱讀文本時的思考運作及建構意義的過程）。每位讀者的認知歷程或許大相逕庭，於是，劃線時必然有許多主客觀的因素混雜於其中。起點行為較高者或是背景知識豐沛者，例如：嫻熟修辭技巧、語法結構……的讀者，於劃線時的思維與不擅長者必然有所出入。劃線策略進行時，讀者是依據文本的內容而劃，還是就文本的形式而劃，必然有其差異。但，此處，筆者將劃線策略定義為形式理解型的閱讀策略，主要考量點在於劃線策略的應用常常以可見的具體文本型態為判斷之依據，例如：當讀者於文本中見到「映襯」修辭的文句出現時，「映襯」的文句常常伴隨標點符號中「分號」而生，「分號」主要用於並列複句中內部分句之間的停頓，因此，讀者閱讀文本時，遇到「分號」之際，便可能下意識地對該處文句進行關注而劃線。所以，「映襯」修辭雖與「內容」相關，但，它也有「形式」上的特色。基於此，兼以自認知歷程考究「劃線策略」，遂將「劃線策略」歸屬於形式理解型閱讀策略。

循此，劃線策略可以分成兩大部分來分析，其一是讀者略讀或初次閱讀時的劃線；其二是讀者精讀時或再次閱讀時的劃線。

略讀時，文本形式上的提示相對重要許多。作家朱自清曾在《略讀指導舉隅》一書的前言說：「就教學而言，精讀是主體，略讀只是補充；但就效果而言，精讀是準備，略讀才是應用。」[2]

因此，略讀，其實是達到精讀的方法之一，而多數的略讀是讀者自行完成的。略讀文本時，可以針對字型上與其他部分不同者，或是有特別顏色標註者，再者是文本的各段落開頭處、結尾處的文句，注意其文意發展並進行初步劃線。劃線策略可以選擇性地注意文章重點及加強重點的記憶。

劃線策略的兩大層面：略讀或初次閱讀時的劃線；精讀時或再次閱讀時的劃線。這兩個層面是依據閱讀時間的先後而論，不論是初次閱讀或再次閱讀，通常讀者下筆劃線都會從字詞及句子入手。劃下詞語等同於「圈」出詞語，「圈詞語」通常是讀者閱讀時遇到不能了解的詞語，故隨手劃下以作為註記。就認知心理的歷程（此部分參見本論文第二章第三節之論述）而言，閱讀文本時，句子或段落中出現的

---

2　葉聖陶、朱自清：《略讀指導舉隅》（北京市：中華書局，2013年），〈前言〉，頁3。

無法理解之詞語，並不會完全影響文意的理解，因為讀者可以透過上下文推論或是認知心理中的「自上而下」模式、圖示基模理論等等來協助理解文本意義。

因此，劃線策略中最值得深入探究的便是句子劃線。句子的劃線我們可以分為略讀與精讀、初讀與再讀等不同時間點之劃線。在略讀與初讀階段，文本「形式」上的樣態是優先吸引讀者之處，因此各種具有句法結構的單句、複句[3]，或是具有修辭法的句式……都是可以初步劃線者，例如：因果句式，有「因為……所以」的句型，讀者通常會下意識地對「因為」、「所以」的部分予以關注；或是如選擇句式，有「與其……不如……」、「不是……就是……」、「寧可……也不」等的句型，也是可以劃線之處。

修辭手法在文本中的運用也是讀者閱讀時容易被吸引之處，如：余秋雨在〈廢墟〉中說：

> 沒有悲劇就沒有悲壯，沒有悲壯就沒有崇高。雪峰是偉大的，因為滿坡掩埋著登山者的遺體；大海是偉大的，因為處處漂浮著船楫的殘骸；登月是偉大的，因為有「挑戰者號」的殞落；人生是偉大的，因為有白髮，有訣別，有無可奈何的失落。[4]

上述段落中，我們見到幾種修辭技巧：「沒有悲劇就沒有悲壯，沒有悲壯就沒有崇高。」其中「沒有悲壯」一詞重覆使用是「類疊」修辭，此修辭法讓前後文句在意義及文氣上產生連貫與接續；接著，整個段落

---

3 複句是指兩個以上的分句所組合而成的句子，不同的複句有不同的層次結構和不同的組合關係。見張志公：《語法與修辭》（臺北市：新學識文教出版中心，2002年），上冊，頁137。

4 余秋雨：《文化苦旅》（臺北市：爾雅出版社，1995年），頁366。

中出現好幾個句子透過分號區隔，這部分便是使用了「排比」修辭，利用相似的文意概念來詮釋作者所認為的「偉大」之內涵；更進一步推敲，在每一排比的文句之內，又使用「映襯」修辭，例如：它說大海是偉大的，因為它漂浮著船舶的殘骸，這是以反差對比的方式烘托出作者對於大海的定義。這些基本的修辭知識於可以提供讀者建構文本意義的理解。

讀者略讀時不妨先從形式上的辨析再到內容的理解，最後再將兩者結合，可以明白文本的深刻意義。

前揭假定劃線策略是以句子為主要範疇，對於所謂「句子」的涵義，勢必有其定義。張必隱以為：「句子是表達完整思想且具有一定語法特徵的最基本的言語單位。」[5]而謝康基則認為：「句子是有密切關係的詞語的組合，它的結構是形式（form）和內容（content）必須一致，語意才能表達清楚。」[6]從以上的定義可知一個句子的定義與其所包含的字數多寡無關，而是與它所表述的意義是否完整有關。例如：「飛鳥」與「鳥飛」兩者，就字面看來是前後順序易位的詞語，但是，「飛鳥」是詞，屬於偏正式結構；而「鳥飛」則屬於句子，是主謂結構的句子。這其間的差異是「鳥飛」的意義是「鳥飛走了」，它所呈現的是一個具有完整意義的句式；而「飛鳥」則是一個名詞，我們僅看到飛鳥一詞，卻無法知悉飛鳥有什麼動作或後續發展？可見「句子」的意義是表達完整思想的最小單位。

讀者在理解一個句子的時候，需要從句子中來建構意義。所謂建構意義就是要從書面語的序列中建造出具有層次安排的命題。如果讀者能夠先了解句子的表層結構，那麼對後續的理解或推論之幫助就很

---

5　張必隱：《閱讀心理學》（北京市：北京師範大學出版社，1996年），頁152。

6　謝康基：《語意學：理論與實際》（臺北市：臺灣商務印書館，1991年），頁38。

大。而一個句子又可以根據它的組成元素分成若干短語及次級短語，這些短語得以視為句子表意的構成成分。[7]

例如：「趕赴考試的考生攔下即將開走的公車。」一句，將之分析如下表圖示：

「趕赴考試的考生」是句子的主詞（主語），「攔下」是動詞（述語），「即將開走的公車」是受詞（賓語）。這個句子主要是透過以上三個大的短語所建構，而其中主詞及受詞可以再加以分析成次級的短語，如主詞「趕赴考試的考生」可以釐析成「趕赴考試的」和「考生」這兩個次一級的短語，所謂次一級的短語也就是我們一般認知的「詞」的概念。上述「趕赴考試的考生攔下即將開走的公車」一句的分析過程屬於張必隱提到的「句法分析」（Syntax analysis），所謂「句法分析」也是華語句式的語法分析中的一環。

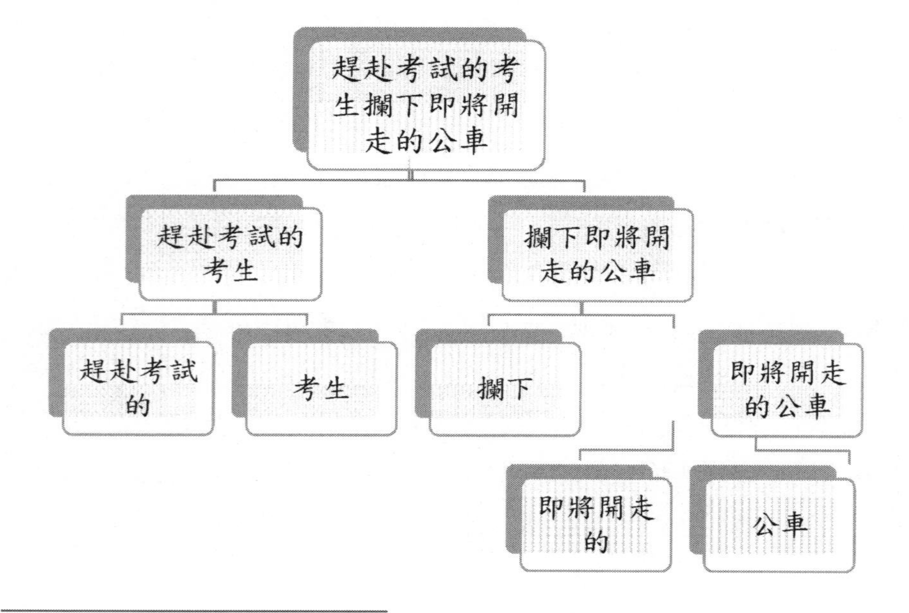


7 張志公：《語法與修辭》（臺北市：新學識文教出版中心，2002年），上冊，頁392-395。

根據以上句法結構的成分分析之後，我們可以從中讀出的意義訊息是：

1. 考生是趕赴考試的

2. 考生攔下公車

3. 公車即將開走

上述這三個意義訊息的建立，根據張必隱的說法稱之為「語義分析」。[8]一般而言，句子的理解主要是憑藉上述兩種方法：「語義分析」及「句法分析」。「語義分析」顧名思義是將句子中各個構成成分所表達的意思加以分析，並檢視它們之間是如何串接連結成全句的意義，通常這對母語使用者而言是較為簡單容易的事。而「句法分析」則是提供非母語使用者於理解文本意義上的一項重要方法。

上揭所提及的「句法」其實歸屬於「語法」的轄下之一（在臺灣常以「文法」稱之）。「語法」是指語言使用者在使用一種語言時所運用的規則，若該語言是使用者的母語，則語法的大部分內容都是在下意識的過程中所習得的，也就是在生活語境中浸濡而得的。任何一種自然語言的語法規律（或語法現象），是指該語言中的字彙、詞語、句子的邏輯、結構特徵以及組成方式，在不同的語境中，這種規律或規則也稱作語法規範、語法規則等。而研究語法規律、規則及其構成方法的各種理論，就是語法學、語法理論或文法等等，這是屬於語言學的範疇。[9]在不同的語境中，「語法」一詞，實際上可以指上述任何一種概念，有時也可以只關注在句子所構成的規律，亦即「句法」（Syntax）。

簡而言之，「語法」的範疇極廣，而「句法」是其中之一，在臺灣我們常稱的「文法」其實和「語法」的概念相近似。以在臺灣學習

8　張必隱：《閱讀心理學》（北京市：北京師範大學出版社，1996年），頁158。

9　周慶華：《語文符號學》（上海市：東方出版中心，2011年），頁37-45。

英文的學子而言，都經歷過以學習文法為精進英文能力的重要歷程之一。例如：英文中常見的六 W 問句，這些問句句型特徵都是以疑問詞（六 W）為開頭，這和中文問句慣以主詞作為開頭是不相同的。

| 英文六 W 問句句型 | 中文句型 |
| --- | --- |
| What time is it？ | 現在幾點鐘？ |
| When will your father be back？ | 你父親何時要回來？ |
| Where do your family have a trip on the weekend？ | 你們家這周末打算去哪裡旅行？ |
| How are you doing？ | 你最近好嗎？ |
| Which color do you like most？ | 你最喜歡什麼顏色？ |
| Who is that thin girl in front of the door？ | 門前那一個瘦瘦的女孩是誰？ |

從上述表格中，我們清楚比較兩種語言在相同語義概念下的語法（文法）結構差異。英文句子在表達疑問的語氣及詢問的概念時，他們直接以疑問詞（六 W）開頭，而在華語語法中並非都將疑問詞（六 W）置於句子的最前頭，這是中英文語法使用上的差異。所謂的句法分析策略施用在閱讀上的意義即在此，透過句法結構的了解進而將之運用在文本的理解上。

劉勰曾云：

> 夫人之立言，因字而生句，積句而為章，積章而成篇。篇之彪炳，章無疵也；章之明靡，句無玷也；句之清英，字不妄也。振本而末從，知一而萬畢矣。[10]

---

10 〔梁〕劉勰：〈章句〉，《文心雕龍》（影印文津閣《四庫全書》本），卷7，見《文津閣四庫全書》（北京市：商務印書館，2006年），第1482冊，頁44。

劉勰透過上述文句說明了文本的組成有其先後序列的結構性，句子是一篇文章中表達完整意義的最小單位，因此，劃線策略從句子著手是閱讀歷程中極其重要的認知。句子和句子的銜接若能適當便可以創造出表意完整的段落，所以，就寫作來說，處理好「句子」便是書寫的第一步；而從閱讀的角度而言，句子的理解也是文本理解的先驅。《文心雕龍》〈章句〉：「句司數字，待相接以為用；章總一義，須意窮而成體。……搜句忌於顛倒，裁章貴於順序。」[11]凡此皆說明了句子在文本組織中的樞紐關鍵性，句子散亂、順序顛倒是無法構成完整的段落與篇章。

承上所言，略讀時或是初次閱讀時的劃線，從句子著手，是因為某些句子在形式上的結構樣態具有提點與暗示，例如：有明顯修辭手法的句子、有清楚連接詞、轉折詞的單句、複句等等。由於修辭手法在傳統語文學中已多所提及，不於此贅述。而具有明顯提示性質的單、複句類型，可以直接劃下句子中的關鍵字詞。茲以本論文第四章中的第三節「句的解碼」所論述者為分類原則來介紹複句類型：

1 **聯合關係的複句：**分句之間的地位不分主次。

（1）表示並列關係的複句。
單用：也、又、還、另外、同時、同樣。
成對：也……也……。又……又……。不是……而是……。一面……一面……。

（2）表示選擇關係的複句。寧願……也不……。與其……不如……。不是……就是……。

（3）表示連貫關係的複句。首先……然後……。起初……後來……。

---

11 〔梁〕劉勰：〈章句〉，《文心雕龍》（影印文津閣《四庫全書》本），卷7，見《文津閣四庫全書》（北京市：商務印書館，2006年），第1482冊，頁44。

就、便、才、於是、然後、後來、隨後、接著。

（4）表示遞進關係的複句。不但（不光、不只、不僅……）而且（還、也、又、並且、更、反而、反倒……）。

（5）表示解說關係的複句。

2 **主從關係的複句：**分句之間的地位有主有次，分句中有一句的意思是主要的。

（1）表示因果關係的複句。因為……所以……。既然……那麼……。因此、因而、以致。

（2）表示轉折關係的複句。雖然（儘管）……但是（可是、卻、而）……。儘管……還……。可是、但是、但、卻、不過……。

（3）表示條件關係的複句。只要……就……。除非……才……。只有……才……。無論（任憑、不論）……都……。

（4）表示目的關係的複句。為了、以便、以免。

（5）表示假設關係的複句。如果（假如、倘若、要是、倘使、若是……）……就（那麼、那、便）……。

以上是具有明顯特色的複句，它們通常是劃線的焦點。除此之外，於文本中出現的人、事、時、地、物等顯而易見的符碼也是劃線時可以注意之處。凡此都是屬於從文本形式上初步進行劃線策略的途徑。

事實上，文本中形式和內容的關係是一體之兩面，劉勰說：「夫水性虛而淪漪結，木體實而花萼振，文附質也。虎豹無文，則鞹同犬羊；犀兕有皮，而色資丹漆，質待文也。」[12]情感與文采必須互相依

12 〔梁〕劉勰：〈情采〉，《文心雕龍》（影印文津閣《四庫全書》本），卷7，見《文津

存，情感是內容，文采是形式；內容對形式有其主導作用，形式對內容有著能動作用，兩者彼此相依共存以創造文本。

因此，讀者於精讀及再次閱讀時，所注意到的文本重點可能從形式轉移到內容，而以內容為重心時的劃線策略，其立基點是什麼？又該如何施行呢？此處筆者企圖從《文心雕龍》〈隱秀篇〉一文來進行論述，〈隱秀篇〉因為全篇有闕文，歷來學者每有不同的持論，對於本篇部分文字的真偽問題，長久以來一直存在爭議，我們暫且不於此討論其闕文之處。劉勰對於「隱」和「秀」的觀點是什麼？文本中可見的「秀」與未現的「隱」，各自代表的意涵是什麼？它在文本中扮演的角色為何？實際上，「隱」與「秀」是談及形式與內容之間的關聯。「隱秀」理論實際包含二方面，其一：「秀」是要求創作者在作品的「秀句」上之技巧要圓熟；其二：「隱」則是寄望於作品中要有「含蓄性」之存在。

劉勰在《文心雕龍》〈隱秀〉中云：

> 夫心術之動遠矣，文情之變深矣。源奧而派生，根盛而穎峻，是以文之英蕤，有秀有隱。隱也者，文外之重旨者也；秀也者，篇中之獨拔者也。隱以複意為工，秀以卓絕為巧，斯乃舊章之懿績，才情之嘉會也。夫隱之為體，義生文外，祕響傍通，伏采潛發，譬爻象之變互體，川瀆之韞珠玉也。故互體變爻，而化成四象；珠玉潛水，而瀾表方圓。[13]

就劉勰文中的意思而言，「秀」是「篇中之獨拔者」，「秀」以卓絕為

閣四庫全書》（北京市：商務印書館，2006年），第1482冊，頁41。

13 〔梁〕劉勰：〈隱秀〉，《文心雕龍》（影印文津閣《四庫全書》本），卷8，見《文津閣四庫全書》（北京市：商務印書館，2006年），第1482冊，頁51、52。

巧，「秀」是文章中突出、秀出、傑出、出類拔萃者。黃侃說：「秀以卓絕為巧，而精語峙乎篇中，故曰：情在辭外曰隱，狀溢目前曰秀。大則成篇，小則片語，皆可為隱，或狀物色，或附情理，皆可為秀。」[14]「秀」主要指秀句或佳句，而且是非常難得、表現優秀的文句，其意義近似陸機〈文賦〉所云：「立片言而居要，乃一篇之警策」，黃侃又補充說明：「蓋言不盡意，必含餘意以成巧，意不稱物，宜資要言以助明。言含餘意，則謂之隱。意資要言，則謂之秀。」[15]可知「秀」在篇章中的功能是「資要」，目的是「助明」，使文意彰顯，使主題突出。而「隱」則是有多重餘意的意在言外。所謂「隱」，和後來講的「含蓄」義近，但不完全等同。劉勰所說的「隱」，要有「文外之重旨」、「意生文外」，這和「意在言外」相似。但「隱」不是僅僅要求有言外之意，更重要的還在「隱以複意為工」，就是要求所寫事物具有豐富的含意，這和「辭約旨豐」、「言近意遠」之類的概念相近似。

劉業超說：「隱也者，辭采之蓄於中者也；秀也者，辭采之發於外者也。」[16]隱與秀的關係是相輔而成的，一個是形態上的秀拔突出，一個是內涵上的蘊藉深厚。因此劉永濟將隱與秀視為密不可分的整體：「文家言外之旨，往往即在文中警策處，讀者逆志，亦即從此處而入。蓋隱處即秀處也。」[17]隱與秀代表的是形式與內容的關聯，隱的曲折是意在言外，秀的超拔是曲盡於言。

所以，讀者在閱讀時透過警句、秀句的劃線可以促進文意的理解。秀句顯而易見，讀者可以根據個人閱讀時的感受與判斷進行劃

14 黃侃：《文心雕龍札記》（臺北市：五南圖書出版公司，2013年），頁234。

15 黃侃：《文心雕龍札記》（臺北市：五南圖書出版公司，2013年），頁234。

16 劉業超：《文心雕龍通論》（北京市：人民出版社，2012年），下冊，頁1389。

17 劉永濟：《文心雕龍校釋》（北京市：中華書局，1962年），頁157。

線，但是文本中隱藏的涵意（意在言外之處），不同讀者可能有不同看法，這些不同的看法正是「隱」的作用，因此，隱秀理論正讓「文學性」文本具有多義性。而非文學性文本所使用的語言以清楚明晰的表意為主，目的在說明或表述具體的思維與知識，因此，較少有象徵、隱喻性質的文字，所以，非文學性的作品容或有秀句，但其文本較少以達到「隱」為目的。

凡此，我們可說秀句、警句等是「文學性」文本呈現多義性的重要線索。至於「多義」的途徑，則有賴讀者的介入，讀者的詮釋路徑可能影響文本的理解。如此看來，秀句可能是主題句、關鍵句、轉折句或是結論句等。所以，劃線策略施行於精讀或再讀文本時，可以劃線以供理解之處，便是上述所提及之種種秀句。

《文心雕龍》〈隱秀〉篇所述及的「秀句」概念，將之運用在現代文本中，它所指涉的就是：主題句、結論句、關鍵句、轉折句等等於文本中具有揭櫫性質的文句。主題句是用以概括各種文本與藝術作品的中心思想、內容核心，或是呈現作者的寫作意圖、思想感情等等之句子。主題句主要有四種表現形式：第一種，以段落首句的形式表現出來。第二種，以段落中間的某一句話表現出來。第三種，以段落末句的形式表現出來。第四種，段落中沒有，需要用自己的語言表達出來。[18]再者，關鍵句或可稱為轉折句，是指在文本段落中承上啟下、埋藏伏筆之處。而結論句則有可能在每個段落的結尾處，或是文本最後收束處，它是對全文進行一個總結式的評論、摘要、提點或訓示。

因此，一個完整的文本透過秀句與隱意相輔相成，達到言意之

18 上述關於主題句之表現方式，乃參考「百度百科」網站資料並加以整理改寫，網址：http://baike.baidu.com/view/3098350.htm。（2015年7月15日查詢）

間、情采之間、情景之間、內容與形式之間的完善與統一是必須的。[19]

以朱自清的〈背影〉為例，它的首段開題是「我與父親不相見已有二年餘了，我最不能忘記的是他的背影。」末尾結束是「我讀到此處，在晶瑩的淚光中，又看見那肥胖的，青布棉袍、黑布馬褂的背影。唉！我不知何時再能與他相見！」[20]讀者在初始看到這樣的文句會產生疑問，何以和父親兩年多未見面，最不能忘記的竟然是「背影」，於是讀者下意識地劃線此一句子。當文章到尾聲末段時，作者再次提到「背影」、「相見」之詞時，可能會再度劃線，因為文章首尾兩處的文句在意義上彼此貫串呼應，都是針對父親背影的思念。

又，「背影」一詞屬於本文中一再重複出現的詞語，也就是高詞頻的詞語，詞頻高的詞語通常而言也是在生活中使用較多的語彙，因而，就讀者而言，是屬於容易閱讀的。低詞頻的，讀者接觸的機會比較少，是屬於不常見或不常用的語彙。但是，在文本中，高詞頻的詞語除了可能是作者創作上的習慣用語之外，也有可能是文本中的關鍵密碼，因為它具備重要的指涉功能，所以反覆出現，它具有牽動文本的意義及旨趣的關鍵樞紐。因此，施以閱讀教學後的讀者，對於文本的靈敏度增加了，在劃線策略上的運用便能夠從形式上找到內容，再從內容符應形式。

以下兩篇文本，第一篇屬於文學筆法的生態省思文章；第二篇則屬於科普文章，兩文在語言使用上不同，寫作手法也不盡相同。文學性高的作品顯現出較多作者的主觀意識及情感，因此，它勢必在敘事、描寫之外，需要有些主觀的議論來表述作者的觀點；而另一篇科

---

19 陶水平：〈《文心雕龍．隱秀篇》主旨新說〉，《贛南師範學院學報》2000年第4期。

20 范銘如、陳俊啟：《二十世紀文學名家大賞．朱自清》（臺北市：三民書局，2006年），頁18-23。

普文章則是以敘事、說明等手法為主軸以顯現科普作品陳述事件的客觀本質，因此，作者個人的風格與特色不在此類作品中凸顯。

> 事實上，所有生命理應都存在著界線。一片足夠面積的草原，只能提供一個獅子家族的獵捕；一株豐美的山刈葉，也只能給予相當數量的大琉璃庇護。偶爾生命會以改變基因，來挑戰生命之界。我想，只有人類以能力以「智慧」拆除、崩解這種生命界線吧！我們以工具超越了大地所擬定的契約，當印度宣誓第六十億人口出現時，也暗喻了這種能力的驕傲與可怖。大地有限，但擁有更高手段、更先進工具的人類族群，還能夠用各種方式擠壓出維持它們高品質生活的利基。於是，即使你是那個「幸運」的第六十億人，出生於印度的子民，仍然極難與加拿大、歐洲的子民享有同等的資源。
>
> 問題是為何其他人或生命，就必須選擇退縮自己的生命界線？當多數的人認為電力不可或缺時，少數人就被迫收下一筆「回饋金」，承擔核電廠的夢魘；當多數人認為一條快速道路可以十五分鐘到淡水，少數人就必須失去午後在河道旁漫步的悠閒。何況，我們開一條道路、建一座電廠、築一堵水壩，從來沒有問過蛙、蛇、麋鹿、大琉璃紋鳳蝶的意見。道路、水壩、電廠，並不提供其他生命生活上的便利，但卻帶給他們，生命基因中從未教導過如何躲避的災難。（吳明益：《迷蝶誌》〈界線〉）[21]

就上述篇章而言，我們可見全文的自然段分成兩大部分，閱讀完畢之

---

21 吳明益：《迷蝶誌》（臺北市：夏日出版社，2010年），頁37。

後，可以分別找出此兩段落的主題句，主題句通常會出現在段落的第一句或最後一句，這個假設的前提是：如果作者想要在文本中呈現出主題句的話（因為並非所有作者都企圖在其創作中明白地彰顯其文本意旨）。接著，上述文本兩大段落的主題句分別是「事實上，所有生命理應都存在著界線。」、「問題是為何其他人或生命，就必須選擇退縮自己的生命界線？」而它們適巧都落在段落的第一句。讀者何以知悉它們是主題句呢？方法有二：其一是從內容著手，我們發現作者是先行表達他的主要論點（主題句），而後再以分層論證及提供論據的方式來支持他的主題論述。其二，從形式入手，以本節前揭曾經述及「句子」的定義及本書中關於標點符號的使用說明之後[22]，我們據此來判斷「主題句」在文本中何處出現。

文本中可以劃線的「秀句」除了主題句之外，還有其他句子，例如：重點句、和題目有關的句子，有些文本的題目與內容之連結並不明顯，尤其在現代作品中這種現象所在多有，它的主題或主旨常常是隱藏在字裡行間。閱讀時，如果能找出並劃出這些具有提示作用的標題或標示語，將能有助於理解。以上述「界線」一文而言，作者於文中有三處特別以引號標註的詞語：「智慧」、「幸運」、「回饋金」這三者是帶有反諷（irony）意味的詞語，就修辭學上而言是使用了「倒反」技巧。作者於文章中在嘲諷自以為「智慧」且「幸運」的人類，認為人必定勝天，人類是可以用財物、「回饋金」去改變自然萬物運行的規律與法則，並解決一切改變後的問題。由於這是一篇作者對事件之評價與看法的文章，因此，被作者特別標註的提示語（以引號標語），極其可能顯露作者的創作意圖及重要觀念，這是劃線策略時應

22 詳見本論文第四章第四節〈句子解碼〉一節中關於「標點符號運用」裡對於句號的定義及相關論述。

特別注意之處。文本之形式與內容彼此相輔相成的交互作用，於理解文本的助益在此處又得一明證。

不同作者對於文本主題句的呈現方式各有差異，上述文本以文學性的語言表述作者的主要論點。此外，也有以摘要或釋義的方式來表述的，例如：「本文主旨在討論……」、「我的意思是說……」等等。而在文章中總結部分的語句，則呈現著：「總而言之」、「一言以蔽之」、「總的來說」、「整體而言」等等形式，這些都屬於「結論句」的部分。

文本開頭、中篇與結尾的關係不是各自分割的，而是如劉勰所言：

> 然章句在篇，如繭之抽緒，原始要終，體必鱗次。啟行之辭，逆萌中篇之意；絕筆之言，追勝前句之旨；故能外文綺交，內義脈注，跗萼相銜，首尾一體。[23]

開頭的文句已經包含有中篇文意的萌芽；結尾之處的話語，應當能夠呼應前文，這才是首尾一體的文本。據此論述，劃線策略嘗試在文章或段落的開頭、結尾處尋繹文意是閱讀理解的方式之一。

除此之外，有些文本（尤其以非文學性文本為多），有明確的標題指引，例如「第一」、「第二」、「第三」、「其次」、「最後」、「有三種類型」、「分為四個層次」等顯著的標題……，這也是閱讀時可以施以劃線之處。另外，文中有時會出現特別粗黑的字體，這表示此處或為作者欲提示讀者的重點。

某些特殊字詞也可看出作者用來強調重要訊息的媒介，例如「再者……」、「不幸的……」、「出乎意料的……」、「相反的……」等等。

---

23 〔梁〕劉勰：〈章句〉，《文心雕龍》（影印文津閣《四庫全書》本），卷7，見《文津閣四庫全書》（北京市：商務印書館，2006年），第1482冊，頁44、45。

其次，某些嫻熟的讀者可以找出故事中的人、事、時、地、物，這些人、事、時、地、物可能不只出現一次，嘗試將之劃線並予以整理排列，也是有助於理解的方式之一。

茲以下篇的科普文章為例，說明並示範劃線策略在非文學性文本的施行過程。

> 1859年倫敦街頭春意盎然。清晨的書店門口，許多人正排隊購買查理・達爾文出版的新書──《物種起源》。1831年，達爾文因教授推薦，登上英國海軍「貝格爾號」，隨艦記錄沿途看到的自然現象。這次的航行歷時五年，除了蒐集到很多動植物標本，達爾文最大的收穫還是思想上的。那時他隨身帶了兩本書，一是《聖經》，一是賴爾《地質學原理》。達爾文原本相信《聖經》的說法，認為形形色色的生物都由上帝創造，物種是不變的。但隨著考察結果的增加，物種變異的事實使他對「神造萬物」產生懷疑。後來他閱讀賴爾的《地質學原理》，該書論證了地層年代愈久遠，現代生物與其遠古原形之間的差異就愈大，因此，他逐漸相信物種是不斷變化的。
>
> 回國後，達爾文向育種家和園藝家們請教，認真研究動植物在家養條件下的變異情況，並得出結論：具有不同特徵的動、植物品種可能源於共同的祖先，它們在人工干涉下，可逐漸形成人們需要的品種，此即人為選擇。但自然界的新物種又是如何形成？這個問題始終在他腦海縈繞。1838年，達爾文偶然讀到馬爾薩斯的《人口論》，書中提到：任何動物的繁殖速度，都大於它們食物的增長速度，於是部分動物在生存競爭中死亡，動物與它們的食物遂達到新的平衡。這個論點給達爾文很大的啟示，他想到自然環境就是這樣選擇生物，生物通過生存競爭，適者生存，因此不停進化，是為自然選擇。

1842年6月，達爾文寫出一份只有35頁的生物進化論提綱。1844年，他將這份提綱擴充為231頁的概要，但未立即發表，直到1858年，才在學術會議上公布他的生物進化論。達爾文的學說提出後，最大的反對者是當時的宗教界，因為此說否定上帝創造物種，動搖神學基礎。但也有許多科學家表示支持，例如赫胥黎首先把進化論用來追溯人類的祖先，推測人類是由人猿變來的；海克爾則利用化論，提出最早的動植物進化系統樹，並標明人類來源與人種分佈。（改寫自《科學的故事》）[24]

從上文我們看出科普文章的特色：直接進入文本論述核心，較少無關緊要的瑣碎鋪陳；著重事件發生的前後關聯及因果關係；時間序列對於全文文意發展至關重要；事件的發展程序及細節是作者行文的重點。

本文最大的特色，便是臚列出許多時間點，因為作者想要凸顯的是達爾文物種進化理論的演變歷程，就「歷程」此一概念而言，時間點在全文文意發展上便相對重要。此外，既然是描述演變歷程，這期間影響達爾文觀念想法的人物或書籍，也是閱讀時應該關注的另一重點。因此，這些時間點所構成的脈絡與細節便是達爾文物種進化理論形成的重要契機，讀者於閱讀時，此部分便成了劃線的重點。達爾文的學說理論有一轉化的過程，從「相信上帝創造萬物，物種不變」演變成「物種是逐漸變易的」，再移轉成「物種是會競爭，適者是會不斷進化以求生存的」。

上述示例展現了如合透過形式上的劃線進行文本的梳理，同時，也一併整理閱讀思路與文本文意，劃線策略得以增進理解之處便是由此而起。

---

24 大學入學考試指定科目測驗考試九十三學年度國文科試題，試題見大學入學考試中心網站：http://www.ceec.edu.tw/AppointExam/AppointExamPaper/93DRSE_Paper/93Drse_PaperIndex.htm。

## 第三節　具象化策略——組織重構

「具象」（Visualize）一詞顧名思義是和「抽象」相對。具象化也就是具體化之意，它和抽象式一詞相對立的，而「抽象」是指無法透過具體經驗而得到的。如果以文本閱讀而言，具象化的意思是將指純文字轉以圖像、表格的方式來呈現，其目的是希望藉此以獲得更清楚的理解。因此，文本的具象化策略簡而言之就是將文字以圖像思考再行輸出。

傳統教學模式多以文字傳輸為主，強調文字的前後脈絡關係，文字本身是一種抽象符號，若無法理解文字組成的前後因果關係，只憑記憶，是無助於文本的閱讀理解。因此，有學者主張學習應該回歸本能，透過圖像、直覺來進行思考，輔助教學。

圖像思考是以一種居高俯瞰的視角來看待問題、思索問題的方式，它能協助讀者以較為全面且一目了然的方式掌握事物間的連結關係。將之運用於文本閱讀時，可以協助讀者釐清文本的諸多核心問題，例如：人物角色的配置、情節起伏的順序、主題意識的呈現……等等。

進行具象化的圖像組織策略之前，讀者已經學會使用劃線策略找出文句的重點，學會提煉內容要素，或擬訂段落文章的核心概念等等，這些知識及技能對於具象化的圖像策略有其助益。因為具象化是對一個文本、段落、篇章甚至思路透過圖像的方式加以提煉，所以，該如何將龐雜提煉成簡潔、該以何種圖像來表出，這些過程有待教學與指導。而圖像的類型相當多元，以微軟公司（Microsoft）所提供在作業系統中的 SmartArt 圖形內容來看，它將圖形依據屬性分成：清單、流程圖、循環圖、階層圖、關聯圖、矩陣圖、金字塔圖等類。[25] SmartArt 圖形可以讓我們將那些僅靠文字卻無法清楚表達的概念與想法以視覺化方式呈現，並簡明扼要地傳達相互之間的關聯性。

文本是創作者之思路及意念文字化的結果。但是，人的思路是一個複雜的、跳躍的過程，作者如何駕馭得當，以讓讀者閱讀文本時能明瞭其中意旨，是文本完整與否的重要指標。正如《文心雕龍》〈神思〉：「夫神思方運，萬塗競萌，規矩虛位，刻鏤無形。」[26]當作者開始運用想像進行構思時，各式各樣的思緒爭相湧現心頭；作者要將這些抽象的思緒予以具體的形象，要把沒有定型的心情雕鏤成固定的樣態。「具象化」是透過適當的「形式」將閱讀過的內容進行重新編組，並將材料加以組織與整合，它是一個以簡馭繁、以圖像取代文字、從平面而立體的策略。具象化策略有時需要刪除一些不必要的、冗雜多餘的資料。

在商業管理的課程中，對於圖像思考的訓練方式是先以「圓形」、「直線」兩者為圖像組織的基礎元素，其中，「圓形」視為基座，「直線」當作線路。實施的過程是，第一步將主題相近、概念相似的事物放在同一個圓裡，先將事物進行分門別類，此舉有助於事物的整理、分析；然後，透過多個圓形構成了交集、聯集等關係，代表了不同事物之間的共通點、歧異處，再經由這些集合使事物得以進一步匯合、建立關聯。接著是線的用法，將兩個圓以線相連，以呈現出其相互間之聯繫；最後，再加上箭頭，就建立了因果順序。透過圓與圓之間的箭頭，讓錯綜複雜的事件、思路或文本，變得容易理解，甚至能發現隱藏於其間之關係。在圖像組織中，愈接近中心主題圖像的

25 參見微軟 Office 作業系統（Microsoft office 2010）中 Word 的 Smart 圖形之使用說明。

26 〔梁〕劉勰：〈神思〉，《文心雕龍》（影印文津閣《四庫全書》本），卷6，見《文津閣四庫全書》（北京市：商務印書館，2006年），第1482冊，頁36。

關鍵字愈抽象，愈往後者愈具體；而線條則是愈接近中心主題圖像者愈粗，愈往後的愈細。

《文心雕龍》〈章句〉：「局言者，聯字以分疆；明情者，總義以包體。區畛相異，而衢路交通矣。」[27]連結文字，組成句子，劃分句子的疆界，如此才能讓文采與情意所構成的文本具有結構性，也就是劉勰所言在「區畛相異」之後，其間的道路又能夠彼此相通。

基於劉勰於上段文字之論述，當進行圖像式的具象化策略時，最基本的層次架構當從句子開始。文本意義產生於句子、句子群與它們所組成的關係之中。一個文本是由若干句子或句子群組成，任何一個組成的部分發生變化，都必然引起其他成分的變化，包括文意、情感及風格等等。因此，我們可說文本語境的核心觀念在於句子與句子或句子群與句子群之間的關係。明瞭句子所構成的層次與組織的因素之後，文字具象化的過程應當從何處起始呢？我們先看以下這段《文心雕龍》〈附會〉中的話語：

> 凡大體文章，類多枝派，整派者依源，理枝者循幹。是以附辭會義，務總綱領，……夫能懸識湊理，然後節文自會，如膠之粘木，石之合玉矣。是以駟牡異力，而六轡如琴，馭文之法，有似於此。去留隨心，修短在手，齊其步驟，總轡而已。[28]

劉勰云：「凡大體文章，類多枝派，整派者依源，理枝者循幹。」大部分的文章都像樹木有許多枝葉，像江河有許多支流；整理支流的

27 〔梁〕劉勰：〈章句〉，《文心雕龍》（影印文津閣《四庫全書》本），卷7，見《文津閣四庫全書》（北京市：商務印書館，2006年），第1482冊，頁44、45。

28 〔梁〕劉勰：〈附會〉，《文心雕龍》（影印文津閣《四庫全書》本），卷9，見《文津閣四庫全書》（北京市：商務印書館，2006年），第1482冊，頁55。

人，要沿著源頭來整理；而整理枝葉的人，要順著主幹來整理，因此，聯結文辭，會合內容，務必提綱挈領，符應主題。童慶炳說：

> 劉勰的「依源尋幹」之說，總體來看是談「一致性」的原則，即作品的主旨要一致，所以說「務總綱領」。作品的「綱領」是什麼，當然是情志之主旨。但如果把作品主旨的一致，理解為一種單調、乾癟、貧乏的東西，也是不行的。一條河流只有一個主要的源頭，儘管支流眾多；一棵樹只有一個主幹，儘管枝葉繁茂。所以如果作品的支流無序和枝葉混亂的話，那麼便需要「整派者依源」及「理枝者循幹」。[29]

此處說明了源頭及主幹在一個文本結構上的重要性，它正如駕馭車駕前行的轡頭，控制了前進的路徑與方向。因此，在進行圖像思考的具象化策略之時，應當注重的便是「提綱挈領」、「綱舉目張」這樣的原則。

文本由文字構成，其間的思路情意、文意脈絡透過字詞句的組合以完成論述，但是隱沒在字裡行間的層次與脈絡，對於不諳閱讀的讀者而言，並非簡單而容易的。於是，圖像式的資訊或文本對於多數讀者而言，是比純粹文本更為容易入手的。圖像式的文本較之於文字式文本而言，其最大的特點是簡潔，因此進行具象化策略勢必針對文本加以歸納全文、提出重點。

在前揭論述的過程中曾提及微軟作業系統裡的 SmartArt 圖形，它將圖形依據屬性分成：清單、流程圖、循環圖、階層圖、關聯圖、矩陣圖、金字塔圖，這些圖形的分類是依據資訊的內容與需求而生

29 童慶炳：〈《文心雕龍》雜而不越說〉，《童慶炳談文心雕龍》（開封市：河南大學出版社，2008年），頁141-145。

的，若將之運用在文本閱讀上，我們可以根據情節安排、人物形象、意義轉折、主題意識等等不同分類加以圖像化。茲將 SmartArt 的各樣式圖形表列如下：

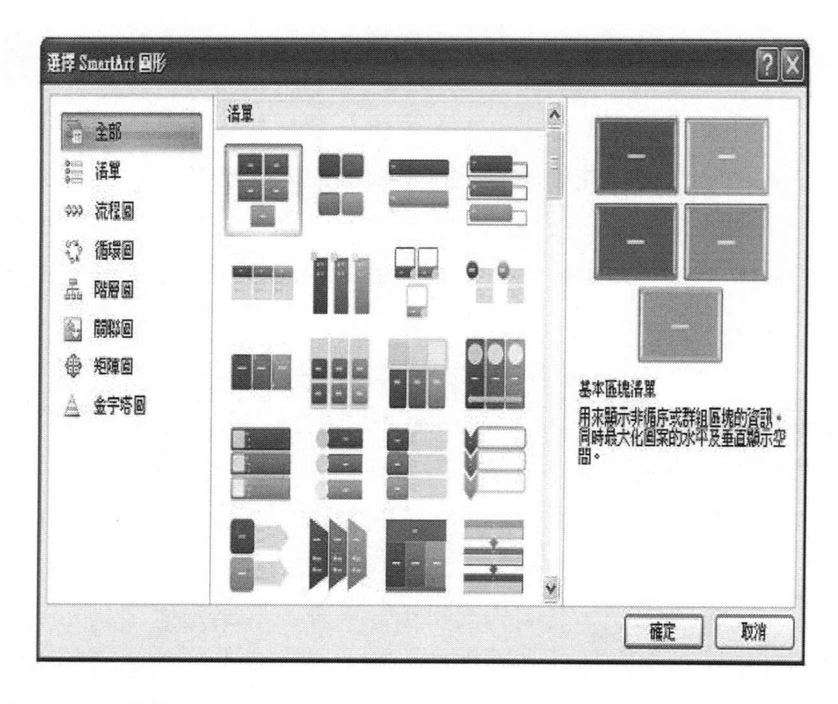


在資訊發達的時代，要消化大量資訊，增進學習效益，單純就文字文本來汲取，並不容易。圖像思維不但能快速切入重點，又因為它是以提煉重要概念為原則，上述的圖表示例，比起長篇鉅製的純文字更易記憶；再加上它也能簡化學習歷程，強化歸納、演繹等分類的邏輯概念，對於學習者提供了一種別於傳統模式的選擇。

但不能否認，圖像思維的具像化策略也有其弱點，例如：太注意重點的提煉，對於微小細節的觀察與掌握相對貧弱；因此應當搭配其他閱讀策略，例如：利用劃線策略與摘要策略進行重點提示、利用提問策略與推論策略來針對圖像中的空白處進行補充及詮釋等等。

目前，在語文教學現場上所施行之具象化策略之圖像以「心智圖」與「概念圖」兩種樣態最為普遍。

概念圖（concept map）是由康乃爾大學 Joseph D. Novak 教授發展出來的，Novak 將概念圖應用在科學教育上，其目的是讓科學教育的教學能有方法、有效果地增進學生們的理解與學習。Novak 的理念是強調先備知識（prior knowledge）及經驗是學習新知識的基礎框架，他認為，概念圖是某個主題的概念及其關係的圖像化呈現，概念圖它是用來架構和表徵知識的一種工具。它通常將某一主題的概念放置於圓圈或方框的圖形之中，然後用線條將具有相關性的概念彼此連結，兩個圖形之間的連線上再用簡單文字標明概念之間的聯繫關係。[30]我們所習得或理解的知識在腦中是以命題為基本單位，採階層式儲存的。[31]由於概念的目的是反映知識元素的組織，因此概念圖能有助於理解與進行有意義的學習。

概念圖的內容一般由「節點」、「連線」和「文字標註」三部分組成。

1. 節點：節點是概念圖中最顯而易見的圖形，由不同的幾何圖形、圖案，加上一些文字以呈現概念，每個節點表示一個概念，一般處於同一層級的概念會用同一種的圖形來標識其關係。

2. 連線：在上述的節點圖形之間則以線條（直線或曲線皆可）來表示不同節點間的意義關聯，它們可用各種形式的線連接不同的節點，或直或曲、或粗或細，這其中的差異表達了構圖者對概念的理解程度及對意義的詮釋程度。

---

30 J. D. Novak & D. B. Gowin, *Learning How to Learn* (New York: Cornell University, 1984).

31 陳烜之：《認知心理學》（廣州市：廣東高等教育出版社，2006年），頁203、319。

3. 文字標註：文字在概念圖裡主要用來簡要說明節點與節點之間聯繫的緣由或是因果，也可以是對節點上的概念進行闡述。[32]

概念圖可以用來結構化那些呈現隱性及潛藏的知識與訊息。首先，「節點」也就是圖形，它通常表達一項概念，而在圖形下方再衍伸的子圖形，則是此一概念中再分層的次概念，它的屬性通常要較前一個概念清楚而具體。而在「連線」上則常以關鍵字詞，來說明各個主題項目（概念圖形）之間的關係。例如：項目甲是項目乙的「原因」、項目 A 是項目 B 的「結論」。而各個概念圖形之間是可以互相交叉聯繫的，並非僅能和某一圖形有一種關係存在，例如：項目①是項目②的論據，而項目①可能又是項目③的原因，因此，概念圖是可用以描繪複雜多元的關係性。

以下圖例是「立志與成功」一文之概念圖。[33]此為一篇香港國小五年級的國語課程文本所示範的概念圖，我們可以見其節點圖形、連線與文字標註三者所構成的關係。我們以圖例中接近左半邊的「立志」此一節點為例，它是文章的主要「論點」，「立志」與其下方的節點「成功」透過連線及文字「才能」一詞的連綴，而完成了「立志才能成功」這樣的全文論點；接著，「立志」又與其左方的節點「鼓起勇氣」透過連線及文字「使人」一詞的組合，創造了「立志使人鼓起勇氣」這樣具有因果關係的句子，此句話也是第一段的主要段旨。

32 此處論述文字係參考劉家銘的論文所述之後加以整理改寫而成。劉家銘：〈概念圖在以本體論為基礎的知識管理系統上的應用〉（嘉義縣民雄鄉：中正大學資訊工程研究所碩士論文，2003年）。

33 香港教育局網站所提供之中學語文課程概念圖之示例，網址：http://www.edb.gov.hk/tc/edu-system/special/resources/serc/sbrsp/mindmap-5.html。（2015年9月3日查詢）

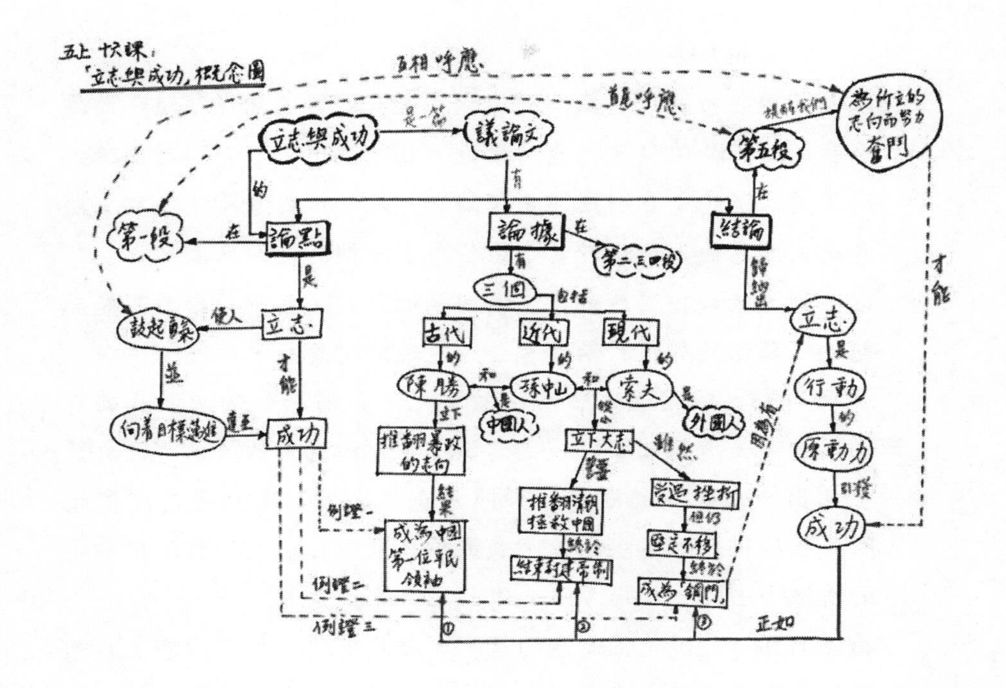


概念圖與心智圖（mind map）是兩個相類似的思維概念繪製工具，但是，兩者仍有其差異性。心智圖通常只聚焦在單一詞彙或概念；而概念圖則是連接多個詞彙或概念而成，詞彙與概念之間可以互相交互聯繫，一個節點主題可以有多條連接線，每一條代表著不同的關係。概念圖的重點在突出節點圖形與連線，概念圖的組織架構常常有其內建的模式樣態，而相較之下，心智圖則顯得較為自由、個人化。

心智圖是以主要節點為中心，而後進行樹枝狀的發散；但是，概念圖更注重在多樣化的形態中各個節點與節點之間的連結關係。心智圖主要是直接反映心中所想的；因此，概念圖常常被認為是一個思維概念較完整的多重關係。

文本範例：

〈一張舊照片〉

人為什麼要拍照？這個問題，你有沒有好好思考過？這個問題在我的心中縈繞良久，直到最近，我才想出了答案；要回味。時光的流逝總是在指縫間悄悄離去，沒有一點聲響，所以，照片最大的意義，是在於幫你留住那生命裡的點點滴滴。

從小到大，我拍過無數張充滿回憶的照片，其中最令我不能忘記的，莫過於那張科學展覽作品完成的紀念照。

上個周末，我趁著太陽露臉的當兒，準備好好的清洗我的錢包。在拿去清洗之際，我下意識的拉起錢包上的拉鍊，從夾袋中抽出一張破爛的照片，那照片還算新，只是在錢包開闔之際，已顯得殘破不堪，但，我卻被這張照片拉回了腦海中當時的情境……

拍照的那一天，是個炎熱的晴天，照片中的人物有四個；我們科展的指導老師、我、還有另外兩個同學，我不禁回想起製作科展的點點滴滴。那時，我們幾個人每天總是往實驗室跑，待在那兒思考的時間，比上課還多，但我們仍樂此不疲，每天中午、放學總是和我的同伴與老師們用著自己的雙手，演出了一幕幕的人生戲碼，創造出我們的夢想，這張照片，則是在我們的作品即將完成時所拍攝的。照片中的我們，雖然蓬頭垢面，邊幅不修，但是看得出來，每個人的臉上，沒有任何無精打采的神情，反而帶著有自信的笑容面對鏡頭……。

雖然，到了最後，我們並沒有如期進入縣賽，過去的一切只能放進心中，不過每當我看著這張照片時，心中不是難過，而是感動；我想起拍完這張照片時，老師曾對我們說過的話：「人的價值，不在於他是否成功，而是努力的過程，有用心努力的過程，就好。」這張照片，不只讓我緬懷過去，而是讓我面對未知的未來時能勇於前進。[34]

以下的心智圖是將上述「一張舊照片」全文的段落發展予以圖像化，利用簡潔的圖表清楚地提點全文重點與組織結構。我們可以看到在心智圖中，節點和節點之間並不像概念圖裡有多重交互的連結，並且在連線上也沒有關鍵字詞的出現。心智圖是從一個中心節點為主而輻射發散出次要概念，它是屬於視覺表徵的一種圖像組織，是一種由中心往外擴散的網狀式組織圖。心智圖的呈現方式是將主要概念放置於中央，愈重要的概念離中央愈近，愈次要的概念離中央愈遠。

事實上，本文除了以五段段落結構來繪製此心智圖之外，尚可以透過其他主軸來作為中心節點以具象化此一文本，此文本是敘述一段作者參與科展比賽的過程，因此，亦可藉由時間序列、事件歷程……等線索為中心節點來繪製此圖。

從上述分析可見概念圖與心智圖在組織結構上並不相同，它們是兩種不同的思考模式。概念圖中的節點可能與其他節點有很密切的關聯性，其所組織的網絡是立體的、繁複的，可以清楚看見個體與群體、細目與大要之間的關係。這點與心智圖的主從關係之階層性明確特質並不相同。

具象化的策略是一種精緻化的提煉，它透過圖像上的構色、形狀等等特色吸引讀者有系統地掃描文本及理解文本。

---

34 國中基測寫作測驗預試題目及範文。此篇文章為國中基測寫作測驗中心公布之六級分範文，見二〇一五年七月二十二日當日之網頁內容：http://www.bctest.ntnu.edu.tw/writing.htm。

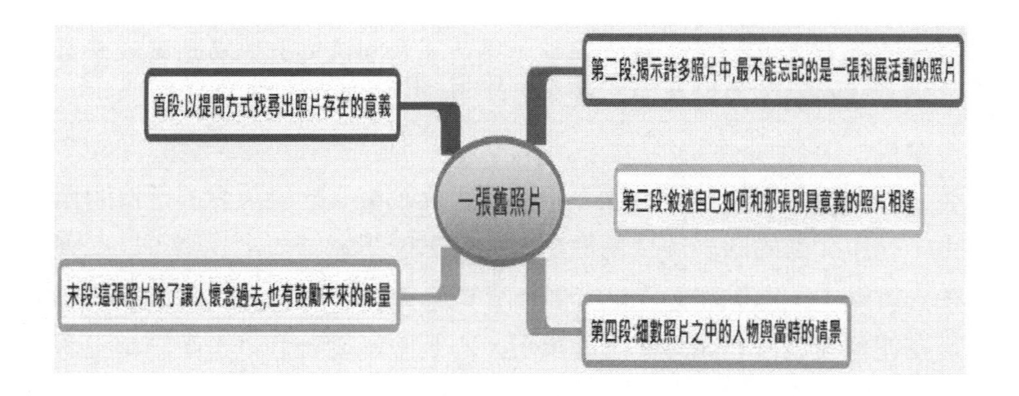


具象化策略是符應現代閱讀形式而必須建置的一種閱讀策略，PISA 閱讀素養評量的測驗文本類型中，曾提及四種文本形式：連續文本、非連續文本、混合文本與多重文本。[35]其中的非連續文本、混合文本與多重文本都是指文字之外的閱讀型態，也就是文本中可以包含各樣式的圖表。因此，在當代，資訊每日以飛快速度奔赴眼前之際，生活中各項操作講究快速化、簡潔化的時代，圖表的閱讀亦是閱讀探究中極為重要的一環，此部分與 PISA 閱讀素養評量中的非連續文本閱讀可相呼應。

## 第四節　小結

本章所提及的閱讀策略是從文本「形式」入手，所謂從文本形式入手指涉的是讀者略讀或初次閱讀文本，對內容還不能充分理解之際，可以嘗試從文本已經揭露的形式進行某些策略性的方法來閱讀以獲得理解。而所謂文本所呈現的形式，是指那些關於文本構成的顯而易見之型態，而這些型態可能是以標點符號便能區辨的各種不同句

35 陸璟：《PISA 測評的理論和實踐》（上海市：華東師範大學出版社，2013年），頁13。

型，如：問號的疑問句、分號的排比句、冒號是用以說明的……；某些段落開頭即闡明的主題句、標誌於段末的結論句……；或是透過引號標註、加深以凸顯的重要詞句等等，甚或是具有明確修辭手法的文句，這些都是屬於在形式上得以立即顯示的文本特徵，循著突出的文本形式再進入文本內容是閱讀理解時的方向與路徑之一。

在本章中以文本形式為先所開展出的閱讀策略（前一章的解碼策略也是屬於形式理解型的閱讀策略）有兩大類，首先是「組織加工」的「劃線策略」，它是對文本此一組織進行加工使之更便於理解的方式，而其內涵是透過劃線，劃出文本中重要、精確、明顯、轉折、伏筆等部分，以作為增進理解的一種提點與暗示。

本章第二個形式理解型閱讀策略則是「組織重構」的「具象化策略」，「具象」是相對於「抽象」而言，「具象化」一詞的英文是「Visualize」，它的意思可以從「Visual」一詞來解釋，「Visual」是視覺的、形象化的意思，後面加上「-lize」是動詞的用法。因此，具象化的策略非常著重視覺上的辨識、啟動視覺的潛能及彰顯運用的特質。

既然，具象化的策略以視覺為軸心，若從文本閱讀而言，如何將文本的純文字予以具象化呢？「圖像」是一個可以呈現的形式。而在文本閱讀中最常見的圖像模式是「概念圖」與「心智圖」，兩者同中有異、異中有同各有其側重的主軸。「概念圖」可以處理繁複的、龐雜的、交互的關係，其圖示往往有一定的內建模式；而「心智圖」則較為自由，可以隨順需求有所變化。於此二者之外，用來處理文本的圖表當然有其他形式，不過，這些圖表，如：階層圖、流程圖、集合圖等等都屬於「關係」上的種種形變，其內涵差異不大。

「劃線」與「具象化」這兩種策略是針對文本形式進行組織加工與組織重構，文本這一組織透過加工與重構之後會被更精確的表出與呈現，以提供讀者一條親近文本的路徑，這也是增進理解文本一種的方式。

# 第六章
# 內容理解型閱讀策略（一）

## 第一節　前言

本書的第四及第五章所論述的是從文本「形式」入手而開展之閱讀策略，其立基點是以文本中可見可得、易於分析的「形式」特色為主。而本章開始則以文本「內容」為對象來開展新的閱讀策略。文本「內容」取決於作者的思路及情感，思路作為作者產生問題及創建文本意義的順序，透過材料及語言組合，確切地體現在文本的結構中，因此，內容與形式兩者的密切綰合，方能建構起文本的意義。

「內容」一詞所包含的面向極廣，舉凡作品風格、語言使用、情節發展、主題意識、人物塑造等等都屬於「內容」此一命題範疇之內，從這些內容向度進行探究是得以理解文本的方式之一。但是，它的困難在於這樣的理解方式是屬於高階閱讀能力者所能具備，加上，所謂「內容」一詞的概念，其涵攝之向度過多，難以建構出普遍、明確且能具體操作的策略。是故，本章中關於內容理解型的閱讀策略，筆者將之界定為兩大範疇，其一是組織監控的「提問策略」，其二是組織監控的「推論策略」。

上述兩種策略都屬於組織監控類型，所謂「監控」一詞的涵義係指監測並實行控制，將之施用在閱讀策略上，「監控」的意義係指「監測」讀者在閱讀理解過程中的種種現象而後加以「調整」方法或步驟以增進文本的理解。「提問」是讀者針對文本思考後有所疑惑而提出問題，這些問題在接續的文本敘述中可能得以找到答案，也可能無法有解答，答案必須由讀者自行推斷而來，這是一種「監控」個體閱讀歷程的方式。

至於「推論策略」，則是在提問之後，讀者對於文本遺留的問題與空白處，進行補充與論斷，以增進文本解讀的完整性，因此，「推論策略」也是屬於對文本此一組織的「監控」，其目的在使文本意義更為完整，讓空白處顯明。這兩種策略各有其定義與範疇，稍加於此說明，待各小節專門討論時將多加闡述。

首先，「提問策略」可以就兩部分而論，其一是讀者的自我詢問，其二是策略教導者的提問設計。讀者在閱讀的歷程中，思路是不斷地運作以對文本進行理解，而「提問」是得以增進理解的方式。讀者透過自我詢問以辨證個體在閱讀歷程中對於文本接受時的思考向度與內涵；再者，讀者也可以藉由教導者的提問設計來辨析並檢驗個體對於文本的理解程度。

其次，談及「推論策略」，所謂「推論」是指由已知事理推出未知事理，若將「推論」放在文本閱讀策略上來詮釋，是指閱讀時，對文本的空白處、隱晦處、意在言外者、遺漏處等等部分進行推斷以獲得結論，「推論」是閱讀理解過程中的核心能力。

文本的閱讀者就是解讀者，作為解讀者，不能停留於文本內容本來即顯現的問題之內，而是必須隨著文本的發展，按照文本主題所指示的方向對文本不斷提問，並從中推論以尋找出答案，如此方為深入文本與理解文本之道。

因此，「提問策略」與「推論策略」的關係是：先針對文本進行「提問」，再就所提出的問題進行「推論」以獲得理解，而推論的過程中又有新的觀點與見解浮現出來，兩者互為因果又不斷交融。

## 第二節　提問策略——組織監控

「提問」是指個體在閱讀思維過程中發現、形成並主動提出問題的過程，問題解決過程的第一步便是發現問題、提出問題。[1]

「提問策略」屬於「後設認知策略」，所謂「後設認知」係指個體反省自我認知過程、成果並進行自我調適的能力，也就是個人對自己認知歷程的認知。

認知心理學者張春興以為「後設認知」是指個人對自己的認知歷程，進行掌握、控制、支配、監督、預測、評鑑等過程而產生的一種知識，亦即一個人對自己認知歷程的知識和覺察。[2]

「提問策略」是依據後設認知的理論而建構的，它是讓讀者在閱讀的歷程中藉由提問來覺知個體理解文本的程度及閱讀時的運思歷程，以增進對於文本意義的掌握。「提問策略」依據策略施行的主動性與被動性可以分成兩大範疇來論：教師提問及讀者自詢。另外，無論是教師提問或是讀者自詢，其施行的時間點皆可在閱讀的前、中、後等不同階段進行之。

首先，就教師提問層面而言，教師是有經驗的讀者，其提問設計可以針對文本的重點或主旨進行概要式的提點，而其所設計的提問往往也能夠協助學生掌握該文本重點並指引文本閱讀時的方向，不只協助學生思考與探索，還要讓他們利用憑藉及線索，如序目、注釋、批評、及其他參考書目……等等以獲得解答與理解。再者，提問的另一範疇是「讀者」自行閱讀時的自我詢問，自我詢問是讀者於閱讀的過

1　楊小洋、申繼亮、崔艷麗：〈學生提問與語文閱讀理解能力的關係研究〉，《心理科學》第29卷第4期（2006年7月），頁806-810。

2　張春興：《現代心理學》（臺北市：東華書局，1991年），頁43。

程中針對內容的不斷思索與探究，其主要目的是透過思想上正反辨證的方式來達到理解。例如：洪醒夫〈散戲〉[3]一文描述玉山歌仔戲團在面臨歌仔戲逐漸式微的景況下，劇團命運興衰存廢的煎熬與糾葛之故事。故事從劇團裡兩個主要角色秀潔與阿旺嫂（分別飾演《鍘美記》的陳世美與秦香蓮兩個角色）的爭吵開始，兩人針對演員盡責與否的話題爭論，而後衍生成為各自表述自己對於劇團興衰的看法與個人理念。閱讀至此，讀者便會提問：「歌仔戲團的團長會不會出來仲裁表態呢？團長對於歌仔戲團的存廢有何看法？……」這些提問是對於文本內容理解過程中所產生的思考向度。

「教師提問」與「讀者自詢」有不同視角及效益。就教師提問而言，由於教師是有經驗、有技巧的閱讀者再加上以指導者的視角進行問題設計，其提問設計往往較具系統性的層次，且可以協助讀者有效率地閱讀。至於讀者的自我詢問則受制於讀者閱讀經驗的多寡，其閱讀的自主性很高，不過，讀者自身的提問設計並非以達到完全且充分的理解為目的。因此，這兩者的提問內容與方式必然有不盡相同之處，但，藉由彼此問題的互見與補充，可以讓提問策略有更好的效益。

我們試看以下一則臺灣的大學考試試題，如何透過提問設計以進行思辨：

> 閱讀下文，推斷該文作者認為電影《海角七號》容易引起觀眾共鳴的原因為何？
>
> 「你看《海角七號》了沒？」近來成了全國性的見面問候語。在電影中，導演魏德聖很贊同且體恤鄉下小民那些充滿漏洞、微有破碎的生活調調，像騎機車不戴安全頭盔，像與交警一言

3 洪醒夫：〈散戲〉，《黑面慶仔》（臺北市：爾雅出版社，1978年），頁98-106。

不合可以互練摔角，像郵件送不完竟堆置在家裡。而能妙手偶得這樣的情節，導演便需天然具備這種「容許」的氣質——茂伯（戲中的老郵差）執意擔任臺上一名樂手，他容許；水蛙（戲中的機車行員工）暗戀老闆娘，他容許友子（女主角）在阿嘉（男主角）家裡住一晚，輕手輕腳下樓梯，阿嘉的媽媽瞧見了，笑了，導演讓這個媽媽也容許。若有一件創作，可以帶著大家去犯一些不傷大雅的小錯，那麼這創作的欣賞者或參與者必定很踴躍，並且參加之後猶很感激。（改寫自舒國治〈為什麼全臺灣瘋《海角七號》〉）

（A）導演揭露鄉下小民遭受不平等待遇的辛酸

（B）演員們以充滿漏洞、製造笑料的方式演出

（C）全片由破碎而不連貫的劇情串接，新奇有趣

（D）劇中鄉下小民偶有小錯的生活小節，得到包容與諒解

（E）觀眾對隨興生活的憧憬，透過劇中人物的生活調調暫得滿足[4]

本題是要讀者從文章之所述去「推論」作者認為電影《海角七號》之所以引起觀眾共鳴的原因，其中有兩個論點是具有關鍵性的引導作用：其一是：「在電影中，導演魏德聖很贊同且體恤鄉下小民那些充滿漏洞、微有破碎的生活調調」；其二是：「若有一件創作，可以帶著大家去犯一些不傷大雅的小錯，那麼這創作的欣賞者或參與者必定很踴躍，並且參加之後猶很感激。」這兩個文句暗示鄉下小民偶有小錯的生活小節是觀眾認同的，因為那些內容都可能是觀眾

4　大學入學考試學科能力測驗考試九十八學年度國文科試題，試題見大學入學考試中心網站：http://www.ceec.edu.tw/AbilityExam/AbilityExamPaper/98SAT_Paper/98SAT_PaperIndex.htm。

自身生活樣貌的投射；再者，導演有意地帶領觀眾去看待平凡生活中的破碎與凌亂，引起會心一笑的共鳴。如此的推論過程是從文本上的空白處及隱晦處，透過反覆的咀嚼與取捨，在不斷的與文本共讀協商之中所獲得得更為深刻之理解。

其次，我們來審視提問的問題類型。提問的問題類型可以概分為二類：其一為字面表層的問題（literal questions），其答案乃直接呈現於文本上可見之處；其二為推論性的深層問題（inferential questions），其特色是必須利用文本所提供訊息之提示，再加上句子間意義之統整或讀者的先備知識共同融合以獲得答案。這兩大類問題之類型與 PISA 閱讀素養所揭示的閱讀思維歷程可以互為佐證。PISA 將閱讀歷程分為三個階段：第一，擷取與檢索訊息（access and retrieve）：此歷程係指學生能依據問題要求或指明的特點，找出文本中清楚寫出的訊息。第二，統整與詮釋（integrate and interpret）：此歷程包含形成「廣泛理解」與「發展詮釋」。形成廣泛理解係指正確解讀文本內容、對文本有全面性的理解；而發展詮釋則為對所閱讀的內容有明確、完整的詮釋。第三，省思與評鑑（reflect and evaluate）：此歷程包含省思與評鑑文本的內容、省思與評鑑文本的形式二項。[5]上述三項 PISA 所揭示的閱讀歷程，就其內容屬性而言，可以分成兩大類別來論述，「擷取與檢索訊息」和「統整與詮釋」這兩種閱讀歷程都是在文本內所提供的訊息中進行梳理；而「省思與評鑑」則是讀者必須從文本外找答案（連結個體的外部知識與經驗）。因此，我們可以將這兩者與前面述及的問題類型——「字面表層的問題」與「推論性深層問題」彼此呼應，「字面表層問題」即是屬於文本上可見訊息的梳理；而「推論

5 臺灣 PISA 國家研究中心主編：《臺灣 PISA2009結果報告》（臺北市：心理出版社，2011年），頁89-114。

性深層問題」的答案則可能來自文本外部，它是無法從文本當中直接擷取的。這兩大類的提問，是從較為簡單的記憶知識性層次之問題開始，再逐漸進入思考性的高層次問題，並且，無論是從教師提問或是讀者自詢的視角出發，這兩大類問題都是可以進行的。

Carrier 和 Patridge 這兩位學者在其研究中指出不同的問題層次涉及不同的訊息處理策略與認知活動，並影響學習者的編碼（encode）、組織（organize）與檢索提取（retrieve）之能力。一般高層次問題（higher-level questions）被定義為「推論的」（inferential）、「應用的」（application）、「有意義的學習」（meaningful learning）、「理解的」（comprehension）、「概念的」（conceptual）及「典範的」（model）之類的問題，這類問題通常需讀者探究文章段落之主要標題、確認作者之目的及尋找段落之主要概念與重點。而低層次的問題如「事實性的」（factual）、「字面的」（verbatim）、「背誦學習」（rote learning）之類的問題，這類問題通常只需作事實性的回憶或一字不漏的再認工作。[6]

而學者 King 則主張提問策略是將閱讀焦點放在文章重要概念處，並能分析內容，搭配先備知識（prior knowledge），進而在問答的歷程中作評估，當學習者無法回答其所建構之問題時，即表示他們對文章不理解。[7]提問可以辨識並突出文本中的重要部分，藉著提問策略之訓練，使讀者專注於文章中呈現的重要訊息並引領思辨、推論的能力。至於針對文章之主要概念來進行自我提問，則可使讀者確認並解決本身不充分與不完全理解的部分。

---

6 C. A. Carrier & T. F. Patridge, "Levels of questions: a framework for the exploration of processing activities," *Contemporary Educational Psychology* 6.4 (Oct. 1981): 365-382.

7 Alison King, "Effects of self-questioning training on college student's comprehension of lectures," *Contemporary Educational Psychology* 14.4 (Oct. 1989): 366-381.

提問本身是一種建構知識的形式，在提問歷程中，個人持續地進行理解的檢核工作以及知識的建立。而當提問的角色由教師引導轉為學生自詢時，可視為學生「自我調節」（self-regulation）的歷程。心理學家張必隱認為：

> 學生自我詢問是有價值的，既有助於記憶，也有助於理解本身。在促進理解方面，學生自身所提出的問題比教師提出的問題更為有效。因為讀者自身的提問可以監控自己的閱讀歷程。[8]

接著，我們探討提問的實質內涵及施行方法，「提問」是透過問題來對文意進行探索思辨的行為，它到底該如何施行？也就是要從何處開始提問呢？提問的目的既然是要促進理解文本意義，而理解文意最基本的單位應當是從具有明確且完整意義的「句子」與「段落」入手，「句子」與「段落」的概念在《文心雕龍．章句》中曾提及云：

> 夫設情有宅，置言有位；宅情曰章，位言曰句。故章者，明也；句者，局也。局言者，聯字以分疆；明情者，總義以包體，區畛相異，而衢路交通矣。[9]

劉勰所說的「章」，相當於現代文本所謂的「段落」，劉勰對於句的概念和現代對於句的看法則略有出入，以古代文學而論，連結二字以上而成句，兩個字以上表以完整便可以稱之為句，例如：「鳥飛」一句已經是一表意完整的句子，而現代文本中除了新詩的語言簡潔之外，

---

8 張必隱：《閱讀心理學》（北京市：北京師範大學出版社，1996年），頁339。

9 〔梁〕劉勰：〈章句〉，《文心雕龍》（影印文津閣《四庫全書》本），卷7，見《文津閣四庫全書》（北京市：商務印書館，2006年），第1482冊，頁44、45。

通常對於句子的概念，在字數上，多數認知應當超過兩字以上者，當然，這也和白話文較為口語，用字較多，不似文言的語言精練有關。劉業超曾分析劉勰對於「章句」的概念，而有如下的說法：

> 在劉勰的概念系統中，「章」主要是從思想內容的角度來劃分的，而「句」則主要從語言的角度來劃分的。「章」的作用是「宅情」，具有「總義以包體」的功能，是思想感情的一個具有相對獨立性的自然表述單位。「章」的特點是比較能夠完整地表述一個話題，也才能夠「成體」。「句」的作用是「位言」，具有「聯字以分疆」的功能。也就是說「句」是把一系列的字，按照組成原則所形成的語法單位或語氣單位。「句」可以表達一個相當的意義，但是一般而言，不能表述一個完整的話題。[10]

黃侃在《文心雕龍札記》中則說：

> 凡為文辭，未有不辨章句而能工者也；凡覽篇籍，未有不通章句而能視其義者也；故一切文辭學術，皆以章句為始基。……規矩以馭方圓，雖雕刻眾形，未有遁於規矩之外者；章句以馭事義，雖牢籠萬態，未有出於章句之外者也。[11]

綜合劉業超與黃侃所言，我們知悉「章句」是文本中展演意義的基礎，理解文本意義當從「章句」開始。

　　章與句有其定義與範疇，而一個有機的文本，它的組成就是逐步

---

10 劉業超：《文心雕龍通論》（北京市：人民出版社，2012年），下冊，頁1319。

11 黃侃：《文心雕龍札記》（臺北市：五南圖書出版公司，2013年），頁162。

的從字、詞、句、段，然後成篇，其目的就是藉由有次序的結構組織（形式）來表述一個完整的思想（內容）。因此，就「提問策略」而言，從句子、段落、篇章入手是最適合的方式。句、段、篇是文本中具有意義的、自小而大的單位。閱讀歷程中，不論是讀者的自我詢問，還是教師的提問設計，主要都是以文本的內容意義為主，因此，「提問」以句、段、篇為單位進行是可行的路徑與方向。

延續前揭所述的提問策略既以句子為基礎的起始單位，關於提問的內容在具體層面上，可以包含有哪些層面呢？周小兵等人曾提出：「其一是針對全文的題目，包含主旨題和評論題。其二是針對細節的題目。」[12]其所言之意是主旨題通常用以掌握全文的主要內容及寫作目的，亦即尋繹出全文之主要觀點；而評論題則是分析與評價作者的寫作風格、態度和語氣等等。主旨題及評論題往往需要在閱讀全文後才可以據之以分析。至於第二部分的細節題目，則可以從前面篇章所討論的字、詞、句、段等部分來分別提取細節以設問。

張必隱說：「積極的理解包括用問題來對文本進行反應，並在隨後的閱讀中去尋求這些問題的回答。而這些問題若來自於讀者自身是更有價值的，除了有助於記憶，也有助於理解本身。」[13]因為讀者自我的提問可以監控個體學習或閱讀的歷程，也可以自我辨析文本理解的程度。

茲以如下文學性短文來進行提問設計並說明分析：

> 我稱為英雄的，並非以思想或強力稱雄的人；而是靠心靈以偉大的人……沒有偉大的品格，就沒有偉大的人，甚至也沒有偉

---

12 周小兵、張世濤、干紅梅：《漢語閱讀教學理論與方法》（北京市：北京大學出版社，2010年），頁135-138。

13 張必隱：《閱讀心理學》（北京市：北京師範大學出版社，1996年），頁341。

大的藝術家，偉大的行動者；所有的只是些空虛的偶像，時間會把他們一齊摧毀。成敗又有什麼相干呢？主要是成為偉大，而非顯得偉大。（羅曼羅蘭《名人傳》〈序〉）[14]

**提問一：**「要成為偉大，而非顯得偉大」，「成為」和「顯得」這兩個看似尋常的詞語，在這個句子中有何意義？（此問題從「句子」的角度來提問）

**問題發想：**理解這句話的涵義便可以清楚此一段落的主要旨趣。

**學生回答（一）：**「成為偉大」是強調平凡到偉大的過程；「顯得偉大」是強調偉大之後的結果。過程做好了，自然有好的結果。

**學生回答（二）：**「顯得偉大」是注重表象，喜歡做表面文章；「成為偉大」則是強調腳踏實地，埋頭苦幹。

**提問二：**羅曼羅蘭所認知的「英雄」，具有何種特質？（此問題是從整個「段落」來提問）

上述文字以羅曼羅蘭的一篇文章進行教師提問設計之示範，其中的提問一是針對「要成為偉大，而非顯得偉大」一句中之「成為」和「顯得」兩個詞語進行辨析。這個題目的答案在文本裡是無法直接提取的，而必須透過梳理、詮釋並統整之後才可以獲得解答，其問題類型屬於文本外的深層推論。透過教師提問的設計可以檢驗讀者思維的路徑速度及閱讀的深淺程度。提問二則是於全文閱讀完畢後，歸納統整出作者對於「英雄」一詞的概念，這必須對全文本內容進行理解後才能梳理出關於「英雄」一詞的意涵。潘新和曾說：「一個好的故事或文本，誘發、鼓勵、鞭策讀者去闡釋，與文本進行對話。好的故事應具有足夠的不確定性以誘使讀者參與到對話中。」[15]因此，提問是一

---

14 〔法〕羅曼．羅蘭：《名人傳》（長沙市：湖南文藝出版社，2013年），頁1-3。

15 潘新和：《語文：表現與存在》（福州市：福建人民出版社，2004年），上冊，頁430。

種對話，是一種思辨，重點容或不在答案是什麼？結果為何？而是在閱讀提問過程中對於文本的再思考與理解。

褚樹榮曾提及利用「言、象、意」三者來進行範文教學[16]，而筆者則嘗試援引「言、象、意」來作為教師提問設計時的發想，這三者可以分別進行問題設計而後又合為一體。首先，教師利用文本中的「語言」來提問，以激發學生記憶中的認知與經驗，進而能產生對於該詞語的「形象」或畫面，然後再進入文本中的敘述情景以明瞭文章「意義」。這是利用「言、象、意」三者所建構的提問層次。

而上段中「言、象、意」三者的提問概念與《文心雕龍》〈神思〉所言之「是以意授於思，言授於意，密則無際，疏則千里。」[17]有相契合之處。劉勰所言的「意」是指文章的意義（也就是通過文本中的意象所累積之意涵），「言」則指文本的語言，「思」是指稱思想。劉勰此言是就創作角度而言，其意思為文章的「意義」是來自於「思想」，並且意象所構建的「意義」是由文學「語言」來呈現。此言乃就作者於創作時之內容生成過程而論，若反向逆推，當文本生成之後，以讀者視角進行理解時，便採取相反途徑。因此，我們可以說，讀者的「閱讀提問」與作者的「創作運思」正是讀者與作者在同條路途上的順向與逆向之溝通過程。

接著，我們來看一篇非文學性的科普文章，並探究其中的提問設計：

認識糖尿病的人，一定都知道胰島素的重要。這個激素幫助細

16 褚樹榮：《叩問課堂——語文教學慎思錄》（杭州市：浙江教育出版社，2014年），頁73。

17 〔梁〕劉勰：〈神思〉，《文心雕龍》（影印文津閣《四庫全書》本），卷6，見《文津閣四庫全書》（北京市：商務印書館，2006年），第1482冊，頁36。

胞儲存醣類和脂肪以提供能量。當身體不能產生足夠的胰島素（第一型糖尿病）或者對它有異常反應（第二型糖尿病），就會發展成許多循環系統和心臟方面的疾病。
但最近的研究顯示，胰島素對大腦也很重要——胰島素異常和神經退化性疾病有關，如阿茲海默症（Alzheimer's Disease）。
長久以來，科學家相信只有胰臟會製造胰島素，而中樞神經系統完全沒有參與。到了1980年代中期，幾個研究團隊在大腦發現了胰島素。顯然這個激素不僅可以通過血腦障壁，大腦本身也能少量分泌。
接下來，科學家又發現胰島素對於學習和記憶很重要。例如：受試者在注射或吸入胰島素之後，對於回憶故事情節和其他記憶能力馬上增強了；而擅長空間記憶測試的大鼠比起慣於靜止的大鼠，腦部也含有較多的胰島素。
這些觀察結果讓美國布朗大學的神經病理學家蒙特（Suzanne de la Monte）和同事聯想到：大腦的胰島素是否和阿茲海默症有關？因為阿茲海默症會造成嚴重的記憶喪失。他們比較了健康者和阿茲海默症患者腦中胰島素的含量，發現和學習以及記憶有關的神經區域中，健康者的胰島素平均含量高了四倍。
根據這個結果，蒙特認為：「阿茲海默症患者也可能有一般糖尿病的問題」，她甚至把阿茲海默症當成是「第三型糖尿病」。
因為有血腦障壁的連通，大腦胰島素的含量，其實也反映了身體其他部位的含量，故2002年一份關於糖尿病患者的研究報告更進一步指出：＿＿＿＿＿＿，這些患者的記憶與學習問題也比較多。（改寫自 Melinda Wenner 著，林雅玲譯：〈大腦也會得糖尿病〉）[18]

18 大學入學考試學科能力測驗考試九十八學年度國文科試題，試題見大學入學考試中閱讀完上述文本後，不難發現全文主旨在說明「胰島素」對於大腦的神經性功能之影響。根據我們的一般認知，多數人以為只有胰臟會製造胰島素，爾後，經過研究，學者發現胰島素可以通過血腦障壁而至其他部位，並且大腦本身也可以分泌少量胰島素。其次，胰島素不足除了會有糖尿病的問題之外，經過實證，科學家也發現大腦的胰島素和阿茲海默症可能有關聯，進而推論出「阿茲海默症患者也可能有一般糖尿病的問題」這樣的命題。

讀者於閱讀文章時，大腦的思維通常有兩種歷程同時進行，其一是「直接歷程」，它的意義是指大腦會直接從文章中提取相關資料，也就是在文章表面上立即找出需要的訊息；其二是「解釋歷程」（間接歷程）它是在文章表面上無法直接找出來的資訊，讀者必須從文章的概念間進行整合、詮釋、推論後設等過程以尋覓出線索或解答。

上文是一篇科普文章，閱讀完全文之後，腦海是否會閃過一些疑問呢？像：「糖尿病患者會不會比較容易患阿茲海默症？」、「阿茲海默症者會不會容易得糖尿病？」、「除了糖尿病、阿茲海默症之外，胰島素的多寡跟身體其他器官的疾病是不是也有關聯呢？」等等，這些想法與問題即是屬於文章表面未呈現，而由讀者自我詢問以釐清問題的思辨過程。在科普文章中，我們可見到科學語言的特色是：具有純粹的「指示性」，其符號與意義之間常常是一個與一個相互對應，並且，符號的目的在判定事實或傳達事實，更重要的是，科學語言重客觀、重實證，特別講求邏輯。

由於文學語言和非文學語言的殊異性，因此，我們可以分為兩個層面來看待語言「表達」一事，若是想表達的是「思想」，只要思想有條理，便可照實地記錄下來，以直達於讀者。若是企圖表達「感

---

心網站：http://www.ceec.edu.tw/AbilityExam/AbilityExamPaper/98SAT_Paper/98SAT_PaperIndex.htm。

情」時，則必須借助於文學的形式、方法、技巧，甚至要運用聲調、組織、篇章結構等等以獲得讀者的共鳴。所以，我們可以設想：「提問」的問題與答案是感想式的情意抒發還是條理式的思想辨證？藉由如此觀念的釐清有助於讀者以客觀角度來審視文本。

此外，提問的時間點也是「提問策略」進行時必須注意的要項之一。因為，在不同時間點提問，其思維方式與理解文本的程度不相同，曾有研究指出，詳讀文本後再自我發問者，其閱讀理解能力較優於邊讀邊穿插發問與未詳讀文章前即發問者。[19]

「提問」是一種對話，是讀者與文本進行溝通的過程。讀者隨著文本的情節而思考，文本的意義在思考之中逐漸積累，但是閱讀並非是一種單向式的吸收，它應該是「吸收」與「吐納」雙向的，並且，中間必須要有「咀嚼」的過程。咀嚼文本可以藉由許多方式，提問是其中一種方式，提問的目的不在於是否有正確答案，重要的是透過「提問」以促進思考的辨證、邏輯的推論才是提問策略對於閱讀理解提升的要點。

## 第三節　推論策略——組織監控

接續前一節的組織監控之「提問」策略，本節將針對提問出的問題與議題進行思辨與「推論」。「推論」策略是讀者對於文本此一組織進行自我理解的監控。關於「推論」一詞的辭典定義是推求討論，亦即針對問題進行探究與思辨。劉勰在《文心雕龍》〈論說〉篇中針對「論」這種體裁提出見解：

---

19 R. V. Schmelzer, “The effect of college student constructed questions on the comprehension of a passage of expository prose.” (Ph.D. diss., University of Minnesota, 1975).

> 原夫論之為體，所以辨正然否。窮於有數，究於無形，鑽堅求通，鉤深取極；乃百慮之筌蹄，萬事之權衡也。故其義貴圓通，辭忌枝碎，必使心與理合，彌縫莫見其隙；辭共心密，敵人不知所乘：斯其要也。是以論如析薪，貴能破理。[20]

「論」的目的是對問題進行透澈的、具體的探究，並深入追究抽象的道理，最終目的是挖掘出終極的理論。推論的過程，就像解剖樹木一般，順著木柴的紋理走向而行，在木紋的理路中逐步找出它的關聯，所謂「推論策略」便是在上下文的脈洛中尋繹出答案的一種方法。

就認知心理的理論而言，藉由推論以獲得理解的過程中可仔細區分成「整合」（integration）、「概括」（summarization）、「精緻」（elaboration）等過程。依據董蓓菲的說法：「整合」是對文本中的觀念獲得更連貫的表徵，也就是將句、段的觀念聯繫在一起。「概括」則是指讀者在心中形成一種表達文章主要思想的總體結構，亦即讀者心中形成一篇提綱。而「精緻」係指通過讀者的先備經驗知識與現在欲了解之訊息相互作用，以對當前的意義表徵有所增加、補充甚至引申。[21]因此，「推論」策略形成之內在化心理過程及大腦運思過程正如同上述分析所言，必須通過一些子過程的轉化與推移。

明瞭推論的運思過程後，另一個課題是，文本中能夠引起讀者推論的節點是在何處？文本中最能引起讀者興味的常常是隱而不顯的空白處，讀者通常藉由個體的經驗加上文本中所提供的資訊，來進行推論。文學文本與非文學文本皆使用推論策略，但是兩者由於創作目的

---

20 〔梁〕劉勰：〈論說〉，《文心雕龍》（影印文津閣《四庫全書》本），卷4，見《文津閣四庫全書》（北京市：商務印書館，2006年），第1482冊，頁24、25。

21 此段文字引述並加以改寫自董蓓菲：《語文教育心理學》（上海市：上海教育出版社，2006年），頁186-187。

及語言使用的不同，對於文本中的「資訊」概念[22]，在解讀上並不相同。文學作品以呈現作者的觀點看法、情感意志為主，「資訊」或「證據」的存在是以支撐作者的論點為主的，其主觀性較強，有個別性及殊異性，因此，我們無法將文學文本中所出現的訊息都稱之為具普遍性的客觀資訊。非文學類作品則反之，其作者是以推介者的角色將資訊或知識介紹給讀者，該資訊或是知識必然具有客觀性、可驗證性的特質。根據上述所揭櫫的不同文類之特性，當讀者要進行推論時，對於文本之中的適當訊息該如何擷取便有了初步概念。

劉勰說：「隱也者，文外之重旨者也；秀也者，篇中之獨拔者也。隱以複意為工，秀以卓絕為巧，斯乃舊章之懿績，才情之嘉會也。」[23]黃侃對此解釋：「夫文以致曲為貴，故一義可以包餘，辭以得當為先，故片言可以居要。蓋言不盡意，必含餘意以成巧；意不稱物，宜資要言以助明。言含餘意，則謂之隱；意資要言，則謂之秀。」[24]劉勰與黃侃所言之意思都闡明創作文本中當有隱意、餘意、重旨的存在，這些既是作家有意為之的結果，事實上也是因為華語語言的特性與本質所構成的。因此，「推論」策略之必要便是對於文本的空白處、隱喻處進行假設、推斷及論述，以獲得理解。

劉勰將「隱」視為作者創作成功與否的關鍵之一，而「隱」就是言外之意旨，讀者對於言外之意的釋解可能是多元的，這與讀者的知

22 林英峰教授曾針對「資訊」有如下的解釋：「資料」是客觀的事實，沒有任何的判斷或前後關聯，如「30.4」可視為是一組資料。資料只有在被分類、分析，作成摘要後，才能變成「資訊」，如：匯率$1.0＝NT$30.4，即可視為是一種資訊。林英峰：〈知識經濟與知識管理〉，「知識管理研討會：領導21世紀之經營管理」論文（臺北市：政治大學商學院北區中小企業研訓中心，2000年5月13-14日）。

23 〔梁〕劉勰：〈隱秀〉，《文心雕龍》（影印文津閣《四庫全書》本），卷8，見《文津閣四庫全書》（北京市：商務印書館，2006年），第1482冊，頁51。

24 黃侃：《文心雕龍札記》（臺北市：五南圖書出版公司，2013年），頁234。

識系統與思維架構有關。文本的多義性為讀者的多元理解提供充沛的張力和空間，這同時意味著讀者（接受者）產生出與作者意圖相異或對話的闡釋機會。因此，「推論」策略成了不同讀者對於同一文本找出共同的、近似的核心理念之方式。我們透過下列一篇非文學的文本，說明「推論」的意義與內涵。

> 以提洛為首的腓尼基人的城市，一直飽受亞述帝國的威脅。但因擁有充沛的財物，腓尼基城市才得於亞述人的屢次席捲後倖存。自此，腓尼基人專注於交易買賣，他們的目標不是危機四伏的內陸，而是地中海，他們的貿易據點一個一個出現在地中海沿岸。西元前814年，提洛的公主伊莉莎逃到北非建立迦太基王國，想必是認為：與其戰戰兢兢地留在危險區域，不如到一個不受侵擾的地方繼續經營。畢竟對一個商業國家來說，能安心從事商業的環境才是最重要的。
>
> 希臘人與迦太基人一樣很會做生意，但狹窄的希臘無法容納因生活富裕而大增的人口，於是便展開殖民活動。地中海東邊，有強大的亞述帝國擋道，只好轉向與義大利半島相鄰的西西里島。但在西元前七世紀希臘進出西西里島東部之前，迦太基早已把該島西部視為重要的貿易基地了。這兩個民族在此鷸蚌相爭，日後引來羅馬這個漁翁。
>
> 希臘人在島的東邊不斷擴增殖民城市，他們一旦落腳，除了做生意之外，也蓋神殿、劇場、競技場等，將希臘文化根植在那裡。迦太基人在島的西邊也有幾處地盤，但迦太基人不建設城市，因為他們厭煩佔領之後的瑣碎雜事，這些城市只是得到財富的據點，只要有進出船隻的港口、修理船隻的船塢、堆放商品的倉庫就夠了。因此希臘人不但認為迦太基人的城市無聊透

頂，甚至形容他們是「為了搬運燒洗澡水的木柴而弄得灰頭土臉，卻始終沒去洗澡的驢子」。(改寫自森本哲郎《一個通商國家的興亡》)

本文是一篇關於歷史與經濟的文章，講述兩個善於經商做生意的民族「迦太基人」和「希臘人」如何透過遷徙、移居、殖民以找到適切的商業活動空間。後來，兩個民族同時在西西里島上活動，一個在東邊，一個在西邊，彼此有著不同的經營模式，藉由對照與觀看，以突出異樣的民族性格。全文在敘述迦太基人及希臘人的商業移動時，由於牽涉到許多相關地理位置，為提升閱讀理解，並能夠釐清彼此關聯，參考地圖是必須且重要的。

## 大考試題觀摩

依據上文，下列關於迦太基的敘述，正確的選項是：

（A）建國前飽受亞述帝國侵擾，建國後征服希臘與羅馬

（B）殖民策略捨棄當時慣用的武力侵略，改採文化收編

（C）專注於海上貿易據點的擴張與運用，藉以累積財富

（D）發揮強大的商業實力，不斷在地中海沿岸建設城市。[25]

答案：C

## 推論解析

此題中的（D）選項極具誘答性，很容易讓人以為是正解，但仔細體會（D）的敘述是有邏輯上的問題。文中迦太基人是因為要擺脫亞述帝國的威脅，才離開內陸到地中海沿岸經營貿易據點，專心做生意。但（D）的說法卻表現出迦太基因為商業實力強大，不斷地建設地中海沿岸城市。如此的思考便是一種推論的過程。

推論策略的施行方式主要從兩大層次來進行，其一，進入「語境」中加以推論。語境是語言使用的環境，它包括語言材料構成的上下文，也包括時間、空間、對象等因素。詞語如果孤立時就只有一般個別的詞彙意義，它必須與語境結合才有更多元的表意功能。同一詞語在不同的語境之下，因為上下文的需求關係，可能產生不同的解讀意義。文本的構成是指由許多詞、句或段等所構成的上下文關係，正是這種上下文的關係確定了該詞、句或段的意義。也因為這樣多元的表意方式，所以讀者便需要透過「推論」的方式來尋求對於文本的理

25 大學入學考試學科能力測驗考試九十八學年度國文科試題，試題見大學入學考試中心網站：http://www.ceec.edu.tw/AbilityExam/AbilityExamPaper/98SAT_Paper/98SAT_PaperIndex.htm。

解。在不同的文化語境中熟稔一些普遍的文化背景知識對於閱讀的理解是具有指向意義的。孫紹振曾說：

> 解讀歷史經典最起碼的原則就是回歸歷史語境，脫離了歷史語境，用當代觀念強加於古代經典，必然會把經典看成一堆垃圾。解讀文本、分析文本，只有從文本的具體情節和意象中提出問題，才能進入文本，不從文本中提出問題，遠離文本，對文本的核心價值不但沒有深化之功，相反只能造成歪曲。[26]

延續上述孫紹振的論點，我們嘗試以其觀點分析以下文本：

> 我們決定搭火車。從廣州到衡陽，這五百二十一公里的鐵軌，是1949年父母顛沛南下的路途。[27]

熟悉大陸與臺灣歷史的人對於「1949年」一詞所代表的文化意義與社會現象應該不陌生，它是指國民政府播遷到臺灣來的那年，當時許多居住在大陸的人們跟著政府軍隊逃離流散四方，因此，我們據此以「推論」，作者此句在敘述她的父母在一九四九年逃難的事件。

其次，第二種推論方式，讀者可以利用「邏輯概念」來推論。邏輯是概念與概念之間的內在理性鏈結，我們常聽到：「某人的話語似乎不太合乎邏輯。」合乎邏輯的定義到底為何？其實，合乎邏輯的意義是合乎語言的順序或是合乎思維的順序。合乎語言的順序就是指涉合於語法的順序，如《文心雕龍》〈章句〉：「夫人之立言，因字而生

26 孫紹振、孫彥君：《文學文本解讀學》（北京市：北京大學出版社，2015年），頁168。
27 龍應台：《目送》（臺北市：時報文化出版公司，2008年），頁90。

句，積句而為章，積章而成篇。篇之彪炳，章無疵也；章之明靡，句無玷也；句之清英，字不妄也。」[28]此段話所言者便是談論了所謂語言的順序。而「啟行之辭，逆萌中篇之意；絕筆之言，追媵前句之旨」則是說明了思維順序上的前後遞嬗次序。[29]語言的順序加上思維的順序構成表意時的合乎邏輯，它讓紛亂多元的思緒有條理、有組織、有次第。正如《文心雕龍》〈附會〉嘗云：

> 驅萬塗於同歸，貞百慮於一致，使眾理雖繁，而無倒置之乖，群言雖多，而無棼絲之亂。[30]

邏輯思維上的雜蕪或紊亂通常是透過外顯具體事物而呈現的，最常見的是語言及文字上的謬誤及不通暢。如以下幾例文句都出現語意邏輯的紊亂：

1. 我因為喜歡國文，所以對於數學一點也不感興趣。
2. 「急」，每個人都會有想要求快的時候，但往往造成的結果不是讓人覺得行事衝動且魯莽，就是效率很好，換言之，「急」，就是時間短，但有其優缺點。
3. 人們常常會用生活上的事物來說明詞語的內涵，然而若沒有

---

28 〔梁〕劉勰：〈章句〉，《文心雕龍》（影印文津閣《四庫全書》本），卷7，見《文津閣四庫全書》（北京市：商務印書館，2006年），第1482冊，頁44、45。

29 此處的語言順序與思維順序的概念植基於大陸學者劉業超的論述，再進行轉換。見劉業超：《文心雕龍通論》（北京市：人民出版社，2012年），下冊，頁1307。

30 〔梁〕劉勰：〈附會〉，《文心雕龍》（影印文津閣《四庫全書》本），卷9，見《文津閣四庫全書》（北京市：商務印書館，2006年），第1482冊，頁55。

事物的補充，則無法了解急與慢在這事上真正的意義。[31]

以第一句而言，「喜歡國文」和「對數學不感興趣」兩者不是互為因果關係的舉證，亦即喜歡國文此事和對數學的興趣沒有相關聯性，兩者不是絕對二元的對立面也不互相影響與排斥，你可以同時喜歡國文與數學，也可以同時討厭國文與數學。而第二句和第三句的語意邏輯不清楚，造成主要意旨並不明確，主要的原因在於上下文的銜接脈絡不正確。運用邏輯進行推論的方法有兩種：

1. 演繹：由普遍的原則推到局部的事例（由一普遍原則，歸結到屬於該原則的局部事例）。
2. 歸納：由局部的事例推到普遍的原則（由一些個別的事例，歸結到一原則的存在）。[32]

「演繹法」是從普遍性的理論知識出發，去認識個別的、特殊的現象的一種邏輯推理方法，演繹的目的是從「普遍」走進「個別」和「特殊」。而所謂「歸納法」，則是指從許多個別的事物中概括出一般性概念、原則或結論，歸納是由一系列具體的事實概括出一般的原理。兩相比較之下，「歸納」強調結果，強調得出的原理和規律。

此外，也可以從它們兩者的詞語意義和具體呈現來理解。「演繹」有鋪陳、推演等意思，「演繹」注重推演時的經歷與過程，它重視過程的程度大於歸納。而「歸納」有歸併，統整等義，它是從大量

31 上述三則例句為筆者任教學校國立政大附中高二學生的日常習作作品，作者依序是：高培修、葉羽嵐、錢羽柔。

32 劉見成、張燕梅：《謬誤、意義與推理：邏輯初階》（臺北縣：新文京開發出版公司，2011年），頁158-171。

事態中找出共相而歸結出結論，「歸納」注意事實現象的共相而非個別的殊相，強調一種具規律性的結果。

演繹引導我們認識個別的、特殊的現象，尤其語文教學的目的之一是要引導學生認識利用普遍性的知識來對語文進行學習，以激發各自的想法與創意。

此處嘗試以詩歌為例說明透過演繹法與歸納法來推論詩歌意義時所產生的差異。中國是詩歌的民族，詩歌用以表述作者的心志與情感，陸機的〈文賦〉曾說：「詩緣情而綺靡。」其意思是「抒情性」乃詩歌的重要特質。而詩歌中的基本單位是「意象」，它是作者情感與事物特徵的一種遇合交接，孫紹振曾說：「詩歌的意象之間有個意脈貫串首尾，這就構成意境。」[33]上述這些關於理解詩歌的基本要素，有助於解讀詩歌，但是若我們僅憑這些通則與原則來演繹解讀詩作，是無法看出它的特殊性。因此，解讀時若在演繹法之外借助歸納法，從詩中去細細咀嚼品味而後歸納，並還原那些被現成理論所遮蔽的感知，如此一來，更能幫助我們對於該詩歌的理解。歸納法注重歸納出的結果、原理和規律，其中更注重結果的產生；演繹法則注重體驗者的想法及過程。[34]

閱讀文本時，除了演繹與歸納兩種推論方法之外，還可以就表層與進階兩個層面來推論，表層推論是可見處的統整與融通；進階推論則是空白處的假設與衍生。文本之中總是有隱而未顯之處，可能是作者無意說，也可能是讀者已知而不於文本贅述者。以「衍戎的哥哥買了兩匹馬」一句為例，它的基礎推論（表層意義）是：1. 有個人叫衍

33 孫紹振、孫彥君：《文學文本解讀學》（北京市：北京大學出版社，2015年），頁78。

34 卓立子：〈語文教學是重演繹還是重歸納？──這確實是個問題〉，「中國上杭教師研修網」，網址：http://app.shanghang.gov.cn:82/gate/big5/jsjxxx.shanghang.gov.cn/jxcs/czjys/czyw/201401/t20140109_178335.htm。（2015年8月20日查詢）

戎、2. 衍戎有個哥哥；而進階推論則是1. 衍戎的哥哥可能很有錢（買了兩匹馬）、2. 衍戎只有一個哥哥。表層推論可以從文本獲得答案，進階推論則是另一層次的提問與假設。

在推論的過程中，讀者潛意識裡運用認知心理學的「自下而上」、「自上而下」及「交互作用」的理論，從字、詞開始推論意義，例如：從「六書」的造字原則，去判斷字詞的大概意思，尤其是形聲字和會意字，都可從該字的偏旁推測其意思（這與第四章「解碼策略」之「字的解碼」概念相同）。接著，可以再針對單一文句的訊息、前後文句的脈絡來推論段落的意義。最後，連結各段落的旨趣再推論出全文的主旨及其他全面性的概念。

文學性文本中，以小說作品的推論最為常見，如以下筆者改寫之文章，採預留結局的方式供讀者思辨與推論：

> 有個人住在山頂的小屋裏，半夜聽見有人敲門，他打開門一看卻沒有人，於是關上門去睡了。等了一會兒，又有敲門聲，他再去開門，還是沒人，如是者幾次。第二天，有登山客在山腳下發現死屍一具，警察來把山頂的那人帶走了。因為……

在「因為」之後，讀者可以自行推論後續故事情節的發展，例如：1. 有人身負重傷，好不容易爬到小屋門口敲門求救，主人開門，沒看到重傷趴在地上的他，便關起門來，於是，不小心又把受傷者撞了下去。傷者不甘心再敲門卻又被撞下，如此反覆，終於氣絕身亡。2. 有個人在登山過程中不小心從山頂摔下來，掉落在小屋的屋頂，他的身體趴在屋頂上，手腳沿著屋簷垂落下來，其中右腳不斷地踢著門，想跟屋內的主人求援，主人聽到敲門聲，開門觀看屋外幾次，都沒有發現屋頂上那位受傷的人，還以為是惡作劇的登山客。可憐的傷者經過整夜的風寒，失血過多，不幸走了。

以上是針對故事結局發展的兩種推論方式，我們可以看見其推論方式都在一定的基礎上加以考量上下文的脈絡而產生。此外，與「推論」很相近卻又不同的另一個概念是「預測」，兩者之別是：推論故事的情節發展需要線索，結合的線索越多，推論可能越正確。推論必然有邏輯線索、作者思路和脈絡組織……等等具體向度來支撐；而預測可能是隨興所至的猜測，其中，讀者主觀之情感性的臆測成分較多，欠缺邏輯性及說服度。《孔子家語》卷二〈致思〉中有一段話是孔子和幾位弟子談論個人的志向，而子貢豪情地說：

> 子貢復進曰：「賜願使齊、楚，合戰於漭瀁之野，兩壘相望，塵埃相接，挺刃交兵；賜著縞衣白冠，陳說其閒，推論利害，釋國之患，唯賜能之，使二子者從我焉！」[35]

子貢希望憑藉他的縱橫捭闔之術在外交場合上讓敵對的國度能釋除憂患，於是說出了「陳說其閒，推論利害」這樣的話語。子貢就兩國之間的利與害、益與弊，直陳與分析、辨證與推論來釋除國之害，可見「推論」是必須有根據、有線索、有論點、有程序方能成就的。並且「推論」也要有知識基礎的支援與驗證，能通過驗證才是合理的客觀推論，甚至能夠說服他人。

## 第四節　小結

「提問」與「推論」兩者是互為因果關係的組織監控策略，先有針對文本的提問之後，便開始推論以尋找出答案，而推論的過程中，

35 見〔魏〕王肅注：《孔子家語》（臺北市：臺灣商務印書館，1983年），卷2。

又有假設與提問，彼此不斷交疊以便能夠更深層的理解文本。

「提問策略」是依據後設認知的理論而建構的，它是讓讀者在閱讀的歷程中藉由提問來覺知個體理解文本的程度及閱讀時的運思歷程，以增進對於文本意義的掌握。提問策略施行時，可以從幾個層面思考，首先是提問的對象可以是讀者自詢，也可以是教師提問。其二，對於文本到底該如何提問，此處可以分為兩個層面而言：表層提問與深層提問，此部分剛好扣合 PISA 國際閱讀評量揭示的三個閱讀歷程：擷取與檢索、統整與解釋和省思與評鑑，此三種歷程正是從表層逐步進入深層。知悉提問的層面之後，針對文本實際上的結構組成，到底該從何處開始提問呢？依據劉勰於《文心雕龍》〈章句〉篇的概念來對應現代文本而言，句子是表達一個完整思想語意的最基礎的單位，字或詞語必須進入句子中才能顯示它的意義，誠如〈章句篇〉所言：「夫人之立言，因字而生句，積句而為章，積章而成篇。」「句司數字，待相接以為用；章總一義，須意窮而成體。」[36]於是，文本的有機組合之中，從句子開始進行文意理解是提問最基礎的步驟。

至於「推論策略」，其目的是對問題進行透澈的、具體的探究。

簡而言之，推論可從兩層面著手，分別為「語境推論」和「邏輯推論」。「語境」是語言使用的環境，它包括語言材料構成的上下文，也包括時間、空間、對象等因素。而「邏輯」是概念與概念之間的內在理性鏈結，它可以讓紛亂多元的思緒有條理、有組織。一般而言，邏輯推論可以就演繹和歸納兩種方法來實施，也可以分成表層推論（文本可見的文字意義）和深層推論（文本中隱而未見之空白處）來施行。

36 〔梁〕劉勰：〈章句〉，《文心雕龍》（影印文津閣《四庫全書》本），卷7，見《文津閣四庫全書》（北京市：商務印書館，2006年），第1482冊，頁44、45。

提問與推論策略的目的皆是對文本進行進階的、深層的解讀，文本的解讀過程其實是對文本意義的解碼過程，而文本意義的解碼是「瞻言而見貌，即字而知時也。」[37]的披文以入情的過程。梅堯臣說：「作者得于心，覽者會以意，殆難指陳以言也。雖然亦可略道其仿佛。」[38]作者的心志如何讓讀者會意，其實只能透過語言，而語言的指涉又因為語境的殊異及作者運用的巧妙產生「言傳」與「意會」落差，因此提問激發思考後，透過推論來理解文本意義成了解讀的重要策略。

慕君曾說：

> 文本的解讀過程就是由秀而隱的過程，也就是讀者突破語言的外殼，由文本的表層意義進入深層的內蘊，由在場的語言進入或揭示不在場的語言的過程。[39]

上述概念說明文本的理解是由外而內、由淺及深的剝筍過程，其意義正如同《文心雕龍》〈隱秀〉所言：「文之英蕤，有秀有隱。隱也者，文外之重旨也；秀也者，篇中之獨拔者也。」[40]劉勰從創作角度出發來論述寫作時語言文字意義的層次，他認為以適當卓絕的詞語來狀述目前所見之景是為「秀」，而在文辭隱而未顯的情意部分則是「隱」。因此，「秀」可以視為文本的表層意義，而「隱」則是文本的深層意義。閱讀時的思考慣性是由表層意義再進入到深層意義，慕君所言：

---

37 〔梁〕劉勰：〈物色〉，《文心雕龍》（影印文津閣《四庫全書》本），卷10，見《文津閣四庫全書》（北京市：商務印書館，2006年），第1482冊，頁59、60。

38 〔宋〕歐陽修：《六一詩話》（北京市：人民文學出版社，1962年），頁9-11。

39 慕君：《閱讀教學對話論》（北京市：中國社會科學出版社，2012年），頁71。

40 〔梁〕劉勰：〈隱秀〉，《文心雕龍》（影印文津閣《四庫全書》本），卷8，見《文津閣四庫全書》（北京市：商務印書館，2006年），第1482冊，頁51、52。

「閱讀是由在場的語言進入或揭示出不在場的語言的過程。」[41]要由在場的語言揭示出不在場的語言，讀出文本的空白處就必須透過深入的、有意識的提問與系統性的推論過程。

因此，提問與推論這兩種閱讀策略都是從文本內容出發，對文本此一組織進行個體閱讀時的思辨與監控，這是屬於高層次的閱讀策略。

41 慕君：《閱讀教學對話論》（北京市：中國社會科學出版社，2012年），頁71。

# 第七章
# 內容理解型閱讀策略（二）

## 第一節　前言

本章所要探討的「內容理解型」閱讀策略的第二部分——組織整併「摘要策略」與組織延伸「綜合比較策略」。「摘要」是將文本化繁為簡以獲得理解的一種方式；而「綜合比較策略」則是透過與其他文本的異同比較及聯想鏈結來解讀文本，它是從簡而繁再歸返於簡，因此它可以視為是從點、線而面的延伸過程。

摘要與綜合比較兩種策略都是針對文本內容而進行的，屬於高階層次的閱讀策略。此二者都需要對文本內容有較深度的分析與理解後才能產生，摘要策略需檢視能否真正摘錄文本之精粹及要義；而綜合比較策略，則需思索該從何種視角出入於各文本之中，並藉由比較異同、提取所需以回歸省視文本的旨趣及意涵。

根據《如何閱讀一本書》的作者所說：閱讀分為四個層次：第一層次為「基礎閱讀」（Beginning Reading），屬於白紙黑字的認字階段；第二層次是「檢視閱讀」（Inspectional Reading），屬於從章節、目次、寫作大意等進行有系統的略讀或粗讀，其目的是指深入閱讀一本書之前可以先了解全書的組織結構，也了解這本書大概的內容，這是系統化的略讀。第三層次則是「分析閱讀」（Analytical Reading），是全書中作者最重要的論述，它是屬於深度的精讀，讀者在精讀過程中提出疑問以便和作者對話溝通、判斷主旨、評價賞析、推論提問、支持或反對文本的觀點等等，分析閱讀提昇個人理解力與閱讀能力的重要部分；第四層次閱讀也是最高層次的閱讀，稱作「主題閱讀」（Comparative Reading），其意義是將數篇具有近似主題的文章進行異同比較的擴散式閱讀。[1]「摘要策略」可以視為「檢視閱讀」與「分析閱讀」兩種閱讀方式共行之後所產出的閱讀策略，檢視閱讀由外圍而進入內部，分析閱讀則是從內部再深度挖掘；至於「綜合比較」策略的意涵與精神則是近似於「主題閱讀」，透過相似主題的多重文本閱讀以獲得理解的渠道。

## 第二節　摘要策略——組織整併

「摘要」一詞於閱讀理解上的定義是是從已有文本中進行運作，透過理解、評估、濃縮及轉化等過程，並且刪減不重要的訊息，擇取主要觀念，而後進行統整，將繁多的觀念轉化為簡要而有意義的訊息，並監控所摘要的內容是否符合原文的意旨。一個完整的摘要過程，也是針對文本進行運思以獲得理解的過程。

對於摘要的定義，國內外學者有不同的持論，但是其概念與內涵實則大同小異。Hidi 與 Anderson 認為針對文本進行大意摘要是決定並重組全文的重要訊息，且忠於原文的簡短敘述。[2]

Hill 則認為大意摘要的目的依種類不同而有所差異：第一種是給創作者自身閱讀的「作者大意摘要」（writer-based summary），其目的是理解與組織文章概念，作者可以整理自己的思緒。第二種是為讀者而寫的「讀者大意摘要」（reader-based summary），常見於研究摘要

1　莫提默・艾德勒、查理・范多倫著，郝明義、朱衣譯：《如何閱讀一本書》（臺北市：臺灣商務印書館，2003年），頁3-8。

2　S. Hidi & V. Anderson, "Producing writing summaries: task demands, cognitive operations, and implications for instruction," *Review of Educational Research* 56.4 (1986): 473-493.

（abstract）和書本簡介（review），目的是提供讀者訊息，因此內容必須比作者大意摘要更為精簡且明確。[3]

張新仁表示：大意摘要可分為四種呈現形式：口述大意摘要、文字大意摘要、表列大意摘要、和圖解大意摘要；其中文字大意摘要是摘取文章的濃縮重點和脈絡性論述綜合統整為一段短文的能力。[4]

學者 Dole 則主張摘要過程需要很多綜合的活動，摘要必須在文章中篩檢出要點，並區分重要與不重要的概念，然後將概念綜合起來，最後再組合統整成一個連貫的文章。[5]

綜合上述各家所言，「摘要」策略包含許多思維的活動歷程，如果對文本能夠進行摘要，便意味著能對文本的內容與意涵明確地理解與掌握、分析與統整，並分辨出其中主概念、次概念等等。所謂「摘要」是長話短說，也可以說是去蕪存菁，摘要策略的先決條件是務必針對文本進行細讀與精讀。陳芳明老師曾說：「所謂閱讀絕對不是停留於瀏覽與翻閱，而是以精讀與細讀的方式循序漸進以進入文本。」[6]

摘要過程中很重要的是刪繁及去蕪的過程，劉勰於《文心雕龍》中云：

> 規範本體謂之鎔，剪截浮詞謂之裁。裁則蕪穢不生，鎔則綱領

---

3 Margaret Hill, “Writing summaries promotes thinking and learning across the curriculum--but why are they so difficult to write?,” *Journal of Reading* 34.7 (Apr. 1991): 536-539.

4 張新仁：〈臺灣閱讀摘要研究回顧與前瞻〉，國科會人文處編：《「臺灣閱讀研究回顧與展望」座談會手冊》（臺北市：國科會人文處，2009年），頁69-83。

5 J. A. Dole, G.G. Duffy, L. R. Roehler & P. D. Pearson, “Moving from the old to the new: Research on reading comprehension instruction,” *Review of Educational Research* 61.2 (1991): 239-264.

6 陳芳明：《很慢的果子》（臺北市：麥田出版社，2015年），頁12。

> 昭暢，譬繩墨之審分，斧斤之斫削矣。[7]

文章經過適當的鎔鍊情意及裁剪浮辭才能讓文字通暢、意義明暢，不過其前提是以具標準的「繩墨」與「斧斤」來鎔裁。因此，若將此觀點運用在「摘要」策略時，我們得以明瞭：對於文本進行摘要時，其中具關鍵的「保留」與「刪除」兩部分應當有其標準的通則，例如：「形容詞」通常是句段中較不影響意義發展的部分，可以刪去；而華文文本中，無論是文學文本或非文學文本的首段與末段，常常有作者潛藏或是埋伏的主旨與思想，可能不適宜刪除。例：「那音樂很美妙，~~有時似流水，有時如穿雲裂帛，~~引得大家如癡如醉，好像整個世界都不存在了。」此句中可以刪除的部分是不影響文意發展的虛詞、形容詞等等。如：上句中的「有時似流水，有時如穿雲裂帛」一句便是屬於不影響文意發展的形容詞，將之刪除並不影響讀者對意義的理解。

《文心雕龍》〈鎔裁〉又說：

> 故三準既定，次討字句。句有可削，足見其疏；字不得減，乃知其密。精論要語，極略之體；游心竄句，極繁之體。謂繁與略，隨分所好。引而申之，則兩句敷為一章，約以貫之，則一章刪成兩句。思贍者善敷，才覈者善刪。善刪者字去而意留，善敷者辭殊而意顯。字刪而意缺，則短乏而非核；辭敷而言重，則蕪穢而非贍。[8]

---

7 〔梁〕劉勰：〈鎔裁〉，《文心雕龍》（影印文津閣《四庫全書》本），卷7，見《文津閣四庫全書》（北京市：商務印書館，2006年），第1482冊，頁42、43。

8 〔梁〕劉勰：〈鎔裁〉，《文心雕龍》（影印文津閣《四庫全書》本），卷7，見《文津閣四庫全書》（北京市：商務印書館，2006年），第1482冊，頁42、43。

在進行文本摘要時，文本的長短並非是摘要的首要考慮因素，也就是長文固然適宜摘要，但短文有時也必須摘要。摘要之判斷並非受制於文本的繁複或簡約，每個創作者的風格不同，喜好也相異，「繁與略，隨分所好」，繁複者對事義的擴展：「引而申之，則兩句敷為一章。」而簡略者：「約以貫之，則一章刪成兩句。」[9]善於刪除者，即使保留的字句簡短，其意義仍然完足而充分，這就是有意義且具方法的刪除與摘要；反之者，若字句刪除後意義短缺了，那就是不適切的刪除與摘要。

明瞭摘要的定義及內涵後，進入具體操作層面，我們當探究的是讀者應該如何進行摘要？魏靜雯於其研究中說：

> 綜合國內外學者所述，摘要原則包含了刪除、歸納與整合。刪除就是刪除瑣碎、不重要、不相關、重複的訊息，這個刪除的過程其實就是選擇重要訊息的過程，若以外在行為表現出來就是劃線標註重點；而綜合或歸納就是將類似的重點歸納一起，將同一類名詞與動詞用更高階層的概念去涵括，以達到精簡的目的。而整合其實就包含選擇主題句或自創主題句後加上潤飾策略，使之成為通順的摘要短文。[10]

簡要歸納上述論點如下：首先找到句號（句號是一個表意完整的最基礎單位）[11]以確定每一個表意完整的句子之位置；其次，從眾多句、段中畫出重點部分；再者，將這些重點句子加上連詞或其他詞語，最後進行排列組合，使之通順完整。

---

9　劉業超：《文心雕龍通論》（北京市：人民出版社，2012年），下冊，頁1305。

10　魏靜雯：〈心智繪圖與摘要教學對國小五年級學生閱讀理解與摘要能力之影響〉（臺北市：臺灣師範大學教育與輔導心理研究所碩士論文，2004年）。

11　句號與句子的概念詳見本論文第四章第四節「句子解碼」之相關論述。

張必隱亦言：「整體而言，摘要可以說有五條規則，第一是刪除多餘的東西，第二是刪除瑣碎的東西，第三是提供較有深意的詞語，第四是選擇主題句，第五是如果沒有主題句，就需要創造主題句。」[12] 上述各學者的說法容或有所不同，但是其對於摘要的觀點與想法是頗為近似的。

綜合各家說法來看，摘要的歷程應包括：（一）閱讀全文，尋找重要訊息；（二）刪除不必要的細節；（三）刪除重覆的贅句或不影響情節的形容詞；（四）以具概括性的詞語取代相關名詞或將一連串相關動作與以統整。例如：在一段介紹花園中百花盛開、繁花似錦的文字中，以「花朵」一詞取代文中所述的各式花種，如：玫瑰、鬱金香、蓮花……；再者，如以「我喜歡運動」一句取代自我介紹中所表述自已對於各式運動的喜好，如。籃球、桌球、網球……等等；（五）加上適當轉折詞和訊息以連貫上下文；（六）選擇或創造主旨來凸顯該文本的意義。

陸機〈文賦〉曾云：

> 或仰逼於先條，或俯侵於後章。或辭害而理比，或言順而義妨。離之則雙美，合之則兩傷。考殿最於錙銖，定去留於毫芒。苟銓衡之所裁，固應繩其必當。或文繁理富，而意不指適。極無兩致，盡不可益。立片言而居要，乃一篇之警策；雖眾辭之有條，必待茲而效績。亮功多而累寡，故取足而不易。[13]

陸機這段話足堪讀者閱讀文本時，對於摘要重點、取捨文句時之參

12 張必隱：《閱讀心理學》（北京市：北京師範大學出版社，1996年），頁341。

13 〔梁〕蕭統編，〔唐〕李善注：《昭明文選》（臺北市：藝文印書館，1998年），卷17，頁247。

酌。文本中，有時下文對上文有損害，有時是上文對下文影響，有時語言不順而事理連貫，有時是語言連貫而事理有妨，把它分開兩全齊美，合在一起則互相損傷。所用辭意嚴格考核比較，去留取捨需仔細衡量，使用法度規準加以權衡，必當絲毫不差以合乎詞章。有時辭藻繁多義理豐富，欲表達之意卻不甚清楚，文章主題只有一個，意思說盡不再贅述。關鍵地方以簡要的幾句表現，突出中心者便是警語，內容條條有理，若借助警句秀句能更有力。文章果能利多而弊累少，就可以不再改易。這是針對上述陸機〈文賦〉一文的詮釋，陸機在〈文賦〉中提到文章寫作的要項包括：上下文連接的所造就的語境、文句上的去輕就重、釐清枝蔓與主幹。這些不只是針對一篇首尾俱足的文章在寫作上提出指引，也可以視為摘要的藥方，摘要而得出的文章，其實正是完整文章的濃縮精華版。

《文心雕龍》〈章句〉：

> 夫人之立言，因字而生句，積句而為章，積章而成篇。篇之彪炳，章無疵也；章之明靡，句無玷也；句之清英，字不妄也。句司數字，待相接以為用；章總一義，須意窮而成體。[14]

劉勰認為任何作品都必須由字而句，由句而章，然後積章成篇，他提出要寫好文章，就要一句不苟，一字不妄；藉此凸顯字句篇章的關係，也說明了「振本而末從」在寫作中的必要。劉勰從創作的角度來說明字、詞、句、段、章的文本組成過程，如果以閱讀的角度出發來審視文本並進行摘要策略的讀者，亦是可以從章段中提取適切的句子

---

14 〔梁〕劉勰：〈章句〉，《文心雕龍》（影印文津閣《四庫全書》本），卷7，見《文津閣四庫全書》（北京市：商務印書館，2006年），第1482冊，頁44、45。

或詞語再加以統整成精要的短文。因此摘要的目的是「摘要出大意」，而最常見進行摘要之處是「段落」與「篇章」。

段落的摘要從句子入手，因為「句司數字，待相接以為用；章（段落）總一義，須意窮而成體」[15]；而篇章的摘要則是從每個段落先尋奇玩繹，再進行統整：「啟行之辭，逆萌中篇之意；絕筆之言，追媵前句之旨；故能外文綺交，內義脈注，跗萼相銜，首尾一體。」[16]劉勰此段說明了好的文章在段落與段落的文意銜接上，必然彼此關照，具有互見性。

摘要的功能及此策略預期達到的閱讀理解標的是什麼呢？語言認知學大師 Casazza 認為寫大意摘要能協助學生認知自己閱讀理解的過程，並透過組織學習材料和減少需要背誦的訊息來增進記憶能力。[17] Friend 則指出摘寫大意摘要能增進學習效率，因為讀者必須從全文中找出重要訊息並簡單扼要的點出主旨，此過程促使讀者思考想法間的關聯性，連結新知識與已知概念，使記憶與應用學習的內容更容易。[18]

## 實例舉隅

原文（摘要前）：

> 土地一向是農人最根本的信靠，祖先留給他們的，他們據以耕植和養育子女，因此，一塊土地的好壞端看它的酸鹼程度與會

---

15 〔梁〕劉勰：〈章句〉，《文心雕龍》（影印文津閣《四庫全書》本），卷7，見《文津閣四庫全書》（北京市：商務印書館，2006年），第1482冊，頁44、45。

16 〔梁〕劉勰：〈章句〉，《文心雕龍》（影印文津閣《四庫全書》本），卷7，見《文津閣四庫全書》（北京市：商務印書館，2006年），第1482冊，頁44、45。

17 Martha E. Casazza, “Using a model of direct instruction to teach summary writing in a college reading class,” *Journal of Reading* 37.3 (Nov. 1993): 202-208.

18 RosalieFriend, “Summing it up,” *Science Teacher* 69.4 (Apr. 2002): 40-43.

否浸水而定。但由於時勢的發展，有些人已變得只關心它是不是能蓋房子，並且把他人和整個社會看成賺取的對象（轉折）。當金錢成為最高目的時，耕作當然成了笑柄，誠實和辛勤不再是美德，生活當中的一些原應重視的價值棄置一旁，而貪婪的心則無限伸張。這些人表現於外的是全然的粗鄙：新建的樓房內外貼滿磁磚、壁上掛的全是民意代表贈送的匾額，濫飲聚賭，耽溺於坐享其成。傳統農村中溫厚的長者遠了，他們則儼然成了村子裡的新興士紳和道德裁判者。

這些事實在是很使人洩氣的。但我也知道，我該深記且應頻頻回顧的，乃是更多的那些默默為自己和下一代努力不懈的人。人的存在若有任何價值的話，並不是因為他們活著，吃喝睡覺，而後死去，而在於他們的心中永遠保有著一個道德地帶。

（陳列〈地上歲月〉）[19]

摘要後：

土地一向是農人最根本的信靠~~，祖先留給他們的，他們據以耕植和養育子女~~，~~因此~~，一塊土地的好壞端看它的酸鹼程度與會否浸水而定。但由於時勢的發展，有些人已變得只關心它是不是能蓋房子，並且把他人和整個社會看成賺取的對象（轉折）。當金錢成為最高目的時，耕作當然成了笑柄，誠實和辛勤不再是美德，生活當中的一些原應重視的價值棄置一旁，而貪婪的心則無限伸張。~~這些人表現於外的是全然的粗鄙：新建~~

19 大學入學考試學科能力測驗考試九十七學年度國文科試題，試題見大學入學考試中心網站：http://www.ceec.edu.tw/AbilityExam/AbilityExamPaper/97SAT_Paper/97SAT_PaperIndex.htm。

> ~~的樓房內外貼滿磁磚、壁上掛的全是民意代表贈送的匾額，濫飲聚賭，耽溺於坐享其成。~~傳統農村中溫厚的長者遠了，他們~~則~~儼然成了村子裡的新興士紳和道德裁判者。
>
> ~~這些事實在是很使人洩氣的~~。~~但我也知道，~~我該深記~~且應頻頻回顧的，乃~~（的）是更多的那些默默為自己和下一代努力不懈的人。人的存在若有任何價值的話，~~並不是因為他們活著，吃喝睡覺，而後死去，而~~（是）在於他們的心中永遠保有著一個道德地帶。（陳列〈地上歲月〉）

我們嘗試用摘要策略來解讀此文，根據本章前段對於摘要歷程的論述，我們知悉。摘要策略首先須進行的是「刪除」不必要及繁瑣者，「刪除」是再思考、再分析的過程，因為讀者必須判斷何處要刪除、要增減，並且刪除的過程也不是一蹴可幾，它必須不斷反覆進行。首次，讀者通常會將多餘的形容詞或潤飾的文句刪除，但是刪除後，前後文句的銜接必然不恰當、不流暢，此時需要加入部分連接詞使其通暢，並將語句順序重新排列或整理，使之完整。因此，刪除、增加、統整等一連串思維與動作構成了「摘要策略」。

進行摘要之後，可以更容易地辨識出文本中的主要旨趣及作者思想。就上述文章而言，比較今昔農村現象的部分差異及變化，藉以抒發作者的感嘆及批評是全文的主軸方向。筆者嘗試將文章中的對照部分整理如下表，表格中這些敘述與概念是屬於文本中的主要旨趣，讀者進行摘要策略時，此部分應當不能刪除且要能提取掌握。

| | |
|---|---|
| **現象一** | 從前——土地的好壞端看它的酸鹼程度與會否浸水而定 |
| | 現在——土地的好壞只看它是否能蓋房子 |
| **現象二** | 從前——傳統農村中盡是溫厚的長者 |
| | 現在——取而代之的是新興階級的士紳 |

在呈現農村的今昔對照後，作者面對這樣的困境內心其實很洩氣，但是他不忘提出爬出谷底的方法：「我該深記且應頻頻回顧的，乃是更多的那些默默為自己和下一代努力不懈的人。人的存在若有任何價值的話，並不是因為他們活著，吃喝睡覺，而後死去，而在於他們的心中永遠保有著一個道德地帶。」這是作者對於文本中的現象與問題所提出的解決之道，是屬於結論的部分，讀者進行摘要時，此部分也應該具體掌握。

摘要策略是必須透過一而再的刪除、統整與提取主題句的過程而完成的。適時輔以其他閱讀策略，如上揭的表格呈現是屬於「具象化」策略，能夠協助摘要策略更為精密而完整。

在此節的結束之前，引用南宋作家陳善的一段話語：

> 讀書需知出入法。始當求所以入，終當求所以出。見得親切，此是入書法；用得透脫，此是出書法。蓋不能入得書，則不知古人用心處；不知出得書，則又死在眼下。惟知出知入，乃盡得讀書之法。[20]

陳善的讀書出入之說在闡述閱讀時讀者當能夠「入乎其內，出乎其外」。而摘要策略的運用是奠基在對於文本的內容意義具有一定程度理解後方能進行，因此，施行摘要策略者，必然是能夠出入於文本之內與之外者，誠如陳善所言之「出入法」。

---

20 〔宋〕陳善《捫虱新語》上集卷四「讀書須知出入法」條。轉引自龍協濤：《文學閱讀學》（北京市：北京大學出版社，2004年），頁300。

## 第三節　綜合比較策略——組織延伸

所謂「綜合比較」一詞在閱讀策略上的意義是指從單一文本往外延伸到其他文本，它是透過文本間的對照、比較與互見，而得以洞悉文本的內蘊意義。「綜合比較」策略在各種類型的文本中皆可使用，但以文學文本的使用頻率為高，這和語言使用特色有關聯。非文學文本以傳達知識、資訊及見解為主要目的，因此，在語言使用上，力主流暢通透、直接俐落，它不像文學性文本需要象徵、隱喻等陌生化的語言引起讀者想像的空間。是故，非文學文本的理解可以就單一文本即可完成，除非是要憑藉其他文本來擴充或補足既有知識之不足。

而從單一文本往外延伸，根據褚樹榮的說法是「個」（點）和「類」（線）的區別，「個」是一篇一課的範文教學，「類」是相同主題的數篇課文之閱讀教學。[21]所謂「範文教學」是以教師為主動傳授者，進行單一模範文章的全面性剖析教學，包含作者中心、文本中心、讀者反應等諸多層面皆可用以解讀文本。而「閱讀教學」則是以讀者（學生）為主的引導式輔助理解之教學模式，其所進行教學的文本不拘泥於單篇中的細節爬梳，而是以「閱讀思辨」為中心的教學方式，因此，它可以透過多重文本來實踐理解與思辨的閱讀教學目標。

劉勰在《文心雕龍》〈知音〉中曾云：

> 凡操千曲而後曉聲，觀千劍而後識器。故圓照之象，務先博觀。閱喬嶽以形培塿，酌滄波以喻畎澮。無私於輕重，不偏於

---

21 褚樹榮：《叩問課堂——語文教學慎思錄》（杭州市：浙江教育出版社，2014年），頁235。

憎愛，然後能平理若衡，照辭如鏡矣。[22]

劉勰這段話說明了透過廣泛觀覽文本作品，方能提高鑑賞能力，知悉異同，比較文質。劉勰此處的概念正與本節「綜合比較」策略具有互文之見。互文性是指單一文本的意義是無法自行完足的，必須透過與其他文本的交互參照、交互辨證及交互指涉才能完成。[23]它的目的在於提倡一種文本的互動理解。

「綜合比較」策略在閱讀上的內涵類似於上述的「互文性」概念，而將互文性理論以具體化實踐就是「主題閱讀」的施行。「主題閱讀」可以是不同作家對於同類主題的各自見解與書寫，例如：史鐵生〈秋天的懷念〉和郁達夫〈我撞上了秋天〉同樣以秋天為主題而書寫；若更為細膩的分類法，則是像朱自清和俞平伯的同題書寫，兩人同遊秦淮河後，各自寫下名為〈槳聲燈影裡的秦淮河〉的文章。此外，「主題閱讀」也可以是同一作家不同時期的作品互見，這樣的閱讀法類似「作者中心」的概念，以時間的景深來比較同一作家在不同時期（歷時性）的作品風格及特色的遷變。「同中見異」是綜合比較策略用以理解文本的中心主軸，「主題閱讀」便是在同中見異，異中求同。但是「主題閱讀」之中的「主題」一詞又該如何界定其範疇呢？何謂主題相近或相似呢？《如何閱讀一本書》的作者提出了「主題閱讀」的步驟，容或從中管窺一二。

---

22　〔梁〕劉勰：〈知音〉，《文心雕龍》（影印文津閣《四庫全書》本），卷10，見《文津閣四庫全書》（北京市：商務印書館，2006年），第1482冊，頁62。〈知音〉篇論述如何進行文學批評，是批評論比較集中的一個專篇。它是我國古代第一篇比較系統的文學批評論，相當全面地論述了文學的態度、特點、方法和文學批評的基本原理，並涉及文學批評與創作的關係和文學欣賞等問題。

23　王謹：《互文性》（桂林市：廣西師範大學出版社，2005年），頁27-43。

> 主題閱讀步驟一：找到相關的章節。讀者所關注的主題才是閱讀時的焦點，而非那一本書。步驟二：引領作者與你達成共識。步驟三：釐清問題。步驟四：界定議題。步驟五：分析討論。[24]

主題閱讀時，讀者是居於主動的角度，從眾多書籍、文本中汲取所需。因此，主題的設定及文本的揀擇是根據讀者的需求而來，例如：在許多以「行星」為主題的書籍中，讀者需要的是單一個別行星的資訊？或是泛論行星知識的科普叢書呢？凡此，有賴於讀者自行發掘。也因為主題閱讀是跨越單一文本，而在諸多文本中，難免有不同作者的異樣觀點之衝突發生，是故，此時讀者的問題意識與主題目的必須要清楚，以便於在跨文本中找到可以分析、評價之處。

孤立地欣賞經典文本，可能造成作者和讀者兩方面個性的蒙蔽，為了剖析經典文本的個性，最基本的方法就是同類作品共讀，提供可比性，幫助讀者從被動接受進入主動分析和評價。比較是分析的前提，分析建立在可比性上。[25]

錢鍾書曾說：

> 作者人殊，一人所做，復隨時地而殊；一時一地之篇章，復因體制而殊；一體之制，復以稱題當務而殊。[26]

---

24 莫提默・艾德勒、查理・范多倫著，郝明義、朱衣譯：《如何閱讀一本書》（臺北市：臺灣商務印書館，2003年），頁319-321。

25 此段話語以孫紹振教授於〈秋日的古典詩情：悲秋和頌秋〉一文中所論述之觀點為藍圖，加以改寫而成。見孫紹振：《月迷津渡──古典詩詞個案微觀分析》（上海市：上海教育出版社，2012年），頁225。

26 錢鍾書：《管錐篇》（北京市：中華書局，1986年），頁1390。

孫紹振曾針對錢鍾書這段話有以下的詮釋：錢鍾書此言強調了三個不同的層次：同一作家，因為不同時間、地點而不同；同一時間、地點的作家的文章，又因所取體裁（如：詩歌、散文、戲曲、小說）不同而不同；同一體裁的文章，又因為針對性和立意命題的不同而不同。文學作家和作品的生命在於求新避同。[27]

不同的句子所表達的思想情感不同。作者之所以選擇這樣的表現方式，而不以另外一種方式呈現，是因為作者自身思想情感的需求。[28]

明瞭了「綜合比較」的內涵之後，將進一步探討「如何」施行「綜合比較」策略？《文心雕龍》〈知音〉篇中曾提及：文學批評（亦即以讀者為視角）的三個過程是「披文」→「見異」→「玩繹」。這三個過程正是閱讀所經歷的三個階段。首先是「披文以入情」，看出文本中的殊異處，也就是明瞭作品的「文心」及領受作者的情思；而「見異」是成為文本知音的必然過程，透過深入分析理解以達到見文本之異；最後才能達到品味、玩繹的審美情境。

因此，為了讀者閱讀時能夠「無私於輕重，不偏於憎愛，然後能平理若衡，照辭如鏡矣。」劉勰提出了六觀說。

> 是以將閱文情，先標六觀：一觀位體，二觀置辭，三觀通變，四觀奇正，五觀事義，六觀宮商。斯術既行，則優劣見矣。[29]

「六觀」是文學批評的方法，也是《知音》的核心部分，它提供讀者如何品讀評論文本的具體方法。一觀位體，觀察文章體裁的安排；二

27 孫紹振、孫彥君：《文學文本解讀學》（北京市：北京大學出版社，2015年），頁83。

28 莊平悌：《同義手段理論與語文閱讀教學》（北京市：中國對外翻譯出版公司，2013年），頁122-123。

29 〔梁〕劉勰：〈知音〉，《文心雕龍》（影印文津閣《四庫全書》本），卷10，見《文津閣四庫全書》（北京市：商務印書館，2006年），第1482冊，頁62。

觀置辭，觀察文章中如何鎔裁詞句；三觀通變，觀察作者對前人寫作傳統的繼承與創新；四觀奇正，觀察表現方法的奇異或正統；五觀事義，觀察文章中事類典故的運用；六觀宮商，觀察文章中節奏音韻的處理。這六個方法提供讀者品賞文章的法門與途徑，也是進行跨越文本的綜合比較時可以審視互見的面向。黃維樑以為：

> 劉勰「六觀」說強調通覽整篇作品的主題、結構、風格，更比較該作品與其他眾多作品（劉勰強調「操千曲而後曉聲，觀千劍而後識器」）的異同，這真是有微觀有宏觀，見樹又見林，顯微鏡與望遠鏡並用的批評體系。[30]

微觀與宏觀的閱讀思維在不同文本中穿梭與借鑒，可以增進對文本的深度理解。

以下我們依照主題閱讀特質擇取其中兩大類型分述之：

## 第一類：同一作家針對同一主題的不同書寫

可視為縱向連結，以郁達夫〈我撞上了秋天〉和〈故都的秋〉兩文為例。

> 郁達夫〈我撞上了秋天〉[31]
>
> 走出我那煙薰火燎的房間，剛剛步出樓道，我就讓秋天狠狠撞了個斤斗。先是一陣風，施施然襲來，像一幅碩大無朋的裙

30 黃維樑：〈《文心雕龍》「六觀」說和文學作品的評析〉，《從《文心雕龍》到《人間詞話》——中國古典文論新探》，第二版（北京市：北京大學出版社，2013年），頁10-14。

31 郁達夫：《郁達夫散文選集》（天津市：百花文藝出版社，1984年），頁93-95。

裾，不由分說就把我從頭到腳擠了一遍，擠牙膏似的，立馬我的心情就暢快無比。我在夏天總沒冬天那麼活力洋溢，就是一個腦子清醒的問題。秋天要先來給我解決一下，何樂不為。

壓迫整整一夏的天空突然變得很高，抬頭望去——無數爛銀也似的小白雲整整齊齊排列在純藍天幕上，越看越調皮，越看越像長在我心中的那些可愛的靈氣，我恨不得把它們輕輕抱下來吃上兩口。我在天空上看到一張臉。想起這首很久以前寫的歌，心境已經大不相同了，人也已經老了許多——人老了麼？我就一直站在那裡看，看個沒完沒了，我要看得它慢慢消失，慢慢而堅固地存放在我這裡。

來來往往的人開始多了，有人像我一樣看，那是比較浪漫的，我祝福他們；有人奇怪地看我一眼，快步離去，我也祝福他們，因為他們在為了什麼忙碌。生命就是這樣，你總要做些什麼，或者感受些什麼，這兩種過程都值得尊敬，不能怠慢。就如同我，要堅守陣地，如同一隻蒼老的羚羊，冷靜地廝守在我的網路，那些罈子的鋼絲邊緣上。六點鐘就很好了，園門口就有汁多味美的鮮肉大包子，厚厚一層紅亮辣油翠綠香菜，……有知心好友一樣外焦裡嫩熨貼心肺的大蔥燙麵油餅。

這裡這些鱗次櫛比的房屋，每個窗戶後面都有故事，或者在我這裡發生過或者是現在我想聽的。

郁達夫〈故都的秋〉[32]

秋天，無論在什麼地方的秋天，總是好的；可是啊，北國的秋，卻特別地來得清，來得靜，來得悲涼。我的不遠千里，要

32 郁達夫：《郁達夫散文選集》（天津市：百花文藝出版社，1984年），頁58-60。

從杭州趕上青島，更要從青島趕上北平來的理由，也不過想飽嘗一嘗這「秋」，這故都的秋味。

北國的槐樹，也是一種能使人聯想起秋來的點綴。像花而又不是花的那一種落蕊，早晨起來，會鋪得滿地。腳踏上去，聲音也沒有，氣味也沒有，只能感出一點點極微細極柔軟的觸覺。掃街的在樹影下一陣掃後，灰土上留下來的一條條掃帚的絲紋，看起來既覺得細膩，又覺得清閒，潛意識下並且還覺得有點兒落寞，古人所說的梧桐一葉而天下知秋的遙想，大約也就在這些深沈的地方。

各著名的大詩人的長篇田園詩或四季詩裏，也總以關於秋的部分。寫得最出色而最有味。足見有感覺的動物，有情趣的人類，對於秋，總是一樣的能特別引起深沈，幽遠，嚴厲，蕭索的感觸來的。不單是詩人，就是被關閉在牢獄裏的囚犯，到了秋天，我想也一定會感到一種不能自己的深情；秋之於人，何嘗有國別，更何嘗有人種階級的區別呢？不過在中國，文字裏有一個「秋士」的成語，讀本裏又有著很普遍的歐陽子的〈秋聲〉與蘇東坡的〈赤壁賦〉等，就覺得中國的文人，與秋的關係特別深了。可是這秋的深味，尤其是中國的秋的深味，非要在北方，才感受得到底。

上述兩文同為郁達夫的作品，清新、靈動、自由而適性一直是郁達夫散文予人的風格感受。同樣書寫秋天，第一篇取材於日常中所見那秋天初來乍到時，隱晦幽微的悄然變化，但，作者卻說無意間撞到了秋，並敘述他在與秋天相逢之後，內心所興發的種種想法，比如：生活中有著靜賞秋之美與無暇欣賞秋姿的兩類人，為生活奔波與沉醉於生命的兩類人，於是郁達夫若有所悟地說道：「生命就是這樣，你總要做些什麼，或者感受些什麼。」這是屬於秋天的隨筆感想。第二篇〈故都的秋〉則於作者對秋的鍾愛之外，引逗出北國之秋固然為美，而故都之秋乃至美矣！全文充溢著對故國秋天的懷念，是屬於追憶之作，追憶之中流露無限眷戀之情。兩者在文字語言上都有一種尋常自然的信手捻來卻沁入心脾的快感與共鳴。

## 第二類：不同作家的相同主題書寫

此部分為主題閱讀之大宗。以下就「親情書寫」此一主題，揀擇兩篇親情文章來比較，分別是朱自清〈背影〉與龍應台〈目送〉。

朱自清〈背影〉[33]

我們過了江，進了車站。我買票，他忙著照看行李。行李太多了，得向腳夫行些小費，才可過去。他便又忙著和他們講價錢。我那時真是聰明過分，總覺他說話不大漂亮，非自己插嘴不可。但他終於講定了價錢；就送我上車。他給我揀定了靠車門的一張椅子；我將他給我做的紫毛大衣鋪好坐位。他囑我路上小心，夜裏要警醒些，不要受涼。又囑托茶房好好照應我。我心裏暗笑他的迂；他們只認得錢，托他們直是白托！而且我這樣大年紀的人，難道還不能料理自己嗎？唉，我現在想想，那時真是太聰明了。

我說道，「爸爸，你走吧。」他往車外看了看，說，「我買幾個橘子去。你就在此地，不要走動。」我看那邊月臺的柵欄外有幾個賣東西的等著顧客。走到那邊月臺，須穿過鐵道，須跳下去又爬上去。父親是一個胖子，走過去自然要費事些。我本來

33 朱自清：〈背影〉，《朱自清散文集》（臺北市：文房文化事業公司，2001年），頁6-9。

要去的，他不肯，只好讓他去。我看見他戴著黑布小帽，穿著黑布大馬褂，深青布棉袍，蹣跚地走到鐵道邊，慢慢探身下去，尚不大難。可是他穿過鐵道，要爬上那邊月臺，就不容易了。他用兩手攀著上面，兩腳再向上縮；他肥胖的身子向左微傾，顯出努力的樣子。這時我看見他的背影，我的淚很快地流下來了。我趕緊拭乾了淚，怕他看見，也怕別人看見。我再向外看時，他已抱了朱紅的橘子往回走了。過鐵道時，他先將橘子散放在地上，自己慢慢爬下，再抱起橘子走。到這邊時，我趕緊去攙他。他和我走到車上，將橘子一股腦兒放在我的皮大衣上。於是撲撲衣上的泥土，心裏很輕鬆似的，過一會說，「我走了，到那邊來信！」我望著他走出去。他走了幾步，回過頭看見我，說：「進去吧，裏邊沒人。」等他的背影混入來來往往的人裏，再找不著了，我便進來坐下，我的眼淚又來了。

龍應台〈目送〉[34]

華安上小學第一天，我和他手牽著手，穿過好幾條街，到維多利亞小學。九月初，家家戶戶院子裡的蘋果和梨樹都綴滿了拳頭大小的果子，枝枒因為負重而沈沈下垂，越出了樹籬，勾到過路行人的頭髮。很多很多的孩子，在操場上等候上課的第一聲鈴響。小小的手，圈在爸爸的、媽媽的手心裡，怯怯的眼神，打量著周遭。他們是幼稚園的畢業生，但是他們還不知道一個定律：一件事情的結束，永遠是另一件事情的開啟。

鈴聲一響，頓時人影錯雜，奔往不同方向，但是在那麼多穿梭紛亂的人群裡，我無比清楚地看著自己孩子的背影—就好像在

34 龍應台：〈目送〉，《目送》（臺北市：時報文化出版公司，2008年），頁6-9。

一百個嬰兒同時哭聲大作時，你仍舊能夠準確聽出自己那一個的位置。華安背著一個五顏六色的書包往前走，但是他不斷地回頭；好像穿越一條無邊無際的時空長河，他的視線和我凝望的眼光隔空交會。

我看著他瘦小的背影消失在門裡。

十六歲，他到美國作交換生一年。我送他到機場。告別時，照例擁抱，我的頭只能貼到他的胸口，好像抱住了長頸鹿的腳。他很明顯地在勉強忍受母親的深情。

他在長長的行列裡，等候護照檢驗；我就站在外面，用眼睛跟著他的背影一寸一寸往前挪。終於輪到他，在海關窗口停留片刻，然後拿回護照，閃入一扇門，倏忽不見。我一直在等候，等候他消失前的回頭一瞥。但是他沒有，一次都沒有。

現在他二十一歲，上的大學，正好是我教課的大學。但即使是同路，他也不願搭我的車。即使同車，他戴上耳機——只有一個人能聽的音樂，是一扇緊閉的門。有時他在對街等候公車，我從高樓的窗口往下看：一個高高瘦瘦的青年，眼睛望向灰色的海；我只能想像，他的內在世界和我的一樣波濤深邃，但是，我進不去。一會兒公車來了，擋住了他的身影。車子開走，一條空蕩蕩的街，只立著一只郵筒。

我慢慢地、慢慢地瞭解到，所謂父女母子一場，只不過意味著，你和他的緣分就是今生今世不斷地在目送他的背影漸行漸遠。你站立在小路的這一端，看著他逐漸消失在小路轉彎的地方，而且，他用背影默默告訴你：不必追。

我慢慢地、慢慢地意識到，我的落寞，彷彿和另一個背影有關。

博士學位讀完之後，我回臺灣教書。到大學報到第一天，父親

> 用他那輛運送飼料的廉價小貨車長途送我。到了我才發覺，他沒有開到大學正門口，而是停在側門的窄巷邊。卸下行李之後，他爬回車內，準備回去，明明啟動了引擎，卻又搖下車窗，頭伸出來說：「女兒，爸爸覺得很對不起你，這種車子實在不是送大學教授的車子。」
>
> 我看著他的小貨車小心地倒車，然後噗噗駛出巷口，留下一團黑煙。直到車子轉彎看不見，我還站在那裡，一口皮箱旁。
>
> 每個禮拜到醫院去看他，是十幾年後的時光了。推著他的輪椅散步，他的頭低垂到胸口。有一次，發現排泄物淋滿了他的褲腿，我蹲下來用自己的手帕幫他擦拭，裙子也沾上了糞便，但是我必須就這樣趕回臺北上班。護士接過他的輪椅，我拎起皮包，看著輪椅的背影，在自動玻璃門前稍停，然後沒入門後。
>
> 我總是在暮色沉沉中奔向機場。
>
> 火葬場的爐門前，棺木是一只巨大而沈重的抽屜，緩緩往前滑行。沒有想到可以站得那麼近，距離爐門也不過五公尺。雨絲被風吹斜，飄進長廊內。我掠開雨濕了前額的頭髮，深深、深深地凝望，希望記得這最後一次的目送。

我們從形式與內容分別來分析上述兩篇親情主題文本之異與同，並進行比較與評價。「目送」在內容上藉由「意象」的運用，使主題凸顯。「意象」：簡單地說就是創作者將主觀的情感、體悟透過客觀物象所呈現出來的藝術形象。用另一種說法，就是寓「意」於「象」，以外在物象表達內心情意的意思。本文中作者採用多個意象，進行串接，以凸顯主旨。作者以敘事、描寫為主要寫作手法（此處可以運用「解碼」策略中的句子解碼之「寫作手法」來分析），甚少透過純粹宣洩式的直抒胸臆之快暢高低來表現（例如：甚少以形容詞來描寫種種情緒），例如：「他在長長的行列裡，等候護照檢驗；我就站在外面，用眼睛跟著他的背影一寸一寸往前挪。終於輪到他，在海關窗口停留片刻，然後拿回護照，閃入一扇門，倏忽不見。我一直在等候，等候他消失前的回頭一瞥。但是他沒有，一次都沒有。」這段文字其實在書寫一個母親，於兒子成長後漸行漸遠的失落與悵然，但整段文句中不見任何情緒性的文字，純然透過敘事及描寫手法來寄寓她的感受，讓讀者透過文字勾勒畫面，引領讀者去思索、去醞釀進而更深層地解讀文本。王國維所謂：「一切景語皆情語」，正可以說明〈目送〉一文之特質。文本中的景語發揮出代言的功能讓讀者領受其中情意與旨趣便是文本成功之處，也是作者的心思與讀者的心靈產生了共鳴與對話。

此外，全文在「形式」安排上，作者也匠心獨運地分別以時間和空間來演繹其與兒子和父親的故事，覺察主角特質之殊異，而有不同之布局。

| 對兒子的敘述方式：依照時間順序 | ⓐ就讀小學時 |
|---|---|
| | ⓑ十六歲，前往美國當交換學生 |
| | ⓒ二十一歲，就讀大學 |
| 對父親的敘述方式：選擇空間場景 | ⓐ父親載送作者至任教大學報到 |
| | ⓑ作者在醫院裡看望病中的父親 |
| | ⓒ火葬場爐門前的最後一次目送 |

而〈背影〉一文在寫作上採用的是從「現在」而「過去」再回到「現在」之鏡框式回憶手法來書寫一段父與子之間的故事。父與子，不擅於言說以表達情感兩個男人，文本中如何流瀉彼此的關懷，作者沒有設計太多的對話，而是採用細筆緩緩描摹動作與心境，來呈現盡在不言中的父子深情。筆調質樸，娓娓道來，情感真誠而動人。

〈目送〉與〈背影〉同樣以「父親」為述說主體，不同性別的作家（龍應台與朱自清相較）於書寫時在視角、立意及取材有何差異呢？這是透過主題閱讀的比較時也可以觀察的角度之一。此外，目之所送的其實正是對方的「背影」，〈目送〉與〈背影〉是否有相同的旨趣呢？進一步思考，述說親情時，多數作者的心緒是呈現何種情感傾向呢？是懊悔？是惆悵？是不捨？……這也是主題閱讀時可以進行思辨的面向。

## 第三類：跨段落的理解

除了上述兩種綜合比較的主題閱讀之外，還有一種特殊的書寫狀態是：兩段文字所描述的主題內容相似，但是又有其細節上的差異。茲以下列兩段皆節選自《鴻門宴》的文字為例，其內容所要表述的意旨大致相同，但，又有其不同。

> 甲：沛公曰：「吾入關，秋毫不敢有所近，籍吏民，封府庫，而待將軍。所以遣將守關者，備他盜之出入與非常也。日夜望將軍至，豈敢反乎！願伯具言臣之不敢倍德也。」
>
> 乙：樊噲曰：「今沛公先破秦入咸陽，毫毛不敢有所近，封閉宮室，還軍霸上，以待大王來。故遣將守關者，備他盜出入與非常也。勞苦而功高如此，未有封侯之賞，而聽細說，欲誅有功之人。此亡秦之續耳，竊為大王不取也。」[35]

上述甲、乙兩段文字皆在表明劉邦那番不敢違逆項羽的誠摯心意，甲段是劉邦跟項伯訴說，盼項伯轉知，呈現出拳拳懇摯的風格；乙段則

35 〔漢〕司馬遷：〈項羽本紀〉，《史記》（臺北市：藝文印書館，1971年，《二十五史》影印清乾隆武英殿刊本），卷7，頁143。

是樊噲直接對項羽義正詞嚴的表述，由於說話者的身分及性格不同，所呈現的語言及風格也不盡相同。

甲段是劉邦對項伯所說的話，表明自己忠心耿耿，不敢違背項羽，希望項伯可以轉告予項羽，以表明其心跡。這段文字中，劉邦態度謙遜恭敬，一片忠忱。而乙段則是樊噲斥責項羽的話語，他一方面讚賞劉邦的勞苦功高，忠誠篤實；一方面又斥責項羽賞罰不公、聽信讒言，並指出這樣的作為無疑是秦朝暴政的翻版。兩段文字都對劉邦的忠心不貳做了最有力的表述，劉邦與樊噲兩人一卑一亢的言論成功化解了劉邦的危機。而劉邦何以要謙虛以對來彰明心跡？又樊噲以隨從之姿又何以膽敢這般與項羽對話呢？其中的比較，可以引領讀者對於文本的人物與情節，甚至就旨趣做更深刻的賞析與思索。

「綜合比較」策略可謂援外以入內，透過跨文本的多元比較及文本外的資訊，利用視角的衝擊與對望，進而重新凝視原來文本的內涵。例如：「背影」與「目送」兩文，都以「事件」的書寫及「場面」的重現來回憶並凸顯作者與父親之間的聯繫，這是其「共相」，是宏觀的比較。而在宏觀之下，兩部文本也可以進行細微處的比較，如：「背影」就單一事件「父子月臺送別」而加以「詳寫」；「目送」則是挑選幾則父與女之間的事件來「略寫」，這是其「異相」。再者，兩文都在「意象」的經營上極為成功而使得情感與風格更顯特色，朱自清透過「顢頇的身形」、「青布馬褂的衣裳」、「圓墩敦的朱紅橘子」……等意象，刻劃出父親的平凡卻偉大的愛。又，龍應台以一些孤立的畫面「一只郵筒」、「一口皮箱」、「一只巨大而沈重的抽屜」……等，來呈現她對於親情漸漸消逝的悵然：「所謂父女母子一場，只不過意味著，你和他的緣分就是今生今世不斷地在目送他的背影漸行漸遠。」

「綜合比較」策略的閱讀是超越單一文本的多重閱讀，是屬於比較高層次的閱讀理解策略，通常，閱讀者必須在本書前面幾章所探討的閱讀策略嫻熟之後，方能自由運用「綜合比較」策略於各文本之中。

## 第四節　小結

「摘要策略」必須經過選擇、刪除、統整、加工等過程而完成，其中最重要的原則是必須保留文本的原本主要旨趣及意義。刪除蕪雜後要歸納文句並加以整合排列，讓文意凸顯且不需要一再改易，這是摘要策略的核心思想與具體作法，因此，它是屬於文本此一組織內部的整併關係。摘要策略屬於較高層次的閱讀理解策略，其重點在於讀者必須對文本內容具有一定程度的了解，才能進行選擇與刪除等加工過程。「摘要」策略簡而言之是一個精緻化的策略，是將文本具體而微的策略，是協助讀者提取文本重點資訊的方法。又因為讀者並非作者，文本不是讀者所創作，摘要策略進行的難處便在於讀者是否真能掌握作者的神思，誠如劉勰云：

> 夫神思方運，萬塗競萌，規矩虛位，刻鏤無形。登山則情滿於山，觀海則意溢於海，我才之多少，將與風雲而並驅矣。[36]

正因為作者的思維是無形且多元的，能否完全透過文本而展現；又讀者在文本掌握上能把握幾成文意，凡此種種因素都影響了閱讀理解上的深淺。因此，摘要策略教學時，教師可以先行提點摘要策略的實施步驟：(一) 閱讀全文，尋找重要訊息；(二) 刪除不必要的細節；

---

36 〔梁〕劉勰：〈神思〉，《文心雕龍》(影印文津閣《四庫全書》本)，卷6，見《文津閣四庫全書》(北京市：商務印書館，2006年)，第1482冊，頁36。

（三）刪除重覆的贅句；（四）刪除不影響情節的形容詞；（五）以具概括性的詞語取代相關名詞或將一連串相關動作與以統整；（六）加上適當的轉折詞和訊息以連貫上下文；（七）選擇或創造主旨來凸顯該文本的意義。透過上述步驟的引導，建構出摘要策略的整體性架構及施行內涵。

「綜合比較策略」類似於西方後結構主義評論者克里斯多娃（Julia Kristeva）所提出的「互文性」概念，「互文性」強調任何一個單獨的文本都是不自足的，其意義是在與其他文本交互參照、交互指涉的過程中產生的。若依據《如何閱讀一本書》的作者分類來看，「綜合比較策略」屬於其書中所謂之第四層次的「主題閱讀」，這是一種跨文本的多重觀點閱讀，在同一主題上，對不同的作者所提出的觀點進行比較與分析，然後生發出自己的思維。

「摘要」策略屬於組織的「整併」，意即將「繁」濃縮為「簡」；「綜合比較」策略則屬於組織的「延伸」，從一個文本擴展到多個文本。此二者都屬於較高層次的閱讀理解策略，讀者是無法單就文本形式上的特色而完成的，必須要從內容上進行理解與分析才能成就的，亦即讀者在文本意義的把握上要具備較高的能力。

# 第八章
# 結論

## 第一節　研究成果反思

閱讀的過程是一個以意逆志的過程，是以讀者之心領會作者之意的過程。兩者雖是站立在不同的端點，但就「心理目的」而言卻有其共同趨向：作者創作目的是為了表達自己對外在事物的情意與思維，讀者的閱讀目的則是透過作品掌握作者對外在事物的感受與旨意，並進而生發自己對於外在事物的想法與觀點。激發情感與鼓動思考是閱讀非常重要的效益之一。

再者，若是從兩者的載體「語言」而言，作者和讀者所面臨的文本語言是相同的，語言是作者表達意志與傳播文意的決定性結構；也是讀者理解文意及接受文本的決定性結構。因此，依循著語言的型態性規律及有機的結構，便能進入文本的意涵，誠如劉勰所言：「沿波討源，雖幽必顯。」沿著水紋與波瀾去探究源頭，即使路途中幽微難解，終有顯明燦亮之際。

所謂「源」即是「情」，所謂「波」即是「辭」。「情」是作品的內在境界，「辭」是作品的外在形式，作品透過文辭來表達，作者寫文章是「情動而辭發」，閱讀者評論文章則是「披文以入情」，透過文辭而理解內容，即孟子所謂的「以意逆志」，這是兩種相反的路徑行為，也說明了文學批評和文學創作的不同特點。

「披文入情」，指評論者透過分析作品的文辭以深入體會作者投入於文本中的思想感情，並透過剖析藝術形式來研究作品內容。此外透過「沿波討源」才能體會作者的真正創作用意，由波而推溯到源，就能擘肌分理，體會到作家情動辭發的過程，這樣才能做到讀者與作家之間精神不隔，心靈相通的境界。[1]

但是，讀者畢竟不是作者，創作時的思維與文本的主要意趣，讀者能否在文本中確切地理解與掌握呢？再者，讀者係以「作者中心」、「文本中心」、「讀者中心」的哪一種理論作為閱讀時的參照也會影響文本的理解程度。因此，施行具有普遍性及客觀性的閱讀策略，能夠協助讀者進入文本時具備引導性的工具。

閱讀是具有獨特性、個人化的行為，因此它必然要考慮人的認知因素及心理狀態，許多關於閱讀的研究都從認知心理或教育理論等範疇來入手，這是其來有自的現象。而筆者的研究目的則是希望在心理學理論之外，能夠從創作理論的角度來逆向研究閱讀的問題。因為創作的目的在提供閱讀，兩者取徑方向相反卻是在同一道路上。

在進行閱讀策略探究前，有兩項先行的因素需確立，其一是這些閱讀策略的理論依據是什麼？其二是這些閱讀策略是否一體適用於各種語言、各種文類？因此本書於組織結構上的建置是先從理論的梳理再進行實際策略運用的辨證。其中，第一章到第三章屬於理論的建立與辨證。目前，於臺灣可見之閱讀相關研究在理論運用上以教育學及心理學為主，中國傳統理論或文學理論甚少被援引為閱讀研究之理論基礎。本書預期之研究成果，便是希望以中國傳統理論來詮釋屬於華文文本的閱讀與理解，而此中國傳統理論便是劉勰的文學理論鉅作《文心雕龍》，不過，此書的思想與內涵極為龐大，牽涉創作的諸多命題。本書中所援引的《文心雕龍》理論主要在「文術論」（創作

---

1 王佳佳：〈《文心雕龍．知音》篇文學接受論探析〉，原載《文學教育．中旬版》2009年第3期，電子全文見網址：http://doc.qkzz.net/article/558aaefe-b25e-48b6-9d27-8813dc7639ac.htm。

論）此一部分，從創作思維來審視閱讀思維並據以產生屬於華語表意系統的閱讀策略。所以，在前三章屬於理論建構的篇章裡，透過文獻回顧整理，從教育學理論、心理學理論等西方理論逐步推演出中國傳統文論《文心雕龍》對於閱讀所起的能動效用。其中，在第二章中並對先前提及的第二項命題——「本書所探究的閱讀策略是否一體適用於各種語言、各種文類」進行論述，研究後的結論是：華語屬於表意系統，漢字的結構組成保有其圖畫型文字的特色，華文文本的解讀因應其語言結構之特質而有其適用的策略。是故，本書所探討的七項策略乃是針對華語文閱讀而開發生成的。

接續上段所言，本書自第四章開始至第七章之論述屬於閱讀策略之探究，各章節的策略安排在屬性分類上有其深意，有自形式上而生的策略；也有自內容上而論的策略。我們知悉，讀者閱讀時通常是「披文以入情」，因此，本書在策略的安排上是先從形式再到內容。其中，屬於「形式理解」型的閱讀策略是：第四章的「解碼策略」及第五章的組織加工「劃線策略」與組織重整的「具象化策略」。「解碼策略」項下再細分成三個子目：「字的解碼」是透過漢字的特質來理解；「詞的解碼」則利用語法結構及同義手段來解碼；「句的解碼」部分則涵蓋三項內容：句法結構、標點符號、寫作手法。「解碼策略」是奠基在中文漢字的特色及語言結構上產生的。

至於第五章的「劃線策略」及「具象化策略」則同屬於針對文本此一組織的形式進行移形換貌，透過另種樣態來對文本取得深刻的理解。「劃線策略」是一種加工，對文本中顯而易見的主題句、轉折句或是結論句……等具有提示性的文句先行劃線標註以協助理解。而「具象化策略」則是將文字轉化成圖表、表格，透過圖像式思維來引領讀者對於文本以另一視角進行理解，它是一種針對文本組織的重構。

第六章是組織監控的「提問策略」與「推論策略」，這兩者是屬於「內容理解型」的閱讀策略，都是在讀者對文本的內容具備一定的理解程度之下而施行的，其目的是為了獲得更深度的理解層次。其中，「提問」可以再細分成兩個層次，其一是「讀者自詢」，其二是指導者的「設計提問」。「提問」是對於文本的空白處、模糊處進行假設，它可以監控讀者是如何地審視自己閱讀時的理解歷程。而「推論」則是就閱讀時所產生的狐疑處進行推斷與討論，推論的具體方法是利用華語的語法結構或是語境邏輯，在文本上下文的連綴關係中找到理解的線索。

第七章則是組織整併的「摘要策略」與組織延伸的「綜合比較策略」。它是指對於文本此一組織進行加工、重整、監控、整併及延伸等過程，其目的仍是對於文本本身的理解。這兩項都屬於高層次的「內容理解型」閱讀策略，讀者在文本內容的掌握上必須更為深刻。

本書的主軸是探究華語文的閱讀策略，而理論基礎是借鑑於《文心雕龍》的「文術論」（創作論），主要的想法是立基於閱讀與寫作兩者是居於彼此對接與互望的角度，透過閱讀可以增進寫作的立意、取材、發想及創意等等；而認識寫作的歷程也可以對文本的閱讀與理解起了一定的促進效用。

> 思維是依附著概念、言語活動的，隨意閱讀時讀者的思維往往淺嘗輒止，概念及言語的活動大多處於渾沌蒙昧的狀態，即使有新的發想與感悟，也轉瞬即逝。如果能以寫作為目的來審視閱讀，閱讀記憶就不再是過眼雲煙而是具有條理性、建構性的。在思維思想的詞語化、精緻化的過程中，對作品的理解必然得到深化。[2]

---

2　潘新和：《「表現——存在論」語文學視界》（北京市：人民出版社，2014年），頁309。

從上述所言可知，透過對寫作歷程及細節的認識，有助於閱讀文本時在理解深度上的掌握，並對讓讀者的多元閱讀思緒，能夠具有條理性的建構。

孫紹振說：

> 在讀者、作者和文本之間，文本無疑是中心。文本由表層意象、中層脈絡和深層文意形成的審美規範構成，其奧秘在千百年的創作實踐中積累。一般讀者可望而知的只能是表層，而教師的使命乃是率領讀者解讀其中層與深層密碼。[3]

上述文句中，筆者嘗試將「教師的使命」改換成「策略的功用」，讀者閱讀時，不必然都有教師指導，但習得閱讀策略之後，乃可以之為師，對文本進行解讀。

本書所探究的七項閱讀策略，其用意在於為華文文本的閱讀提供具體的、系統的方法。但是，華文文本因為作者的創作目的及語言使用的殊異，其內容風格、思想義理上也有相當的程度的不同，例如：科普文本與經濟文本在文字術語、結構組成上就有明顯的差異。其中，當然以文學文本產生最多讓讀者討論的蒙昧及隱晦處，因此，若本研究之閱讀策略能夠提供文學文本解讀時的指南，自然也有助於非文學文本的理解了。

文學視域中的真實世界與虛幻世界交織出了文學視域對現實的超越，並且擴展了語言表現的空間，使語言所展示的幻象呈現無界域的

---

3 孫紹振：《月迷津渡——古典詩詞個案微觀分析》（上海市：上海教育出版社，2012年），頁1。

狀態。[4]這是文學文本與非文學文本的殊異，文學文本憑藉其藝術化的特色，讓讀者的思想與創意得以無比開闊，但是任一文本仍然有其創作上欲達到的目標與主旨，如何讓閱讀的邊界不是漫漫無際的流動？閱讀策略的施行是得以讓多數讀者對於同一文本的理解與掌握有大致方向的認同。並且，在許多人狐疑於文學語言要用感知來審美還是理性策略的分析之際，具體可行的策略是可以讓文學文本的閱讀不再是印象式、直觀的感受閱讀而已。

文本是文章內容與形式融合為一的最後定型。完整文本呈現的是一種整體性與有序性。整體性是指涉文本的內容與形式並重、相關且互為表裡的意思。內容必須照看形式，形式也必須照看內容。如：劉業超所言：「既重視內容對於形式的主導作用，又重視形式對內容的能動作用。」[5]內容與形式的相互依從是構成文本呈現整體性和諧的重要原因。劉勰在《文心雕龍》〈情采〉中也說：「夫水性虛而淪漪結，木體實而花萼振，文附質也。虎豹無文，則鞹同犬羊；犀兕有皮，而色資丹漆，質待文也。」[6]文與質正是形式與內容，兩者必須相依從才能讓文本完整。但是，在內容與形式之間仍有一種本末、先後的層次，亦即從創作的角度而言是內容為先，再找適切的形式來配合。《文心雕龍》〈鎔裁〉說：「是以草創鴻筆，先標三準：履端於始，則設情以位體；舉正於中，則酌事以取類；歸餘於終，則撮辭以舉要。」[7]「情」是作者的情感表現在文本中，是文本的主旨意趣；「事」則是作者揀取適合表現這一主旨意趣的材料；「辭」則是語言

4 祝敏青：《文學言語的修辭審美建構》（北京市：人民出版社，2014年），頁224。

5 劉業超：《文心雕龍通論》（北京市：人民出版社，2012年），下冊，頁1295。

6 〔梁〕劉勰：〈情采〉，《文心雕龍》（影印文津閣《四庫全書》本），卷7，見《文津閣四庫全書》（北京市：商務印書館，2006年），第1482冊，頁40。

7 〔梁〕劉勰：〈鎔裁〉，《文心雕龍》（影印文津閣《四庫全書》本），卷7，見《文津閣四庫全書》（北京市：商務印書館，2006年），第1482冊，頁42。

文采。上述「情」、「事」、「辭」三者的關係正標誌著文章的「內容組成」以造就「形式完成」的創作過程。

劉勰在〈情采〉中也曾經說過：

> 夫鉛黛所以飾容，而盼倩生於淑姿；文采所以飾言，而辯麗本於情性。故情者文之經，辭者理之緯；經正而後緯成，理定而後辭暢：此立文之本源也。[8]

「情」與「辭」就像是面容與鉛黛，鉛黛用以增添面容的姿麗，但也要隨順面容的特質。因此，「文辭」是用來表達作者「情思」，情思確定了，文辭才得以適當的型態來演繹情思。所以，在文本的形成過程中，內容為主，形式為從，兩者相輔而行。明白創作的路徑，便能知悉創作者的思維，於是，閱讀者以形式為先，再進入內容，便成了本研究之理論建構的鷹架。

本書初始的問題意識是企圖以中國文學傳統理論來輔助並建立華文文本閱讀的理論基礎，並且藉由增刪、梳理、整併目前諸多疊床架屋的閱讀策略，重新開展出一套系統性的閱讀策略。經由文獻的回顧與爬梳，再透過實證與理論的對照、交疊與融通之後，終於確立了本論文所開展的七種閱讀策略。此七種閱讀策略從基礎的、具體的形式解碼開始，逐步到達最高境界的綜合比較式閱讀。其施行對象涵蓋了基礎、進階到高階的文本閱讀，並且，自單一文本跨越到多重文本（綜合比較策略屬於多重文本）。至於策略的建構上，是先形式類策略再到內容式策略。上述諸多關於策略內涵、策略架構正與《文心雕

8　〔梁〕劉勰：〈情采〉，《文心雕龍》（影印文津閣《四庫全書》本），卷7，見《文津閣四庫全書》（北京市：商務印書館，2006年），第1482冊，頁40。

龍》一書的章節布局與主旨意趣有許多可以互相闡發及彼此輝映之處，此為本書重要的發明之處。這七種閱讀策略從二維平面擴展到三維立體向度，完成了一個有機性的總體閱讀策略的架構，策略與策略之間是一種銜接的、階梯的、層次的關係，彼此不重疊、不衝突，居於互相輔成的角色。

完成上述七種策略的開展與架構之後，要將之實際運用在現代華文文本上，以驗證策略的效能性。為了證明此七種策略於各種文類與文體上可以一體適用，本書以文學性文本及非文學性文本為場域，將各策略如何在文本中施行予以明白的闡釋及分析，期待從中獲得閱讀策略再修正的契機。

本研究屬於跨界的議題探討，也是一個「體」（本體）與「用」（實用）的借鑑與穿透的實證研究。長久以來，於中國文學的探究中，援引西方理論者為數不少，但是西方與中國畢竟在國情、文化、歷史……等等層面有諸多的差異，有時難免可見鑿枘不入的扞格之處。此次，嘗試以中國文學理論為基底，對華文文本的閱讀策略進行分析與研究，其發想是企圖以中國來解中國，透過中國文學理論召喚屬於華語文的閱讀模式。《文心雕龍》一書是筆者於論文闡述分析時重要的理論來源，但是在撰述過程中，有新的問題與議題產生，例如:「以古證今」的分析方式，自有其一定的限制，古之理論是否能夠完整地佐證今之論述？因此，在古今有所差異的狀況之下，借鑑於古代理論時，可以汲取及援引的程度是不是有它的界線呢？而本體與實用接軌時，如何適當綰合、流暢取徑以至於彼此串接，真正達到體用相合的境界，也是書寫進行中需要著力思考之處。

## 第二節　研究議題的未來展望

以中國的文學理論為華文文本的閱讀找到話語權與理論的撐持，並企圖召喚閱讀的靈魂是筆者進行本論文的初衷與理想。在教學現場，目睹時下學子在閱讀質與量上的貧弱，令人憂心。基層教師孜孜矻矻戮力於閱讀教學的提升、閱讀策略的開展之際，是否有屬於我們華文的傳統學理能在經驗法則之外，提供適切的理論基礎讓華文文本的閱讀策略發展地更為充分而篤實？畢竟華語與西方語言不同，表音系統與表意系統文字所形構出的文本有其根本思維上的差異，因此，西方理論自然無法完全嫁接於華語的閱讀慣性。

閱讀是一個建構意義的過程，意義的建構不僅在文本本身，而是透過作者、文本與讀者三者間的交相碰撞、交相激盪而成就的。作者、讀者、及文本之間互為流動的關係，使得閱讀與詮釋文本有了繁複多層的意涵。文本的意義與價值可以從兩個層面向度去省視：其一是文本上確切所欲傳達的知識或訊息（此部分在文學文本與非文學文本上都有）；其二是讀者閱讀後所產生的審美情意（此部分在文學文本上的顯像至為明白）。前者在不同讀者身上容易達成共識；後者則隨順讀者自身的經驗與條件而有不同的趨向。因此，筆者的想法是：本書討論的七個閱讀策略能大致解決文本書面意義的理解，至於第二層次的審美情感是否能夠藉由閱讀策略來達成感知或理解呢？這是筆者對未來研究議題的展望之一。

劉運好曾說：「創作是通過語言，將自己捕捉到的審美意象物化、凝定在作品之中；鑑賞是透過語言，通過聯想和想像的『具象化』過程，將作家凝定在作品中的意象予以還原。」[9]

9　劉運好：《文學鑑賞與批評論》（合肥市：安徽大學出版社，2002年），頁101。

據其說法，我們知道，因為「語言」的規範作用可以使讀者閱讀時對於文本的內容與意義有一定程度的相同指向。但是「文學語言」因為其象徵、隱喻、隱晦的特質，又難免使得文本有了多義性的可能。這也是本論文於研究範疇界定時，將華文文本概分為「文學文本」與「非文學文本」之原因。不過，由於此次的研究主題設定在「閱讀策略」，文本的型態與內容是輔助閱讀策略探究的論據，因此，未針對「文學文本」與「非文學文本」兩大類別所轄之個別文本型態再行細分探究，此部分亦是筆者日後將再行研究論述的延伸議題之一。

其次，本書所引以為理論基礎的《文心雕龍》一書，是筆者於西方文學理論居於世界領先地位之際，在中國文學理論上所發現的豐厚塊寶。全書體大慮周之廣博見識及劉勰對於創作概念的想法堪稱宏偉磅礡，並且《文心雕龍》一書中觸及的理論建構與西方理論相較之下，毫不遜色，甚至歷久不衰。學者黃維樑曾說：

> 中國傳統的文學批評，常常被視為印象式的批評，缺乏系統，且籠統含糊。中國傳統的文評，自然不都是這樣印象式的。《文心雕龍》便是少數的例外之一，全書規模宏大，體系儼然。例如：「六觀說」是全書大體系中的小體系，它在實際衡量作品上，照顧周到，其理論極具實用價值，而且，千年前的說法，至今仍然適用。[10]

另外，著力於《文心雕龍》體系研究的學者牟世金也曾就此書的整體價值提出看法：

10 黃維樑：《從《文心雕龍》到《人間詞話》——中國古典文論新探》，第二版（北京市：北京大學出版社，2013年），頁11。

> 《文心雕龍》由「文之樞紐」、「論文敘筆」、「割情析采」、「評價鑑賞論」（包括作家論）四個互有聯繫的組成部分，構成一個嚴密而完整的文學理論體系，這個體系以儒家思想為主導，以「銜華佩實」為軸心，以論述物與情、情與言、言與物三種關係為綱領，把全書五十篇結成一個有機的整體。這樣的文學理論體系，不僅在中國古代文論中是稀有的，在世界古代文論中也是少見的。[11]

學者們對於《文心雕龍》的推崇，除了證明該書的思想與內容之博大精深之外，《文心雕龍》作者劉勰所揭示之具系統性、層次性的創作理路，從運思、審題、立意、取材到實際行文的布局、結構與遣詞造句，甚至包括作者的才質、性情於作品的影響等等，都以綱舉目張的理論架構在書中展現出來。如此完整而具應用性的文學理論給予筆者極大的啟發，劉勰在〈知音〉篇說：「綴文者情動而辭發，觀文者披文以入情」，創作者有其系統理論，而閱讀者是否有適切方法來理解文本呢？於是，自此開始連動發想，進而產出此論文中具有前後連綴關係的七項系統性的閱讀策略。

本研究所開展的七項閱讀策略之組成，具有其內在組織的層次性、順序性及連貫性，它們可以個別獨立施行，但事實上，彼此之間又交互影響，例如：讀者具有「提問」策略的思維後，方能據之而「推論」，找出疑問處之解答。有「摘要」策略的能力之後，便能夠有效地挑選多重的、適切的文本來進行「綜合分析」與比較，可見這七項閱讀策略是彼此鏈結，具有相輔相成的功能。

---

11 牟世金：〈體大思精的理論體系〉，張少康主編：《文心雕龍研究》（武漢市：湖北教育出版社，2002年），頁280。

事實上，目前諸多閱讀策略的相關研究，其策略的項目名稱不勝枚舉，有比較策略、誦讀策略、表演策略、詮釋策略……等等，這些策略名稱固然繁多，細索其中內容與涵義，部分有重複之處，可能是使用者施行時以最為方便的名稱來稱之而致。但是，就宏觀角度而論，此諸多策略未免有疊床架屋之嫌，易令讀者混淆。是故，本研究遂將之整併增刪後，形成七個閱讀策略。這七項策略是否需要向外延伸，再加以區分成更為細緻的解讀方法來符應文本的需要呢？這也是筆者於此研究之後的未來展望。

「理論」為體，「實際」為用，「體」、「用」之結合，讓閱讀策略有所本而能持續前行。閱讀看似是人人皆能自行為之的活動，但是細嚼其中奧義，又有許多可以釐清及探究的內容，尤其，透過學理基礎的論證，建構具系統性的策略學習鷹架，必然可以引領閱讀策略施行的效能。期許此研究對於以中國傳統文學理論來詮釋華文閱讀及作為閱讀策略指引一事，具有拋磚引玉的試煉之意。

# 參考文獻

## 一　《文心雕龍》類

### （一）專書

〔梁〕劉勰　《文心雕龍》　收入《文津閣四庫全書》第1482冊　北京市　商務印書館　2006年
施友忠英譯　《文心雕龍》　臺北市　中華書局　1970年
詹　鍈　《文心雕龍的風格學》　北京市　人民文學出版社　1982年
楊明照　《文心雕龍校注拾遺》　臺北市　崧高書社　1985年
陳兆秀　《文心雕龍術語探析》　臺北市　文史哲出版社　1986年
曹順慶　《文心同雕集》　成都市　成都出版社　1990年
沈　謙　《文心雕龍之文學理論與批評》　臺北市　華正書局　1990年
陸侃如、牟世金　《劉勰和文心雕龍》　臺北市　萬卷樓圖書公司　1991年
黃亦真　《文心雕龍比喻技巧研究》　臺北市　學海出版社　1991年
王元化　《文心雕龍講疏》　上海市　上海古籍出版社　1992年
金民那　《文心雕龍的美學：文學的心靈及其藝術表現》　臺北市　文史哲出版社　1993年
牟世金　《文心雕龍研究》　北京市　人民文學出版社　1995年
寇效信　《文心雕龍美學範疇研究》　西安市　陝西人民出版社　1997年
沈　謙　《文心雕龍與現代修辭學》　臺北市　文史哲出版社　1997年

蔡宗陽 《文心雕龍探賾》 臺北市 文史哲出版社 2001年
劉 渼 《臺灣近五十年來「文心雕龍」學研究》 臺北市 萬卷樓圖書公司 2001年
王義良 《文心雕龍文學創作論與批評論探微》 高雄市 高雄復文書局 2002年
張少康主編 《文心雕龍研究》 武漢市 湖北教育出版社 2002年
穆克宏 《文心雕龍研究》 廈門市 鷺江出版社 2002年
王更生 《文心雕龍導讀》 臺北市 華正書局 2004年
郭 鵬 《《文心雕龍》的文學理論和歷史淵源》 濟南市 齊魯書社 2004年
王運熙 《文心雕龍探索》（增補版） 上海市 上海古籍出版社 2005年
呂武志 《魏晉文論與文心雕龍》 臺北市 樂學書局 2006年
王更生 《文心雕龍管窺》 臺北市 文史哲出版社 2007年
卓國浚 《文心雕龍精讀》 臺北市 五南圖書出版公司 2007年
蔡宗陽 《劉勰文心雕龍與經學研究》 臺北市 文史哲出版社 2007年
戚良德 《文心雕龍校注通譯》 上海市 上海古籍出版社 2008年
楊明照 《楊明照論文心雕龍》 上海市 上海科學技術文獻出版 2008年
童慶炳 《童慶炳談文心雕龍》 開封市 河南大學出版社 2008年
簡良如 《《文心雕龍》研究——個體智術之人文圖像》 臺北市 臺大出版中心 2008年
張少康 《劉勰及其文心雕龍研究》 北京市 北京大學出版社 2010年
游志誠 《文心雕龍與劉子系統研究》 臺北市 文史哲出版社 2010年

周振甫　《《文心雕龍》二十二講》　重慶市　重慶大學出版社　2011年
羅立乾注釋　李振興校閱　《新譯文心雕龍》　臺北市　三民書局　2011年
劉業超　《文心雕龍通論》　北京市　人民出版社　2012年
胡海、楊青芝　《《文心雕龍》與文藝學》　北京市　人民出版社　2012年
周振甫　《文心雕龍今譯》　北京市　中華書局　2013年
黃　侃　《文心雕龍札記》　臺北市　五南圖書出版公司　2013年
黃維樑　《從《文心雕龍》到《人間詞話》——中國古典文論新探》（第二版）　北京市　北京大學出版社　2013年
游志誠　《文心雕龍與劉子跨界論述》　臺北市　華正書局　2014年

## （二）期刊論文

方元珍　〈《文心雕龍．原道》儒道思想探驪〉　《空大人文學報》第15期　2006年12月　頁37-54
黃維樑　〈精雕龍與精工甕——劉勰和「新批評家」對結構的看法〉《中外文學》　第18卷第7期　1989年12月　頁4-22
黃維樑　〈美國的《文心雕龍》翻譯與研究〉　《漢學研究通訊》第10卷第1期　1991年3月　頁19-21
黃維樑　〈《文心雕龍》與西方文學理論〉　《中國文哲研究通訊》第2卷第1期　1992年3月　頁35-48
陶水平　〈《文心雕龍．隱秀篇》主旨新說〉　《贛南師範學院學報》　2000年第4期　頁14-20
趙豔菊　〈論《文心雕龍．體性》篇中的風格說〉　《中國古代文學研究》　2009年第2期　頁26-27

樊　婷　〈淺論《文心雕龍》中的〈體性〉〈定勢〉〈風骨〉篇的文學風格〉　《鴨西大學學報》　第10卷第6期　2010年　頁89-90

蔡昀妮　〈《文心雕龍・情采篇》中「情」、「采」觀念析論〉　《國文天地》　第26卷第7期　2010年12月　頁51-54

郭文沁　〈論《文心雕龍・體性》篇中創作意識與後世研究觀點評述〉　《雲漢學刊》　第26期　2013年2月　頁222-241

簡福興　〈文學批評與創作的關係——以《文心雕龍》為例〉　《中山學報》　第33期　2013年8月　頁129-137

方元珍　〈《文心雕龍》風格論探析〉　《空大人文學報》　第21期　2012年12月　頁1-31

黃維樑、徐志嘯　〈《文心雕龍》與西方文學理論——兩岸學者宏觀《文心雕龍》(上)〉　《國文天地》　第27卷第10期　2012年3月　頁59-64

方元珍　〈從《禮記》論劉勰宗經思想〉　《中國文化大學中文學報》　第25期　2012年10月　頁127-155

凌照雄　〈以《文心雕龍・章句》要旨析論〈滕王閣序〉的四重結構〉　《中國語文》　第674期　2013年8月　頁72-81

## (三)會議論文

方元珍　〈「桃李不言而成蹊」——《文心雕龍》論作家〉　「2007文心雕龍國際學術研討會」論文　高雄市　中山大學中國文學系　2007年6月

## (四)學位論文

方元珍　《《文心雕龍》與佛教之關係》　臺北市　中國文化大學中國文學研究所碩士論文　1984年

呂立德　《《文心雕龍》時序篇研究》　高雄市　高雄師範大學中國文學研究所碩士論文　1989年

徐亞萍　《《文心雕龍》通變觀與創作論之關係》　高雄市　高雄師範大學中國文學研究所碩士論文　1989年

魏素足　《黃侃及其《文心雕龍札記》之研究》　臺北市　臺灣師範大學國文學系碩士論文　1995年

李瑋娟　《《文心雕龍》修辭理論研究》　高雄市　中山大學中國語文學系研究所碩士論文　1999年

陳忠和　《從劉勰「六觀」論張岱小品文》　高雄市　高雄師範大學國文學系碩士論文　1999年

溫光華　《劉勰文心雕龍文章藝術析論》　臺北市　臺灣師範大學國文研究所博士論文　2002年

楊邦雄　《《文心雕龍》創作論之運用研究》　新竹市　玄奘人文社會學院中國語文研究所碩士論文　2002年

卓國浚　《《文心雕龍》文論體系新探：閱讀式架構》　臺北市　政治大學中國文學研究所博士論文　2004年

賴欣陽　《《文心雕龍》的「作者」理論》　桃園縣　中央大學中國文學研究所博士論文　2005年

楊欗梨　《《文心雕龍》創作論對國民中小學寫作教學之應用研究》　臺中市　臺中教育大學語文教育學系碩士論文　2006年

李致蓉　《言意之辨與《文心雕龍》文學技巧論研究》　臺北縣　輔仁大學中文系碩士論文　2006年

黃承達　《《文心雕龍》創作論實際批評》　彰化市　彰化師範大學國文學系碩士論文　2007年

林家宏　《《文心雕龍》文體論實際批評研究》　彰化市　彰化師範大學國文學系碩士論文　2007年

趙　敏　《劉勰的創作才性論研究——《文心雕龍‧體性》篇作家評語疏證》　北京市　首都師範大學文藝學專業碩士論文　2008年

陳忠源　《韋沃《文學理論》與劉勰《文心雕龍》之比較》　宜蘭縣　佛光大學文學系博士論文　2009年

陳鳳秋　《《文心雕龍》理論在高中國文範文教學之應用》　臺北市　臺灣師範大學國文學系博士論文　2010年

歐雅淳　《《文心雕龍》創作論運用於高中作文教學之研究——以核心選文三十篇內容布局為主》　高雄市　高雄師範大學國文學系碩士論文　2011年

許惠英　《《文心雕龍》創作論修辭技巧之研究)》　臺中市　臺中教育大學語文教育學系碩士論文　2012年

陳秀美　《《文心雕龍》「文體通變觀」研究》　新北市　淡江大學中國文學系博士班博士論文　2012年

何恭傑　《劉勰《文心雕龍》對唐代文藝理論的影響——以情志與文采為主的討論》　臺中市　中興大學中國文學系所碩士論文　2012年

## 二　其他學術論著

### （一）專書

#### 古代

〔漢〕司馬遷　《史記》　影印清乾隆武英殿刊本　臺北市　藝文印書館　1971年

〔漢〕許慎著　〔清〕段玉裁注　《說文解字注》　杭州市　浙江古籍出版社　2006年

〔梁〕蕭統編　〔唐〕李善注　《昭明文選》　臺北市　藝文印書館　1998年
〔魏〕王肅注　《孔子家語》　臺北市　臺灣商務印書館　1983年
〔宋〕歐陽修　《六一詩話》　北京市　人民文學出版社　1962年
〔清〕曹雪芹　《紅樓夢》　臺北市　里仁書局　2007年
〔清〕章學誠著　葉瑛校注　《文史通義校注》　北京市　中華書局　1994年
〔清〕劉熙載　《藝概》　臺北市　華正書局　1988年

## 現當代

梁實秋、葉公超主編　《新月散文選》　臺北市　雕龍出版社　1978年
洪醒夫　《黑面慶仔》　臺北市　爾雅出版社　1978年
王　力　《龍蟲並雕齋文集》　北京市　中華書局　1980年
劉若愚　《中國文學理論》　臺北市　聯經出版社　1981年
黃長著等譯　《語言及語言學辭典》　上海市　上海辭書出版社　1981年
費爾迪南·德·索緒爾著　岑麟祥等翻譯　《普通語言學教程》　北京市　商務印書館　1982年
朱德熙　《語法·修辭·作文》　上海市　上海教育出版社　1984年
郁達夫著　張夢陽編　《郁達夫散文選集》　天津市　百花文藝出版社　1984年
錢鍾書　《管錐篇》　北京市　中華書局　1986年
張志公　《語法與修辭》　臺北市　新學識文教出版中心　2002年
〔德〕漢斯·羅伯特·姚斯著　周寧、金元浦譯　《接受美學與接受理論》　瀋陽市　遼寧人民出版社　1987年
陳望道　《修辭學發凡》　臺北市　文史哲出版社　1989年

吳應天　《文章結構學》 北京市　中國人民大學出版社　1989年
趙憲章　《文藝學方法通論》　南京市　江蘇文藝出版社　1990年
胡曉明　《中國詩學之精神》　南昌市　江西人民出版社　1990年
李壽福主編　《西方現代文藝理論研究》　杭州市　杭州大學出版社　1991年
林　尹　《文字學概說》　臺北市　正中書局　1991年
張春興　《現代心理學》　臺北市　東華書局　1991年
張愛玲　《傾城之戀——張愛玲短篇小說集之一》　臺北市　皇冠出版社　2004年
許世瑛　《中國文法講話》　臺北市　臺灣開明書店　1992年
曾祥芹、韓雪屏主編　《國外閱讀研究》　鄭州市　河南教育出版社　1992年
伊莉莎白・弗洛恩德著　陳燕谷譯　《讀者反應理論批評》　臺北市　駱駝出版社　1994年
香港考試局　《香港高級程度會考報告》 香港　香港考試局　1995年
李澤厚　《美的歷程》　臺北市　三民書局　1996年
張必隱　《閱讀心理學》 北京市　北京師範大學出版社　1996年
曹順慶主編　《比較文學新開拓》 重慶市　重慶大學出版社　1996年
劉忠惠主編　《寫作指導（下）：文體實論》　臺北市　麗文文化出版社　1996年
Michael Payne　李奭學譯　《閱讀理論：拉岡、德希達與克麗斯蒂娃導讀》　臺北市　書林出版社　1996年
馬孝霞　《閱讀教學心理學》　石家莊市　河北教育出版社　1997年
朱立元主編　《當代西方文藝理論》　上海市　華東師範大學出版社　1997年
Richard Mayer 著　林清山譯　《教育心理學——認知取向》　臺北市　遠流出版社　1997年

朱光潛　《談文學》　臺北市　大坤書局　1998年
黃繼持編　《魯迅全集》　臺北市　臺灣商務印書館　1998年
周漢光編著　《閱讀與寫作教學》　香港　香港中文大學出版社　1998年
朱光潛　《文藝心理學》　臺北市　開明書店　1999年
張　讓　《剎那之眼》　臺北市　大田出版社　2000年
龍應台　《百年思索》　臺北市　時報文化出版公司　2000年
趙艷芳　《認知語言學概論》　上海市　上海外語教育出版社　2001年
賴蘭香　《中文傳意：寫作篇》　香港　香港城市大學出版社　2001年
崔希亮　《語言理解與認知》　北京市　北京語言文化大學出版社　2001年
中華人民共和國教育部　《全日制義務教育語文課程標準（實驗稿）》　北京市　北京師範大學出版社　2001年
黃永武　《字句鍛鍊法》　臺北市　洪範書局　2002年
羅蘭·巴特著　劉森堯譯　《羅蘭巴特論羅蘭巴特》　臺北市　桂冠圖書公司　2002年
劉運好　《文學鑑賞與批評論》　合肥市　安徽大學出版社　2002年
呂叔湘、朱德熙著　《語法修辭講話》　瀋陽市　遼寧教育出版社　2002年
莫提默·艾德勒、查理·范多倫著　郝明義、朱衣譯　《如何閱讀一本書》　臺北市　臺灣商務印書館　2003年
王寧、鄒曉麗　《篇章》　香港　和平圖書公司　2003年
王運熙　《中古文論要義十講》　上海市　復旦大學出版社　2004年
龍協濤　《文學閱讀學》　北京市　北京大學出版社　2004年
潘新和　《語文：表現與存在》　福州市　福建人民出版社　2004年
唐　諾　《閱讀的故事》　臺北市　印刻出版公司　2005年

董學文　《西方文學理論史》　北京市　北京大學出版社　2005年
鄭振峰等編著　《漢字學》　北京市　語文出版社　2005年
范銘如、陳俊啟　《二十世紀文學名家大賞・朱自清》　臺北市　三民書局　2006年5月
Rick Wormeli著　賴麗珍譯　《教學生做摘要：五十種改進各學科學習的教學技術》　臺北市　心理出版社　2006年
董蓓菲　《語文教育心理學》　上海市　上海教育出版社　2006年
陳烜之　《認知心理學》　廣州市　廣東高等教育出版社　2006年
張春興　《教育心理學》　臺北市　東華書局　2007年
羅蘭・巴特著　李幼蒸譯　《寫作的零度》　臺北市　桂冠圖書公司　2007年
〔英〕霍爾布魯克・傑克遜著　吳永貴譯　《書・閱讀》　武漢市　武漢大學出版社　2008年
陳賢純　《對外漢語閱讀教學十六講》　北京市　北京語言大學出版社　2008年
龍應台　《目送》　臺北市　時報文化出版公司　2008年
朱自清　《精讀指導舉隅》　臺北市　臺灣商務印書館　2009年
孫劍秋主編　《閱讀教學理論與實務》　臺北市　國立臺北教育大學　2009年
竺家寧　《詞彙之旅》　臺北市　正中書局　2009年
黃麗容　《散文寫作論》　臺北市　文津出版社　2009年
王夢鷗　《中國文學理論與實踐》　臺北市　里仁書局　2009年
教育部　《全國閱讀論壇——2009閱讀策略與閱讀教學》　臺北市　教育部　2009年
史登伯格著　李玉琇、蔣文祁譯　《認知心理學》　臺北市　雙葉書局　2010年

周小兵、張世濤、干紅梅 《漢語閱讀教學理論與方法》 北京市 北京大學出版社 2010年
劉若愚著 杜國清譯 《中國文學理論》 臺北市 聯經出版社 2010年
岑紹基 《語言功能與中文教學》 香港 香港大學出版社 2010年
劉見成、張燕梅 《謬誤、意義與推理：邏輯初階》 新北市 新文京開發出版公司 2011年
柯慶明、蕭馳編 《中國抒情傳統的再發現》 臺北市 臺大出版中心 2011年
周慶華 《語文符號學》 上海市 東方出版中心 2011年
高友工 《中國美典與文學研究》 臺北市 臺大出版中心 2011年
李衍華 《邏輯．語法．修辭》（第二版） 北京市 北京大學出版社 2011年
趙憲章 《文體與形式》 臺北市 萬卷樓圖書公司 2011年
陳 鳴 《創意寫作——虛構與敘事》 桂林市 廣西師範大學出版社 2011年
楊遠編著 倪台瑛修訂 《標點符號研究》 臺北市 東大圖書公司 2011年
安徽師範大學中國詩學研究中心編 《中國詩學研究》第八輯（文心雕龍專輯） 合肥市 安徽大學出版社 2011年
亞里斯多德著 劉效鵬譯註導讀 《詩學》 臺北市 五南圖書出版公司 2012年
朱德熙 《語法講義》 北京市 商務印書館 2012年
慕 君 《閱讀教學對話論》 北京市 中國社會科學出版社 2012年
M. H. Abrams、Geoffrey Galt Harpham著 吳松江譯 蔡佳瑾審議 《文學術語手冊》 臺北市 書林出版社 2012年

Paul Ricoeurm 著　孔明安、張劍、李西祥譯　《詮釋學與人文科學》　北京市　中國人民出版社　2012年
葉黎明　《寫作教學內容新論》　上海市　上海教育出版社　2012年
柯華葳　《閱讀動起來（4）‧閱讀策略可以輕鬆玩：臺北 VS.香港一課兩教》　臺北市　天下雜誌　2012年
何更生　《新課程語文怎麼教》　蕪湖市　安徽師範大學出版社　2013年
孫紹振　《月迷津渡——古典詩詞個案微觀分析》　上海市　上海教育出版社　2012年
莊平悌　《同義手段理論與語文閱讀教學》　北京市　中國對外翻譯出版公司　2013年
李家棟　《閱讀課型研究》　濟南市　山東教育出版社　2013年
夏丏尊、葉聖陶　《文章作法》　北京市　中華書局　2013年
夏丏尊、葉聖陶　《文章講話》　北京市　中華書局　2013年
夏丏尊、葉聖陶　《文話七十二講》　北京市　中華書局　2013年
葉聖陶、朱自清　《略讀指導舉隅》　北京市　中華書局　2013年
魏建功　《漢字形體變遷史》　北京市　商務印書館　2013年
〔法〕羅曼‧羅蘭　《名人傳》　長沙市　湖南文藝出版社　2013年
李家同　《大量閱讀的重要性》　臺北市　五南圖書出版公司　2013年
陸　璟　《PISA 測評的理論和實踐》　上海市　華東師範大學出版社　2013年
潘新和　《「表現——存在論」語文學視界》　北京市　人民出版社　2014年
祝敏青　《文學言語的修辭審美建構》　北京市　人民出版社　2014年
褚樹榮　《叩問課堂——語文教學慎思錄》　杭州市　浙江教育出版社　2014年

何永清、孫劍秋　《文法與修辭》　臺北市　五南圖書出版公司　2014年

興膳宏著　蕭燕婉譯注　《中國文學理論》　臺北市　聯經出版社　2014年

胡　勤　《語文認識論》　杭州市　浙江教育出版社　2014年

〔美〕查爾斯·E·布萊斯勒著　趙勇、李莎、常培杰等譯　《文學批評：理論與實踐導論》（第五版）　北京市　中國人民大學出版社　2015年

陳芳明　《很慢的果子》　臺北市　麥田出版社　2015年

孫紹振、孫彥君　《文學文本解讀學》　北京市　北京大學出版社　2015年

賴瑞云　《文本解讀與多元有界》　北京市　人民出版社　2015年

## （二）期刊論文

楊小洋、申繼亮、崔艷麗　〈學生提問與語文閱讀理解能力的關係研究〉　《心理科學》　第29卷第4期　2006年7月　頁806-810

張奎志　〈文本·作者·讀者——文學批評在三者間的合理遊走〉　《學習與探索》　2008年第4期　頁188-191

江芳盛、李懿芳　〈國際學生評量計畫（PISA）試題特色分析及其對我國教育之啟示〉　《教育資料與研究雙月刊》　第87期　2009年4月　頁27-50

林曉芳　〈國際大型教育評比資料庫介紹：TIMSS、PISA〉　《趨勢導報》　12月號　2009年12月　頁110-123

林曉芳　〈影響中學生科學素養差異之探討：以臺灣、日本、南韓和香港在 PISA2006資料為例〉　《教育研究與發展期刊》　第5卷第4期　2009年12月　頁77-107

張貴琳、黃秀霜、鄒慧英　〈從國際比較觀點探討臺灣學生 PISA2006 閱讀素養表現特徵〉　《課程與教學季刊》　第13卷第1期　2010年1月　頁21-46

洪月女　〈以 goodmen 的閱讀理論探討中英文閱讀之異同〉　《新竹教育大學人文社會學報》　第3卷第1期　2010年3月　頁87-114

許智香　〈經典閱讀教學的歷程分析〉　《慈濟大學教育研究學刊》　第7期　2011年2月　頁201-239

楊曉菁　〈從國際閱讀素養評量之文體類別探究古典散文教學之可能性——以〈赤壁賦〉為例〉　《中國語文》　第683期　2014年5月　頁31-53

楊曉菁　〈古典文學教學的新視野——以「寫作手法」進行閱讀教學〉　《國文天地》　第30卷第1期　2014年6月　頁68-76

楊曉菁　〈主題閱讀應用於高中散文教學之試探——以親情散文為例〉　《國文天地》　第30卷第4期　2014年9月　頁45-60

甘秉慧　〈談《文心雕龍》的創作理論與文藝心理學——以〈神思〉〈養氣〉兩篇為例〉　《馬偕學報》　第12期　2014年9月　頁57-77

楊曉菁　〈從 PISA 之文體分類審視中文文體類別之適切性〉　《國文天地》　第30卷第9期　2015年2月　頁39-51

### （三）會議與論文集論文

余佳娟　〈閱讀策略中成語的認知與導入研究：以對外華語文教學為討論範疇〉　「第二屆以中／英文為第二語言／外語之閱讀與寫作教學研討會」論文　桃園縣　中央大學語言中心　2004年5月

張新仁　〈臺灣閱讀摘要研究回顧與前瞻〉　《「臺灣閱讀研究回顧與展望」座談會手冊》（國科會人文處編）　臺北市　國科會人文處　2009年　頁69-83

吳韻宇　〈從比較閱讀策略與 PISA 閱讀歷程談語文教學實踐〉　《閱讀理解與兩岸課程教學》（孫劍秋等合著）　臺北市　五南圖書出版公司　2012年　頁367-382

### （四）學位論文

連啟舜　《國內閱讀理解教學研究成效之統合分析研究》　臺北市　臺灣師範大學教育心理與輔導研究所碩士論文　2001年

邱莉珺　《OECD 教育指標系統之研究》　南投縣　暨南國際大學比較教育研究所碩士論文　2002年

張瑛玿　《自我發問策略對國小學生的閱讀理解與自我發問能力之影響》　臺北市　臺灣師範大學教育心理與輔導研究所碩士論文　1994年

吳蕙紋　《敘述文及說明文的閱讀：高職學生閱讀策略的研究》　臺中縣　靜宜大學英國語文學系研究所碩士論文　2003年

魏靜雯　《心智繪圖與摘要教學對國小五年級學生閱讀理解與摘要能力之影響》　臺北市　臺灣師範大學教育與心理輔導研究所碩士論文　2004年

胡瓊君　《高中生中、英文閱讀策略之差異及其與中、英文閱讀理解能力關係之研究》　臺北縣　淡江大學教育心理與諮商研究所碩士論文　2007年

彭妮絲　《白話文暨文言文閱讀理解教學研究》　臺中市　臺中教育大學語文教育學系研究所博士論文　2007年

劉采玟　《增進國中學生閱讀策略運用之教學研究》　彰化市　彰化師範大學國文學系教學碩士論文　2010年

林芳均　《文章結構與摘要教學對高一學生閱讀理解與摘要能力之研究》　高雄市　高雄師範大學教育學系博士論文　2011年

## 三　外文參考文獻

Anderson, R. C., & Pearson, P. D. "A schema theoretic view of basic processes in reading comprehension." In D. Pearson (Eds.), *Handbook of research on reading*. New York: Longman, 1984.

Carrier, C. A., & Patridge, T. F. "Levels of questions: a framework for the exploration of processing activities." *Contemporary Educational Psychology* 6.4 (Oct. 1981): 365-382.

Dole, J.A., Duffy, G.G., Roehler, L.R., & Pearson, P.D. "Moving from the old to the new: Research on reading comprehension instruction." *Review of Educational Research* 61.2 (1991): 239-264.

Duke, N. K. & Pearson, P. D. "Effective practice for developing reading comprehension." In A. E. Farstrup & S. J. Samuels (Ed), *What research has to say about reading instruction*. Newark, DE: International Reading Association.

Flower, L., & Hayes, J. R. "A cognitive process theory of writing." *College Composition and Communication* 32.4 (Dec. 1981): pp.365-387.

Hidi, S., & Anderson, V. "Producing writing summaries: task demands, cognitive operations, and implications for instruction." *Review of Educational Research* 56.4 (1986): 473-493.

King, Alison. "Effects of self-questioning training on college student's comprehension of lectures." Contemporary Educational Psychology 14.4 (Oct. 1989): 366-381.

Novak, J. D., & Gowin, D. B. *Learning How to Learn*, New York: Cornell University, 1984.

Pressley-Forrest, D. L., & Gillis, L. A. "Children's flexible use of strategies during reading." In M. Pressley & J. R. Levin (Ed.), *Cognitive strategy research: educational applications*. New York: Springer-Verilog, 1983.

Roller, C. M. "The interaction between knowledge and structure variables in the processing of expository prose." *Reading Research Quarterly* 25.2 (1990): 79-89.

Schmelzer, R. V. "The effect of college student constructed questions on the comprehension of a passage of expository prose." Ph.D. diss., University of Minnesota, 1975.

Gyselinck, Valérie & Tardieu, Hubert. "The role of illustrations in text comprehension: What, when, for whom, and why?" In Herre van Oostendorp & Susan R. Goldman (Ed.), *The construction of mental representations during reading*. Mahwah, NJ: Lawrence Erlbaum Associates, 1999.

華文教學叢書 1200002

# 華文閱讀教學策略研究

作　　者　楊曉菁
責任編輯　廖宜家

發 行 人　陳滿銘
總 經 理　梁錦興
總 編 輯　陳滿銘
副總編輯　張晏瑞
編 輯 所　萬卷樓圖書股份有限公司
排　　版　林曉敏
印　　刷　維中科技有限公司
封面設計　斐類設計工作室

發　　行　萬卷樓圖書股份有限公司
臺北市羅斯福路二段 41 號 6 樓之 3
電話 (02)23216565
傳真 (02)23218698
電郵 SERVICE@WANJUAN.COM.TW
香港經銷　香港聯合書刊物流有限公司
電話 (852)21502100
傳真 (852)23560735

**ISBN 978-986-478-288-8**
2019 年 8 月再版二刷
2019 年 5 月再版一刷
2016 年 8 月初版
定價：新臺幣 360 元

如何購買本書：

1. 劃撥購書，請透過以下郵政劃撥帳號：
   帳號：15624015
   戶名：萬卷樓圖書股份有限公司
2. 轉帳購書，請透過以下帳戶
   合作金庫銀行　古亭分行
   戶名：萬卷樓圖書股份有限公司
   帳號：0877717092596
3. 網路購書，請透過萬卷樓網站
   網址　WWW.WANJUAN.COM.TW

大量購書，請直接聯繫我們，將有專人為您服務。客服：(02)23216565　分機 610



國家圖書館出版品預行編目資料

華文閱讀教學策略研究 / 楊曉菁著. -- 再版. -- 臺北市 : 萬卷樓, 2019.05　面；公分. -- (華文教學叢書 ; 1200002)
ISBN 978-986-478-288-8(平裝)

1.漢語教學 2.閱讀指導 3.教學研究

802.03　　108007494